巻頭随筆
百年の百選

文藝春秋編

文藝春秋

巻頭随筆　百年の百選

目次

第一部　平成から令和へ　平成六年〜令和三年　13

第二部　名物連載の第一回

第三部　昭和の名随筆　昭和三十八年〜平成四年 …… 275

※肩書は「文藝春秋」掲載当時のものです

巻頭随筆　百年の百選

写真　釜谷洋史
装丁　関口聖司

第一部

平成から令和へ

平成六年〜令和三年

言葉のせいかもね

平成6(1994)年4月

時実新子《ときざねしんこ》
(川柳作家)

「西の人間は信用ならねえ」

と、東の人に言われたことがある。

「瀬戸内海で産湯を使い照葉樹林の中でぬくぬく育ったあんたに、この貧しさや苦しさがわかってたまるか」

と、北の人に言われたこともある。

「大阪で稼いで、おふくろに京都見物させるのが夢だ」

と言うのは南の人である。

つまり関西は、ぬらりくらりと強《したた》かに生きている豊かな国という印象を与えるらしいのだ。「わてらかてヒイヒイ言うとんのに何でやろ」と、関西人は考える。

これは多分に言葉のせいではなかろうか。「儲かりまっか」「へえ、ぼちぼち。あんさんはどうだす」「あきまへん、さっぱりわやや」など言いつつ、わやの人のほうが顔色もよく、アハハと笑い合っている。

東南北の人は、すれちがいの立話に他人のふところ工合など詮索するのは失礼きわまると思っておいでだろうが、なに、西の人間も気になどしていないのである。

「儲かりまっか」は「お元気ですか」ぐらいのニュアンスで使われているに過ぎない。

しかも、全国的に方言が薄れて共通語になっている現在、「儲かりまっか」はフジヤマ・ゲイシャと等しい根強さで、まだ関西人のイメージポイントになっているようだ。

たしかに関西には「どっこい生きている」「儲けたるでえ」の底力は感じられる。

そのよい例が吉本興業の面々で、西といっても岡山生まれの私などは、あのけたたましさにとてもついていけないのだが、パワーはもらっている。心弱りたる日は耐えられなくても、こちらが元気なら、あの恥を知らない低劣な笑いのシャワーを浴びて元気を持続できそうな、そんなパワーを、である。

川柳にしても関西の句にはパワーがある。シャイで気取り屋の他国の人をたじたじとさせる率直大胆な毒がある。殊にも大阪人の川柳にそれを見ることができる。

たとえばこんな句がある。

命まで賭けた女《おなご》てこれかいな
句主を失念し、字配りもうろ覚えで申しわけないが、思い出しては笑わせてもらっている。ともだちの女を紹介されて思わずも吐いた本音。古川柳から大きく脱皮して、他者を笑わず自分をこそ笑いのめす精神が定着した現代にあって、大阪にはまだ堂々と他者を刺す川柳が残っているのである。

もっとも、この句は見れば見るほどあたたかい。「なかなかええ女やないか、まあうまくやれや」

と他人事として扱われるよりも、言われた本人も喜んでいるのがわかる。「それはないやろ」と腹の中では思っても、「そうかなあ、わし、目ェがくもっとんのかも知れへんなあ……」と、男同士の友情そくそくたるペーソスの裏打ちもある。

男みな阿呆に見えて売れ残り　　阿茶

という句。これは、おととし九十四歳で亡くなられた大阪の女医さんの作である。生涯独身を通されたが、決して男をないがしろにしたものではない。「売れ残り」と、同レベルで自分をも笑いながら自負心鮮明である。

母を庇えば鬼より太い声が出る　　千里

これも関西在の女性の句だ。自分はともかく親をそしられては「黙ってしまへんでえ！」という強い姿勢が見える。こういう時、私も含めて関西の女は髪ふり乱して相手に真正面から立ち向かっていく。声も大きい。

東京を歩いていて聞こえてくるのは大方が関西弁である。歩きながら喋っているのだ。怖《お》めず臆せず喋りつつ歩き、食べつつ喋り、関西の人間は疲れを知らないかに思える。

川柳に限ってみても、大阪人の作る川柳は古川柳の伝統を色濃く残し、健在である。全国的に女性の川柳作者が増加中の今、川柳はともすればその本質を忘れて俳句めいてみたり、短歌的抒情に流れそうになる。それを、どっこい食い止めているのが大阪を中心とする関西人の川柳のような気がしている。

なりふり構わない強さは、関西の空気に充満している感があるが、ふしぎなことに、日本を東西に二分した一方の雄だという自覚はどうも持っていないようだ。

折あらば東京へ進出したがる。芸能人も芸術家も事業家もこぞって東京を目指し、東京で成功して初めて一人前という考え方の人が多いのは、まるで関西にはジャーナリズムが不在とでも思っているかのようだ。故人となられた逸見政孝さんにしても、アクセント辞典を「食べた」という伝説があるほど、大阪の血を抜いてアナウンサーになった。

言葉にこだわるようだが、共通語が日常語である東京は、ただそれだけで中央指向をかき立てているみたい。もしも大阪弁が共通語であったなら、関西は一方の雄どころか、そのど根性とパワーで、とっくの昔に日本の顔になっていただろう。言葉は意識でもある。

八十六歳の執念

平成6（1994）年5月

淡谷《あわや》のり子《こ》
（歌手）

昨年の秋に一過性の脳虚血という病名で入院し、六十五年間続けてきたステージ活動を中止することになった。

今は週に一度通院するだけだが、未だに歩きたい気持ちはあっても足がついてこない。ピアノか何かに寄り掛かったりしないと立っていられない状況が続く。

病院の廊下で診察を待っていると、「ああ、淡谷さんじゃないですか。お元気でいいですね」と手を握ってくれるファンの人もいるけれど、「元気だったらこんな所に来ないでしょう」と笑って応えている。

医者の説明では、高齢になると誰でも血の巡りが悪くなり、出てくる症状だということだ。でも自分では、ディック・ミネさんや藤山一郎さん、灰田勝彦さんら仲のよかった人が次々に亡くなって、歌の話が出来ない寂しさが一気に出てきたんだと思っている。

ことあるごとに口に出しているが、今の歌手には全く魅力を感じていない。車のラジオから曲が流れてくると、「ちょっと大きくして」と言って聞き始めるのだけれど、長いこと聞いていられない。素人が「可愛い」からといって歌い手になる時代だから、基礎が全然ダメ。例えば、ディック・ミネさんは『旅姿三人男』のような曲がヒットしたけれども、本人はジャズが好きで、歌わせると器用にこなした。

そういう本当の「芸人」は亡くなっていったか、マスコミに取り上げられずにただのおばあちゃんになったりしている。今では芸がない「芸ノー人」ばかりで、一緒に仕事するのも気が進まない。まず、声から訓練しなくてはいけないと思う。それには三年かかる。私は声楽をやっているから、歌を聞いたり、声の質を聞いたりした瞬間に相手の性格まで分かる。それほど声というのは大事なのにあまり重要視されていないのが不思議だ。

声と同じように、歌詞も大切にしたい。

五輪真弓さんの『恋人よ』は時々ステージで歌わせてもらっているが、「雨に壊れたベンチには愛をささやく歌もない」という歌詞にひっかかりがある。ベンチが壊れるほどの雨というのは相当な大雨だろうけど、そういう場面がピンとこない。ただ『雨に壊れたベンチ』を言い換える言葉が見つからないのでこのまま歌わせていただいている。

『北の宿から』では「着てはもらえぬセーターを寒さこらえて編んでます」というぐらいなら、風邪引いてしまうから編まなきゃいいと思う。どうも演歌の歌詞には夢がない。

最近の歌謡曲は辞書を引いても分からないような英語の歌詞をズラズラ並べているけれど、あれもやめたほうがいい。あるフランスの外交官に「お願いだから、淡谷さんの口から、日本で『シャンソン歌手』と呼ばれている人達にフランス語で歌わないように言ってください」と頼まれた。「フランス人が彼らの歌を聞くと、馬鹿にされているみたいに感じるのです」というのである。

日本人がたどたどしい外国語で歌うぐらいなら、日本語に訳して歌ったほうがお客さんのためにもなる。私は外国の歌を歌うときは出来るだけ、淡谷のり子用に訳してもらった歌詞で歌うことにしている。

どれもこれも、お客さんに感動してもらうことを考えた上でのこと。歌い手として私の目指してきたこともそれに尽きる。結婚していた時も歌のことが頭から離れずにうまくいかなかった。さすがに料理ぐらい作ったけれど、作りながら「ああ、こんなことしている間に一曲覚えられるのにな」と思ったら、いても立ってもいられなくなってしまったのである。

ここしばらくはステージを離れているけれど、人に会うときには、「淡谷のり子」として、つまりプロとして会いたいので、いつも綺麗にすることを心掛けている。入院が決まってマネージャーに「飲物とか、何か買ってくるものありますか」と聞かれたときに真先に思いついたのが、いつも使っているフランス製のナイトクリーム。五年前から、朝昼晩と寝る前に愛用しているのである。「東急百貨店へ行って、ゲランのナイトクリームを買ってきてちょうだい」と言ったら、「今から入院するんですよ」とびっくりされた。たとえ入院先でも手抜きはしたくなかったのだ。

退院後は、月に二回はネイルサロンでの爪の手入れを欠かさない。美容院にも週一回通っている。

どちらかというと舶来指向なのは、青森で一、二を争う呉服屋として舶来品にも凝った父親の血だろうか。そういえば、最近愛用している眼鏡もフランスで今年はやっているという少し小ぶりのもの。日本製では大きいバストに合うのが少ないという理由で、下着も外国製を使っている。「ブルースの女王」と言われても、本当はシャンソンが一番好きなのである。

早くも気持ちだけは準備万端。いつでもステージに出られるようになっている。ただ、プロとして、お客さんにお金を払って見てもらえるレベルに復活するまで、あとしばらく休養しておきたい。

五十年目の予科練

平成6（1994）年8月

佐伯《さえき》彰一《しょういち》
（評論家）

「予科練入隊五十年目の集い」というので、五月の末、四国の宇和島に出かけた。当方は、「若い血潮の予科練」ではなかったが、たまたま宇和島空で「分隊士」という名の隊付教官を務めた。といっても、せいぜい数学の真似ごとを教えたり、一緒に体操、駈足《かけあし》をしたりで、指揮能力などまるで覚束ない速成士官にすぎない。一度など、陸戦の訓練中、指揮官として情けないような大ポカをやらかした。隊員に「訓示」しようとして、畠の中の小高い盛り土状の所に上ったら、これがなんと「肥え溜め」で、忽ちズブリと転落、あわてて引き上げてもらうといった体たらく——まるで、サマにならなかった。でも、当方もまだ二十代の始め、それに初対面の宇和島の肌ざわりのよさ、何とも鄙《ひな》びて仄《ほの》温かい人情、土地柄のせいもあって、とにかく奇妙に懐かしい。

ところが、宇和島行きは、文字通り五十年ぶりの再訪である。以前にも誘われたが、何だか行く気にならなかった。久しぶりに顔を合せた元予科練の一人は、「分隊士はずっと教職についておられたから、周りに遠慮があったのでは？」とたずねてくれたが、当方は戦後はやりの「良心的進歩派」とはまるで縁遠い方だから、そんな遠慮気がねのせいではない。ひたすらテレ臭かったのである。

士官仲間と出かけた料亭で、始めて一夜を過す羽目になったり、当時の海軍語で「クラブ」とよんだ町内の下宿先では、すでに食糧不足のひどい時期だったのに、ずい分と暖かくもてなしてもらった。「佐伯少尉さん、焼き餅をずい分めし上りましたよ、ね」と、当時の「クラブ」の女主人が、五十年ぶりの再会に、開口一番、おっしゃった。れっきとした明治女のこの方も、まだお元気で、又しても宇和島料理をご馳走になってしまった。

五十年前の宇和島空というのも、小ぢんまりとした「予科練」教育隊で、昭和十九年秋、鹿児島から転勤してきた当方には、何だか不意に別世界につれこまれたようなのどかさだった。隊内に、粗暴でイヤミな上官は一人もおらず、まことに不出来な速成士官が、何とか務まった（?）というのも、そのせいに違いない。何しろ、軍務の合い間に、外国語を忘れまいと、日ごと分量をきめて英・仏・独のテキストを読み続けたり、国語学者の馬淵和夫中尉の発案で、各自専門のテーマについてしゃべる談話会まで開かれたりして、少々いい気すぎたかも知れない。戦地にやられた仲間、同世代の誰彼に比べて、申訳ないようなのどかな日々だった。コダワリといえば、そんな非時代的なのどかさが、妙に気恥しく、テレくさかったのに違いない。

さて五十年ぶりの宇和島では、やはり今浦島という他なかった。どこを歩いても、汐の香りがつんと鼻先にくるという所は、今も変らなかったが、昔馴染の料亭、旅館、また本屋さんなど、跡形もなく消え失せて、パチンコ屋や駐車場になったりしている。港の埋立てが、大きく進んで、街並自体が変ってしまった。ただし、戦争中親しくなった本屋のご主人が、ニヤニヤしながら耳打ちしてくれた、久保ナニガシ氏のエロス的蒐集品が、今では公然たる展示館として旅行者に大人気という。その蒐集品の種類といい量といい、圧倒的という他ないもので、若い頃、このコレクションの一部でも見せられていたら、どんなに動顚、コーフンしたろうかと思わずにいられなかった。

一体、伊予地方、とくに南伊予は、性的に大らか（?）というのは、獅子文六の『てんやわんや』あたりで、広く知られるようになったが、今やお互い似たように老人と化した元予科練諸氏の打明け話によると、本土決戦に備えて、奥深い村落に配属になった連中など、ずい分と面白い体験にぶつかった。年上の人妻に突然激しく挑みかかられたり、また「夜這い」の口を、一夜にいくつも掛け持ちしたゴーケツもあった。もっとも当方と同じ分隊の士官だった藤井繁氏、今は半引退の実業家で、こんどの旅に強く誘ってくれた彼は、村長さん宅にまつり上げ（?）られていたせいか、そうしたアバンチュールとは全く無縁、「いや、五十年目の今まで、隊長の俺には誰も話もしてくれなかったなぁ」と呟いていた。勿論、この種の懐旧談には、いく分のホラ話の混入は、まぬがれまい。

じつは当方、そうした臨戦態勢にうつる直前に、転勤となり、奥深い村落への配置がえにも、しばらく後の宇和島空襲にもあわずにすんだ。「戦争体験」といっても、一寸しためぐり合せで、千差万別という他ない。こんど宇和島に集った総勢百六十数名、港を見下す丘の上の「保養センター」に泊りこんで、酒をくみかわし、「若い血潮の予科練」を合唱したのは、まずおきまりのコースだろうが、翌日の朝、ここから海辺の航空隊の跡地まで、軍艦旗を先頭に一斉行進した。ここも今や文字通りの「跡地」。工場、民家入りまじって、やはり「今浦島」と呟く他なかった。

吉行淳之介さんの想い出

平成6(1994)年9月

野《の》坂《さか》昭《あき》如《ゆき》
(作家)

昭和三十年代後半、ぼくは四谷に住んでいた。焼跡だらけの頃に建てられた、敷地だけは二百坪のボロ家で、通称を、町名に因み「愛住キネマ」。エロ映画の試写会会場であり、時にそのロードショウ劇場。AV全盛の当節からすりゃ、しみじみ今昔の感にたえないが、当時、ちょいと気取ってブルーフィルム、通じ合う同士なら八ミリと呼ばれていたこのての写し絵は、戦前に密輸入された外国モノと、八ミリ撮影機の普及した三十年前後からの国産に大別されて、国産の大作の場合、制作現場によく四国が選ばれた。予算が少なけりゃ、街中の「逆クラゲ」一室で撮影が行われる。四畳半のスタジオでは、どうしても構図が限られてしまう、そこで外へ出る。モノがモノだけに人烟《じんえん》稀な地域がロケーションの場にふさわしく、現像も正規のルートは不可、高松市に設備があった。

作品は宇高連絡船経由、山陽、東海道本線夜行列車で東都に送られ、とりあえず、四谷の家へ届く。ぼくはエロ映画界の、クロサワとかオヅとか称せられた名匠の新作に、観客として最初に接する光栄を担った。かくなりはべったいきさつは省く。エロ映画を、少なくともぼくは一人で観たってつまらないと感じた。知り合いに声をかけるうち、桜田門を配慮すれば無分別もいいところだが、愛住キネマは一般洋画における東和の、試写室の如き評判が定まり、各界の愛好者が集まって来た。中に戦後知性派の方もいらしたし、第三の新人と称せられる皆さんも顔を見せ、吉行淳之介氏は、まあ常連だった。吉行さんが初めての新聞連載小説を書くとなって、記者を通じ、取材に応じたのが御縁のはじまり。

ある時、現像所の手違いで、フィルムが逆になっている一巻があった。スクリーンは襖に画鋲で留めたシーツ、映写技師は小生。しばしば混乱を生じたが、このケースは初めてでそのまま妖しき映像を写し出した。天地、成り行きすべてさかしま、何が何やら判らない。するといつもは寡黙な知性派の御一人が、「こういう難解なのはぼく得意なの」と、やおら解説を始めた。「この買物籠が象徴的な小道具です、つまりこのストーリーは、ごくふつうの主婦の日常における性的妄想、おっ、男は出前持ちだな、つまり」一同、そんなものかと、マラルメにリラダンを掛け合わせ、ダリをふりかけた如き八ミリに、見入る。終った。フィルムはつまり捲き戻されたわけで、今度写せば正常な画面、ところが好事魔多し、プロジェクターの電球が切れた。

やはり世間をはばかり、ロードショウは深夜に行われる、ランプを求める当てがない。居合わせた面々も考えつかない。解説の文学者だけ意気揚々と、「ぼくは十分おもしろかったなあ、女優も美人だったし」「美人でしたかね」吉行さんがポツンといった。「美人、美人、筋立ても新しい」吉行さんはぼくを呼んで、「この近くに、お琴のお師匠さんがいるんだけどね」その看板を掲げた一軒はある。「そこでね、えーと、ヘイさんね、君知ってるだろ」吉行さんの連載小説で、同じく資料を供した、業界有名人の名をつげ、「お上がいりゃいいんだがな、彼の名前で頼むと映写機貸してくれるかもしれんな」お師匠さんの許にどうしてと考えるゆとりはない、館主としてこのままじゃ名声にかかわる。すぐ出かけて、首尾よく新式らしい一台を借りることができた。ところがぼくには操作ができない、わが所蔵の機械は、米軍が沖縄から持ち込んだ払い下げ品。

「君は不器用だなぁ。ぼくはこうみえてもメカにはけっこう強い、車だってちょっとした故障なら」とか何とかいいつつ、フィルムを装塡し、解説の先生もまた、「君、そこはこっちへ通して」甲高い声で口添えした。しばし後、メカニズムは作動、正しく写し出されたエロ映画は、野良で働く中年婦人を、通りすがりの行商人が、馬小屋風に連れこんで一儀を行うという、ありふれたお話。買物籠は飼葉桶で、もちろん主演女優は枕禿のできていそうなスレッカラシ。

「現実はつまらないなぁ」サンボリスムもデフォルメも吹っとんでしまい、先生がぼやいた。「女性の表情はなかなかのものでしたよ、あれは演技じゃない。後で男のペコペコあやまるのがおもしろいなぁ、へへへ」吉行さんが笑った。

　お琴のお師匠さんは、赤線のあった頃からその筋に名の通った、取持ち女だった。吉行さんは取材で知り合ったという。生身の女体に獣的興味を抱く男性は、しばしばかえって、虚構の、いわばマリヤ信仰を抱く。吉行さんにこのことはなかったと思う。永遠の美女なんて存在を願わず、また、現《うつ》し世の女性にも、しごくふつうにつき合って、その「モモヒザ三年シリ八年」なる、酒場でのふるまいの極意も、もちろんことさらなものじゃない。武道の真骨頂は肩の力を抜くことにあるという、多分に天性のものらしい。虚弱そうにみえて、吉行さんの肩幅はぼくより広く、小説にも出てくるが、結核療養中に、水中で息を二分以上止めていられた。ふつうでいるためには、タフネスを必要とする。ぼくは吉行さんが亡くなるなど、考えたことがなかった。

マカロニ・グラタン

平成7（1995）年2月

陳《ちん》建《けん》一《いち》
（四川飯店オーナーシェフ）

　わたしが物心ついた時、すでに父（陳建民）は新橋田村町で四川飯店を経営していた。大店の老舗がならぶ新橋中華街の中でも父の店は名門で、そこから巣立っていった料理人が何人もいたほどだったが、店としては小さく、五十人も入れれば満員だった。

　父はそこで朝から晩まで働きづめだった。わたしが寝る時に父が帰っていたためしはなく、父と食事をした記憶はほとんどなかった。子供の時は誰でも、父におねだりしておもちゃを買ってもらった経験が一度ならずあろうが、わたしはたった一度水鉄砲を買ってもらっただけだった。

　だから父の作る食事は子供の頃は食べたことがなかった。食事といえば母が作る和食の普通の家庭料理か、わたしの家に居候していた中国人コックが作ってくれた中国各地の郷土料理だったのである。

　当時、わたしたちは霞町（今の港区西麻布）の坂の下の長屋に住んでいたが、父の面倒見がよかったため、中国から日本へ出稼ぎにきたコックたちが二、三人、二階を占領しており、トイレにいくにも彼らをまたがなければいけなかった。

わたしの家にはいつも、店で使うものがゴチャゴチャと置いてあった。たとえば家鴨を焼くための漬け汁が常に風呂場の横においてあり、それを毎日嘗めているうちにいつの間にか味を覚えてしまったほどだ。

また四川料理を作るための珍しい香辛料がたくさんあった。当時はいまと違い、オイスターソースや豆板醬だっておいそれと手に入るものではなかったから、彼らが作る中国料理はとても楽しみだった。家庭用の火力だから大した料理ができるわけはないのだが、そこらにあるものをなんでもいれる、いってみれば〝めちゃくちゃ炒め〟がとても美味かったことを覚えている。

そんな少年時代の中で、父と外食をした記憶が一度だけある。たしか小学校二、三年生の頃だと思うが、なぜか家族揃って銀座の不二家にいったのである。

当時もいまも不二家のメニューはそれほど変わりはないと思うが、ならんでいるのは洋食メニューばかりだからわたしはどれも食べたことがない。いったい何を選んだらいいのかまるでわからなくなってしまったわたしは、迷いに迷ってマカロニ・グラタンを選んだ。たぶん父はカツレツかポークソテーか、何か好物の豚肉料理にしたと思う。

そのマカロニ・グラタンの味が今もって忘れられない。ホワイトソースと鶏肉、マカロニの合わさった味がえもいわれぬハーモニーで、今まで食べた経験のある家庭料理や中国料理にはまったくなかった味付けだったのである。

それからは何かにつけ、グラタンの味が舌に蘇るようになった。小学校高学年になってからは父の商売も軌道にのり、本店は田村町から六本木に移り、各地に支店を出した。一緒に外食する機会も増えたが、洋食屋にいくとどうしてもマカロニ・グラタンを頼んでしまうのである。高校生の時には、自分でホワイトソースからマカロニ・グラタンを作ったこともあった。

父が家で料理を作ってくれることも多くなった。父の好きな料理は「ベトコン」と呼んだものだった。当時、ベトナム戦争たけなわだったため父はベーコンのことをベトコンと呼んで「おい、ベトコン買ってこい」とわたしを買物にいかせたのだ。ついでに卵と野菜を買ってくると父はそれを豆板醬で炒めて四川風に味付けしてくれた。それと一緒に、いい卵の見分け方も教えてくれたものである。父の作ってくれた料理はどれも辛かったが、とても美味かった。わたしは職業柄もあっていまでも辛い食べ物が大好きでカツ丼にすら七味唐がらしを真っ赤になるまで振りかけて食べる。「この人は味覚がないんじゃないか」と思う人もいるが、そうじゃない。わたしが自分で食べる分には辛い料理が大好きだということで、もちろんお客さまに出すときは違った味つけにする。

わたしは中学まで四谷の東京中華学校に通い、日本の高校を卒業後、大学に入ってから本格的な料理人の道を歩むようになった。中国料理にこだわらず、和食から洋食までいろいろな店でアルバイトをしたが、その経験がいまになって生きていると思う。

最近はフジテレビの料理番組『料理の鉄人』に出演したおかげで、中国料理以外の料理人の方々と親交を深めている。最初に出演依頼がきたときは、わたしのような若輩が中国料理を代表して出演するのはおこがましい、と遠慮したのだが、「勉強になるから」とのアドバイスは本当で、とてもいい経験をさせてもらった。

この番組は、スタジオにいる二人の料理人がその場で提示された食材を使って料理を作り、それを専門家が採点する。番組で使う食材は事前にはわからないし、採点も厳格である。いまは多少慣れてきたから「今度はこんな食材ではないか」と予想して何パターンか考えていくが、最初のころは勝手がわからず、胃の痛くなるような時が何度もあった。初出演の時はイタリア人シェフと対戦したが、テーマは何とフグだった。まさか洋食の人を相手にフグが出るとは思わず仰天したことを覚えている。

わたしも男子たるもの負けたくはないが、納得いくものを作ることができて負けたならばそれは構わない。逆に納得いかないものしか作れなかった時は非常にくやしい。

しかしこの番組に出てから、同じ料理界に生きていても、分野が違うと、食材の使い方がこうも異なるのかという発見をしばしばした。これは大変ありがたいことだし、この経験を今後は自分の店の味に生かしていければいいと思っている。

阪神大震災と遺族の癒し

平成7(1995)年3月

保阪《ほさか》正康《まさやす》
(ノンフィクション作家)

阪神大震災によって五千九十人が死亡し、依然として二十九人が行方不明だという(平成七年一月二十八日調べ)。近代日本では、大正十二年九月一日の関東大震災に次ぐ大惨事である。

私はまるで戦場のような神戸の街を映すテレビ画面を見ながら、死者の遺族、肉親、そして友人などの心中を思った。このような大地震に都市建築は弱かったとか高速道路が意外に脆かった、さらになぜこの期にこういう地震が起こったか、といった報道内容にさほどの関心はなかった。私は、生者がひたすら心の傷を癒しつづけなければならないと思うと胸が痛み、この地震によって人生の様相が変わるであろう人びとのこれからを案じた。

私的なことになるが、私の父は関東大震災によって父親や姉を喪った。当時、横浜に住み、横浜二中の一年生だった父は、この大震災によって人生が変わり、終生大震災時の記憶と戦った。十三歳で横浜をはなれてからは七十七歳で没するまで決して横浜には足をふみいれなかった。「横浜は育った地だからなつかしいけれど、横浜の土をふむのは怖い」といい、「父親や姉が行方不明のままだから……」と洩らした。

父は変わり者だった。高校の数学教師であった。他人と協調するタイプではなかった。私はそういう父とあまり性格が合わず、少年期にはほとんど会話を交さなかった。父がどこでどのような家で育ったのか、どのような少年時代をすごしたのか、具体的には何も知らなかった。そういう関心もなかったのだ。ところが七十五歳の折りに肺がんの宣告を受け、余命六カ月余という告知が密かに医師から私に告げられた。私は、父について何ひとつ知らないことに焦り、父の病床で初めてさまざまな会話を屈託なく交した。

父は親戚とも没交渉で横浜にも愛憎の感情をもっていることもわかった。私が、父の生地、育った地、そして父の親戚などを訪ね歩いたのも、余命の限られている父にそれぞれの土地や人物の息吹きを伝えたいと思ったからだった。あるとき、父は「私の病気は治らないだろう。お前にだけはすべてを語っておく」といって辛い記憶を話し始めたのである。

父の父（私には祖父）は横浜の済生会病院に勤める医師であった。横浜の郊外に両親と姉兄弟の六人家族で住んでいた。兄や弟、そして母が結核で倒れ死亡した。十一歳だったという。そして、父と姉（県立横須賀高女の教師）が関東大震災で行方不明になったのである。

大正十二年九月一日の地震のあと、父は父を捜して横浜市内に入った。だが街はガレキの山で進むことができない。「そのとき嫌な体験をした」といって口をつぐんだ。家に戻って父と姉を待った。三日目に済生会病院の医師が訪ねてきて、「君のお父さんが行方不明だ」と告げた。姉も横浜市内で行方不明であった。親戚の者が訪ねてきて、孤児になった父を自宅に連れていった。以来、父は横浜には行っていない。

「あの地震は怖かった……」といい、大学は仙台に行き、旧制中学の教師の道を選ぶ際には、地震がないといわれた北海道の札幌に決めたのもそのせいだといった。こうした話を聞きながら、私の小学生時代に十勝沖地震があったときの父の狼狽ぶりを思いだした。震源地に近い地に住んでいたためもあるが、揺れは大きかった。父は異様にふるえあがり、長い紐をもってきて輪をつくり、前に父が後に母が入った。そして子供四人をその間に入れ、まるで電車ごっこのようにして避難したのである。そういう姿で避難する一家などなく、私は友人に冷かされて恥ずかしい思いをしたほどであった。

その後も父は地震があると、怯えた表情になり、その様がおかしいと私は弟と密かに笑った。

私が、地震のあと横浜市内で嫌な体験をしたというのはどういうことか、と尋ねたとき、父は初めは黙したままだった。私が執拗に尋ねつづけたので、父はやっと口を開いた。市内のガレキの山を歩いていると、父の足をつかんで「水をくれ」と低い声で頼む青年がいた。その発音を聞いて、青年は中国人だとわかった。父は近くを走り回り、お碗に水を入れてきて、立ちあがることのできない青年の口にお碗をあてた。「上海から来た留学生の王です」と青年はいったという。そのとき、父は後からいきなり頭を棒で殴られた。

「お前も中国人か」と目を血走らせた自警団の青年たちが三、四人、父の胸ぐらをつかんだ。校章を見て、「こんな奴に水をやるな」といって、胸ぐらをはなした。

そして父の目前で、この中国人留学生をめった打ちし撲殺したというのである。「ひどいことをする連中だった」と父はいい、「上海から来た王さんという学生のうめき声や苦悶の姿が忘れられない」ともいうのだった。横浜に入るのをためらうのは、あの光景が頭からはなれないからだとつぶやいた。父は医師を志していたが、このとき殴られた後遺症で片耳が難聴になり、あきらめたというのであった。父の死後、書棚を整理していると、横浜に関する書が何冊もあった。横浜に心を開こうと努力しているのがわかった。

　私は、今度の大地震に接して、むろん死者を悼まなければならないが、同時に生者の心を癒すために心くばりをする環境がつくられなければならぬと痛切に思うのだ。大震災からわずか五日目の一月二十二日、前首相が「初動に間違いがなければ、百人、いや五百人の命が救えたのではないか」と発言したとの報道を読んで、私はその無神経さに愕然とした。どれほどこの発言が死者や行方不明者の家族を悲しませたことだろうか。

自立教育のすすめ

平成7（1995）年4月

赤《あか》井《い》英《ひで》和《かず》
（俳優）

ＴＢＳの「人間・失格」というドラマに出演するにあたって、プロデューサーと作家の野島伸司さんの三人で話し合った。我が子をいじめで失った父親が復讐に立ち上がる、というその気持ちはよく解る。しかし、いじめた子供を順番に殺して行くというのはなんぼ何でもできん、とオレは言った。番組終了後しばらくして、自殺した大河内清輝君のいじめの実態が浮かび上がった。これはフィクションではなかった。悪質なガキ、対応のまずさが目立った学校、大金を持ち出されながら親は何もできなかったのか……方々で取り上げられる現実を見ながら、自分の子供の将来にふと不安を覚えざるをえなかった。

中学時代のオレは頭に剃り込みを入れ、サングラスをかけてタバコを吸ったりするガキだった。他校へ出かけて行き「Ｉ中学の赤井や。お前んとこで一番強い奴ダレや」と呼び出して、ボコボコにどついて帰ってきて「Ｉ中の赤井いう奴はムチャしよるぞ」なんて評判に喜んでいた。今でいういじめとはまたちがう、徒党を組んで弱者から金まき上げるなんて愚の骨頂、ひたすら大物狙いだった。

「I中の赤井」はそのまま「N高の赤井」になり、通学の沿線で恐れられる存在となったが、その前に立ちはだかる一人の教師がいた。戸田久主先生、体育の教員でありボクシング部の顧問でもあった。全然勉強なんかしないオレの成績は当然良いわけがない。一年の終わりに『進級不可』を言い渡された。当時のオレにはダブってまで高校に通う意欲が失せていた。この際、学校を辞め、バイトをしてるラーメン屋を本業にするかと考えた。

そんなある日、ウチに戸田先生が来た。親も交えて話し込み、夜半になって、まだ甘えたことをグジャグジャとぬかすオレに、先生の鉄拳が飛んできた。親の前である。先生も一発賭けてたんやと思う。その晩ひと晩一対一で話をした。

「赤井よ、学校に出てこい。オレと一緒に行こうや。三年間オレが担任になれるようにするから……」

戸田先生の熱意に負けた。おかげでオレは中退せずに済んだ。生徒というのは日頃なかなか言うことを聞かないくせに、指導者の一瞬のひるみまで微妙に見ている。さすがに戸田先生、度胸が座っていた。オレはこの先生からボクシングを通じて、自分の限界を自分で知ることの大切さを教えられた。

ただ、躾はあくまで家庭の問題であり、学校に躾まで期待するのは甘いと言うしかない。家で幼い時からきちんと躾をしないから、とんでもないのができてしまう。

家業は近所の市場で漬け物屋をやっていたため、我々三人の子供も労働力の一部に組み込まれていた。夕方六時のサイレンが町に流れる頃には、どんなに遊んでいようと市場へ集結せねばならない。そして店じまいの手伝いをする。店先に並んだ漬け物を丁寧にぬかの中に埋め戻したり、冷蔵庫に入れたり……親は一歩先に帰って、晩ご飯の用意にかかっていた。特に年末は、オレのようなほんのガキでも店頭に立たねばならぬ程忙しくなった。「そこの八十円の白菜と、七十五円のキュウリ……」

なんて言われ、ボッと立ってる訳にはいかない。客とお金のやりとりだってせにゃならん。時間をくったり、間違ったりしてたら商売あがったりである。実に生きた算数だった。(時間は守れ、計算は早く正確に、しっかり働け)親は何も言わなかったが、あれは今思うと、父親の立派な教育だったのかもしれん。

さて、わが子をどう教育するかだが、オレはとにかくはっきりと意識的に、どこに属さなくても生きて行ける、一人の強い人間に育てたいと思っている。いつも他人の意見に惑わされるのではなく、自立できる人間に。そのためには、子供のあつかい方をきちんとメリハリつけてやることが大事やと思う。怒るべきところで怒り、褒めるべきところで褒めてやる。オレはそんなところから実践している。例えば、口から物を吐き出しても赤ん坊だから仕方ない……ではなく、ちゃんと注意し叱る。反対に皿を並べるお手伝いができた時には、できて当たり前に見えて子供には大変なことなのだから、心から褒めてやるのである。どうもこの辺を勘違いしている向きもあって、子供を叱ったり叩いたりするのは可哀相と言ってネコ可愛がりする人もいるようだが、それはちがう。きちんと区別をつけてやらないから、子供の心の成長、善悪の判断などに微妙に影響を及ぼすのやと思う。子供を叱ることは大変や。ことに手をあげなきゃいかん時は、こっちの胸も痛むのだが、しかしやるときゃやる。子供を混乱させてはならないのだ。

教育の目的とは、結局「我が子に幸せになってほしい」という一点に尽きる。そのために子供の頃からケツを叩き、塾に行かせ、いい学校に入れ、いい企業に入れ、いい結婚をさせ……と図面をひく親もいることだろう。だが、そうは行かぬ。オレは大体、高学歴というヤツを余り信用していない。息子の英五郎が中学を出て働きたい、と言い出したら、それもいいと思っている。中学を出て金儲けして立派に成功している友人をいっぱい見ているから心配などない。西成の町は早熟なリアリストのガキを生む土壌なのかもしれん。

ただ、オレは高校大学と進み、数多くの友人や先輩後輩を作ることができた。これはオレの財産である。子供たちが望むならば、そんな仲間作りの時間を多少なりとも与えてやりたい。そんな人たちとの出会いの中に、実は学校では学べない本当の教育があると思っている。子供たちには、最終的に〝幸せ〟になって欲しい。その〝幸せ〟とは、人との出会い、めぐり会いの中にあるんじゃないか、たぶん……。

フリードリヒ大王の遺骸

平成7(1995)年6月

野田《のだ》宣雄《のぶお》
(京都大学教授)

溥儀といえば、映画「ラストエンペラー」でも知られる清朝最後の皇帝である。一九六七年に六十一歳で波乱の一生を閉じたのち、その遺骨は北京市内の革命市民墓地に葬られた。当時は、共産中国で皇帝から一市民へと思想改造をとげた人物の墓所として、ここが相応しいと考えられたのだろう。ところが今年一月になって、溥儀の遺骨はこの墓地から運び出され、歴代の清朝皇帝が眠る河北省の清西陵へ移された。その直接のきっかけとなったのは、ある不動産会社社長のたくましい商魂である。この社長は、現中国の盛んな投資ブームのなかで清西陵付近の霊園開発に乗り出し、その宣伝のために溥儀の遺骨の誘致を思いついたのだった。しかし、今も健在の夫人によれば、生前の溥儀自身、清西陵に埋葬されることを願っていたという。とすれば、ラストエンペラーは、死後三十年近くをへて、ようやく自分の望む場所で眠りに就くことができたわけである。

歴史の移り変わりとともに君主の遺骨や遺骸が移動するのは、なにも中国だけの話ではない。溥儀の遺骨のことを新聞で知ったとき、わたしがただちに思い浮かべたのは、かのフリードリヒ大王の遺骸にまつわる話である。この十八世紀のプロイセン君主の遺骸も、歴史のなかで各地を転々としたのち、数年前にやっと彼自身が生前に希望していた場所に落ち着くことができたのである。

フリードリヒ大王は、一七八六年の死に先立って、次のような遺書を残していた。

〈啓蒙主義者として生きてきた余は、それにふさわしく、華美をしりぞけて儀式抜きで葬ってほしい。余が死んだ場合、人民のむなしい好奇心のために見せ物にすることなく、死後三日目の真夜中すぎに葬ってほしい。ランタンひとつの明かりで、誰もつき従うことなく、余をサンスーシ宮殿に運べ。そして、庭の階段を上がって右手のテラスにすでに作らせてある墓に、あくまでも質素に葬れ〉

死後のフリードリヒ大王の不幸は、彼の後継者である甥のフリードリヒ＝ヴィルヘルム二世がこの遺言に従わなかったことから始まる。大王の遺骸は、彼自身がこよなく愛したサンスーシ宮殿に葬られる代わりに、ポツダムの軍隊教会に安置された。以来、この教会は、プロイセン保守主義の象徴的な存在になってゆく。一九三三年に政権を取ったヒトラーがわざわざこの教会をえらんで大げさな国会開会式をやったのも、保守主義者たちの歓心を買うためだった。

だが、第二次大戦も末期になると、空襲をおそれたヒトラーは、大王の遺骸を教会から運び出し、とりあえずポツダム近郊の空軍基地の地下室に置かせる。その後、大王の棺がさらにチューリンゲンの人里はなれた山中に隠されたところで、ドイツの敗戦となる。大王の棺を発見したアメリカ軍は、この地域をソ連の占領にゆだねて撤退するさいに、棺を西ドイツのマールブルクに移送した。翌四六年、マールブルクのエリーザベト教会に大王の遺骸は安置されることになる。

けれども、大王は、ここでも長くは眠らせてもらえなかった。五二年には、またもや眠りから醒まされ、彼の王朝（ホーエンツォレルン家）のゆかりの地である南ドイツの土地（ヘヒンゲン市近傍）

に運ばれた。しかし、当時の西ドイツ首相アデナウアーは、ホーエンツォレルン家の家族たちの希望にそって、ドイツ統一の暁には大王をポツダムに帰還させることを約束する。だから、この王朝ゆかりの南独の地も、大王にとっては永遠の眠りの場所とはなりえなかった。

結局、一九九〇年に東西両ドイツが統一をとげたことで、ついに大王の生前の希望通りにその遺骸をサンスーシ宮殿に葬ることが可能となる。実際、九一年八月十七日（つまり、大王の死から二百五年目にあたる日）、大王の遺骸をおさめた石棺はポツダムに帰還した。そして、同日の真夜中に、今度こそはまさしく大王の遺言通りに、サンスーシ宮殿の庭の階段を上がって右手のテラスに作られた墓地に埋められたのである。

ただし、それに先だって宮殿の前庭で約六万の人びとが大王に別れを告げたこと、その間八人の連邦軍将校が大王の棺のまわりに儀仗衛兵として立っていたこと、埋葬にはコール首相も「私人」として立ち会ったこと――これらのことは、〈あくまで質素に葬れ〉という大王の遺志に忠実とはいえなかったが。

しかし、ともかくも、これで長かった大王の放浪の旅は終わった。昨秋、何度目かのポツダム訪問の折、わたしは、大王の墓の前に立って安堵に似たものをおぼえた。同時に、ふたたび大王の遺骸がここから動き出すことのないことも祈らずにはいられなかったのである。

終戦私話

平成7（1995）年9月

サトウサンペイ
（漫画家）

朝日新聞に描いていた「フジ三太郎」をやめる一年ほど前であった。社長の中江さんから「昭和四年生まれの会というのがあるから入ってみないか」と誘われた。

会場にタクシーで行くと、店の前に黒い大型セダンが延々と並んでいた。お座敷には二十人ほど人が来ておられ、私が挨拶すると、拍手で迎えられた。

卓上の出席者名簿を見ると、これが超一流企業の社長や副社長ばかりであった。頼りの中江社長は欠席である。経済オンチの社交ベタ、どうすりゃいいんだ。

右隣の日本ＩＢＭの社長に「最近、コンピューターの調子いいですか」と聞くのも、はばかられる。左隣の大阪商船三井船舶副社長に「スクリューよく回ってますか」と聞くのは、いかがなものか。

その日の新入りは三人。スピーチの順が回ってきた。秘書つき専用車とタクシーの差がどうもひっかかるが、ま、同い年なんだ。終戦の日はみんな旧制中学四年生だったのだ。あの日に戻れば、みんな同じなんだ、と立ち上がった。

——えー、皆さんは社長とか副社長とかのようですが、私はずーっとヒラの漫画を描いてきました（笑）。昭和二十年八月十五日は、みんな同じ中学四年生でした。あれが私たちの原点ですね。あのときはみな同じです（しつこいか）。

私は玉音放送を枚方《ひらかた》の陸軍造兵廠で聞きました。高射砲の弾丸を作っていたのです。翌十六日の朝八時、小高い山の上の工場前で、学徒動員が解散され、とりあえず三週間ほど休んで、九月の中ごろに学校へ来るように言われました。

造兵廠のふもとにある、京阪電車御殿山駅に、四年生全員がぞろぞろと向かいました。幾たびもの大阪大空襲で、私も含めてほとんどが、戦災にあっておりました。大阪行のホームは、大勢の中学生で鈴なりでしたが、私は父が疎開していた平城という所に帰るため、反対側の空いたホームに立っていました。

私の側の京都行が先に来たので、電車に乗りこむと、ワルの仲間が大声で叫びました。

「オーイ、サトウ、キセルせーよ」と言うのです。私はキセルを知りませんでした。ただ、平城から西大寺回りの大阪行の定期券を持っていましたので、御殿山駅で一区間のキップを買い、平城駅で降りるとき、定期を見せればいいと、道みち友人たちから吹き込まれていたのです。「わかってるー」と私も大声で叫んで手を振りました。

あの日は、突き抜けるような青空でした。朝風に吹かれながら、車窓からのどかな田園風景を眺めていました。

途中でいちど乗り換えて、やがて、ひなびた平城駅に着きました。ところが、終戦のせいか、駅員が一人もおりません。私が改札口のほうへ歩いていきますと、電車の最後尾から車掌が追っかけてきて、「キップを見せろ」と言うのです。友人に言われたとおり、定期券を見せると、何か文句を言いながら、私を再び電車に乗せ、どこかの大きな駅に連れていきました。キセルというのは、乗ってきた電車の車掌に見せてはダメなんですね。

駅長室では五、六人の駅員たちが、輪になってカンカンガクガクやっておりました。多分、日本の敗因とか、日本人の行末とかについて話していたのだと思います。

そばに立っている中学生に気づいた駅長が、「なんや、こいつ?」と車掌に聞きました。「キセルしよりましてん、こいつ」。そのとき、駅長が言ったのです。「お前みたいなやつがおるから日本が負けたんや」(笑)。戦後、最初に言われたのは、私ではないかと思います(笑)。ま、そういう人間ですけれども、どうぞよろしく——。

その夜、生まれ年にちなんで、会の名を「巳己会《みき》」と名づけた。生まれ年の同じ者には、実は、終戦の日よりもっと印象的な日がある。それは三週間ほどたって、何年かぶりに学用品を背嚢に詰め、学校へ行った日である。ゲートルを巻かずに歩く足もとが、フワフワと心地よかった。

教室は床油のにおいがしていた。机にそっと触れてみる。傷だらけのひどく汚れた机だが、温かくて、柔らかい。何年も触れたことのない木の肌ざわりである。勤労をしてきた少年たちには、ちょっと照れくさかった。

黒板にポプラの木影がゆれている。先生が戦後一本目のチョークを取り出し、黒板に文字を書いた。カタカタカタ……、その音のなんと軽やかで美しかったことか。平和だなあ、これが平和というものなんだ、と思いながら、書かれた白い四文字をうっとりと眺めていた。今までに見たことも、聞いたこともない「民主主義」という文字であった。「きょうからこうなったんや」と国民服の先生が言った。軍国少年はうわの空で黒板にゆれる美しい木影をぼんやりと眺めていた。

ミーハー的感覚

平成7（1995）年9月

渡辺《わたなべ》淳一《じゅんいち》
（作家）

本誌に四年半にわたって連載した「君も雛罌粟《コクリコ》われも雛罌粟《コクリコ》」という小説が、先の八月号でようやく完結した。

この小説は歌人の与謝野晶子、鉄幹夫妻の生涯を追ったものだが、この最終回で、晶子が「清水へ祇園をよぎる桜月夜こよひ逢ふ人みなうつくしき」という歌の揮毫を頼まれて短冊に書きながら、娘の宇智子につぶやくところがある。

「こんな歌を、よい歌だと思ってはいけませんよ。世間には歌の価値を知らない人が多いのですから」

こういってから、晶子はさらに、

「もし、わたしが死んだあと、どなたかに、お母さんの歌はどれがいいと思いますか、ときかれたら、晩年の、父が死んでからの歌ですと、答えるのですよ」と念をおす。

この部分は、晶子の六女、森藤子さんが記した回想記から引用したもので、晶子が晩年、娘時代に詠んだ「みだれ髪」におさめられているような歌を嫌い、夫の鉄幹が亡くなったあとに詠んだ歌のほうを好み、秀れている、と思っていたことが知れる。

こうした見方は晶子だけでなく、当時の歌人や評論家も同様で、初期の「みだれ髪」の歌を、身ぶりばかり大きく、情念だけが先行しすぎている、といった批評が見え、晩年の、「白桜集」などにおさめられた歌のほうを評価する意見が多い。

ちなみにいま、「みだれ髪」と「白桜集」から、代表的なものを一首ずつあげてみる。


その子二十《はたち》才櫛にながるる黒髪のおごりの春のうつくしきかな

死も忘れ今日も静かに伏してありさみだれそそぐ柏木の奥

前者の歌や先の祇園で詠んだ歌などが、いわゆる情念だけが先行して身ぶりの大きさが目立つのに対し、後者の歌が晶子の老成とともに、しみじみと人生を見詰める静寂さと奥行きの深さがうかがわれることはたしかである。

だが一般の晶子ファンのほとんどは、「みだれ髪」のほうを好み、揮毫などを頼むときも、その集からのものを求め、「白桜集」の歌を頼んだり、口ずさむことはなかった。

いいかえると、専門の歌人や評論家がなんといおうと、いわゆるミーハー的読者は、「みだれ髪」の歌を好み、事実、歌集の売れ行きも圧倒的にこちらのほうがよかった。

そして、かくいうわたしも、長い連載を終えたいま、思わず口に出てくるのは「みだれ髪」の一連の歌であり、「白桜集」の歌は一つも出てこない。

この点について、「それは、お前の感覚がミーハーだから」と言われたら一言もないが、それでもなお、晶子にお金を払って揮毫してもらうとしたら、「清水へ……」のような歌を頼んだろう。「その理由は」ときかれると少し困るが、はっきりいって、「白桜集」の歌では元気がでてこない。いかに歌境が深いといっても、それは老いた者の視点で、これから人生を前向きにすすもうとする気迫は見られない。当然のことながら、これに較べれば、「みだれ髪」の歌はいずれも明るく華麗で、テンポが良く、口ずさむだけで気分がハイになってくる。

こうした若ぶりの歌のほうが人気があるのは、啄木はもちろん、白秋や牧水もみな同じで、庶民は常に若々しくて華麗で、ロマンチックなものを好む。

むろん専門家がこうした傾向を、軽率で上すべりで、歌の真髄を理解していない、と批判することは一向にかまわない。

しかし専門家の批判がときに専門に偏り、理に勝ちすぎて、ミーハー的感覚をないがしろにすることも少なくない。とくに晶子の晩年の作品を評価する人々が、圧倒的に歌の専門家で、やや高齢者が多いことを思うと、その評価も幾分、割り引きして考えたほうがいいかもしれない。

いずれにせよ専門家の目が貴重であるように、ミーハーの目も重要である。

そしてこれから前向きに仕事をしていこうと思うとき、「静謐」とか、「しみじみとした人生を感じさせる」などといって、褒められるようになったら、問題かもしれない。少なくともわたし自身は、家の庭にきていた小動物が死に、その死体を見て人生の索漠を知った、といった類のエッセイを書くようには、なりたくない。

むろんこんなことをいって、どこまで逆らえるかわからないが、年を経て、それなりの悲しみや深さをたたえたものを書くことは、自分の身丈に合わせているという意味で、案外、易しいことなのかもしれない。

晶子が自ら、若いころの作品を嫌ったのは、血気にはやった当時への忸怩たる思いとともに、自らへの照れもあったのかもしれないが、やはり病と孤独で気力が萎え、年相応のものしか受け入れられなくなったのか。

晶子ほどの人も年に逆らうことは難しかったのかもしれない。

「天皇制」という言葉

平成8（1996）年11月

坂本《さかもと》多加雄《たかお》
（学習院大学教授）

ひとつの意味のある文章を組み立てるには、何よりもまず狭い意味での文法に則っていくつかの言葉を組み合わせる必要があるが、それ以外にも、そうした個々の言葉の意味の間に自然な繋がりがなければならない。たとえば、「この丸い三角形を食べてごらん」という文章は文法上は問題はないが、「丸い」と「三角形」とは矛盾するし、また、円であれ三角形であれ、図形は「食べる」対象ではないので、全体として意味をなさない。

もっとも、文章の意味は、一般には、それが発せられる具体的な状況にも依存するので、右の場合も、眼の前に様々な形をしたケーキがあり、そのなかで、たまたま丸みを帯びて、ある角度から見れば三角形に見えるものがあって、それを食べよと言っている文章かもしれない。ただ、やはり、それぞれの言葉には、意味の上での、それなりの由緒正しい用法と組合せ方があるはずで、それからすれば、「丸い三角形」はやはり意味をなさないし、かつ「食べる」わけにはいかないのである。

なぜ、こんなことを記しているかというと、ときどき「天皇制を擁護しよう」という発言を耳にすることがあり、私には、いささか不自然に聞こえるからである。

「天皇制」は、「擁護する」ではなく、やはり「打倒する」とか「批判する」とかいった言葉と意味の上で自然な繋がりを持つのではなかろうか。というのも、「天皇制」という言葉は、既に広く知られているように、もともと日本における革命戦略を論じたコミンテルン・テーゼに登場する言葉で、当時の日本の支配体制全体を否定すべき対象として浮かび上がらせる言葉だからである。

かつて、カール・シュミットというドイツの憲法学者は、言葉はそれぞれ故郷を持ち、そこで身につけた意味を担っているものだと述べたことがある。シュミットによれば、たとえば、十九世紀末以来、哲学の領域を始めとして「価値」という言葉が流行し、財貨も正義も平和も愛も、すべて「価値」に還元されて論じられるようになった結果、あたかも、これらのものの間に比較考量や交換が可能であるかのような発想が広がったが、それは、もともと、「価値」という言葉の本来の故郷が経済学だったからだというのである。

確かに、たとえば、財貨と愛とが、あるいは平和と正義とが、そもそも交換可能かと改めて問われると私たちは虚を衝かれた気持になるし、比較とか交換とかいう発想そのものが経済学に由来すると言われると、またなんとなく解るような気がする。シュミットの言いたいことを私なりに言い換えてみれば、言葉はある特定の歴史的状況の中で、特定の実践的関心から生みだされた意味を担いながら流通していくのであり、その言葉を用いることで、その人は、意図するとしないとを問わず、そうした歴史状況や実践的関心に、ある程度コミットしてしまうのだということであろう。

「天皇制」についても同様である。今日、この言葉のもととなったコミンテルンの歴史解釈に全く無縁な人も、「天皇制」という言葉で、天皇を頂点とするところの、日本の社会生活全般を規定し、個人の精神生活をも浸しているような、いわく言い難い日本に特殊でマイナスの意味を帯びた支配体制の総体とでもいったものを思い浮かべるようになっている。そこには、コミンテルンの日本の支配体制への眼差しや、さらには、西欧文明からする日本の伝統へのオリエンタリズム的な視点さえもが受け継がれているのである。

「天皇制」という言葉が担う歴史や実践的関心に自覚的にコミットする場合はともかく、それを「擁護する」場合は、やはり、「三角形を食べる」に類する発言となる「天皇制」に繋げるのではなく、別の言葉を用いる方が好ましいであろう。もっとも、他ならぬ「天皇制を擁護する」という言い方が広がることで、「天皇制」という言葉も、本来の文脈を離れて新たな意味の連関を帯びるようになるとも考えられる。

しかし、「天皇制」という言葉は、単に皇室制度を指すのではなく、それを中心に様々な制度が複合的に関連した支配体制といったものを意味しており、にもかかわらず、そもそも、そうしたものをどこまで実在のものとして語りうるかが問題である。私たちの前には、さしあたり天皇制度、議会制度、内閣制度など個々の制度が存在するだけで、それらがどのように関連しているかは、「天皇制」という言葉が誕生する背景となったマルクス主義的な歴史理解の枠組そのものの有効性が疑問に付されている現在、改めて検討すべき課題であるし、それが、どのような意味で日本に特殊なのかは容易に結論の出ない問題である。従って、「天皇制を擁護する」場合は、そもそも何を擁護したいのかを確認する必要があるし、もし、それが天皇という制度ならば、端的に皇室制度あるいは天皇制度という言葉を用いればよいのである。

こうした議論から、「言葉という単なる形式にこだわりすぎている」といった印象が抱かれるかもしれない。しかし、それはまた、「国民主権のもとでは、天皇は形式的地位を保つに過ぎない」といった言い方と同様、「形式」という言葉にことさらに軽い意味を与えるような文脈に無意識に従ってしまっているあらわれであり、そうした文脈には、これまた戦後に特有の歴史状況が影を投じているのである。私たちは、言葉が担う意味の歴史性というものに、もう少し敏感になっても良いように思われる。

サンフランシスコの風

平成8（1996）年12月

河合隼雄《かわいはやお》
（国際日本文化研究センター所長）

十月中旬にアメリカ箱庭療法学会の招きを受けて、サンフランシスコとミネアポリスでワークショップを行なってきた。箱庭療法は日本でもよく知られてきたが、相談に来られた人に箱庭を作ってもらっているうちに、その人のもつ自己治癒力が徐々に発揮されて治っていくという心理療法である。スイスのカルフ女史が創始したものだが、私が一九六五年に日本に紹介して以来、日本で特に発展し、私は国際箱庭療法学会の会長をしたりして、世界のあちこちに指導に行っている。

ワークショップでは丸二日間を一人でやり切るので大変と言えば大変である。そこで少しズルイことをして、今年の六月にドイツの箱庭療法学会の公開講演で行なった「箱庭療法における地水火風」というのを、その一部として使うことにした。

箱庭に現れる地水火風の例を示しながら、仏教においては、世界のすべてが地水火風空の五大によって構成されているという考えがあることを紹介し、箱庭という世界において、いかに東洋と西洋が意味深い関連を示すかを述べた。そして、その最後のしめくくりに、「一〇〇〇の風」という詩を紹介した。これは、『あとに残された人へ　一〇〇〇の風』（南風椎《はえしい》訳　三五館　一九九五年）という小さいが、実に印象的な書物に掲載されている。

　この書物は作者未詳の「一〇〇〇の風」という英語の詩に感動した南風椎さんが、それを和訳し、その各節にそれにふさわしい自然の風景の写真を配したものである。その詩は「私の墓石の前に立って／涙を流さないで下さい」という言葉で始まる。「私」はそんなところに眠っていない。「一〇〇〇の風」となって空を吹き抜け、雨になり星になりと姿を変容させながら、「私」は身軽にこの世を翔けめぐっているのだ。そして、この詩は最後に「墓石の前で泣かないで下さい」と繰り返され、「私は死んでないのです」と結ばれる。

　私は、この詩とそれに配されている写真の美しさに心を動かされた。それに、この詩の作者はおそらく西洋人だと思うが、仏教的である点にも心を惹かれた。地水火風の話の最後を飾るにふさわしいと思った。

　ワークショップが終って、その夜は国際箱庭療法学会の長年の仲間である、カサリン・ブラッドウェイさん宅に泊めていただいた。それはサンフランシスコ郊外のゴールデンゲイト橋を渡ったすぐのところにあり、湾の景観を楽しめる素晴らしい邸宅である。彼女と夫君と私は、ワインの杯を傾けながら、サンフランシスコ湾の夕暮の美しさを満喫した。

　おみやげとして日本から持ってきた『一〇〇〇の風』をお渡しすると、画家であるブラッドウェイ氏は、深く感動され、何度も見ておられたのが印象的であった。

　翌朝ブラッドウェイ夫妻は、ゴールデンゲイト橋のすぐ傍の丘へと、私をドライブに誘って下さった。車外に出て、海から急に吹きあがってくる風に驚きながら、われわれはサンフランシスコ湾の朝の景色を十分に楽しむことができた。

帰宅して留守番電話を聞いていたブラッドウェイ氏の顔色が急に変った。それは彼の弟さんの訃報であった。入院中で、ある程度は予期されていたようだったが、まさか今に、という感じだった。

その日も夕方になり、ブラッドウェイ氏も落ち着きを取り戻された。三人で居間に集ったが、それまでなかなか連絡がつかなかった、ブラッドウェイ氏の妹さんより電話があり、彼はそちらの方にいった。残された私と夫人とは、アメリカの葬儀の話となり、彼女は、現在のアメリカではエンバーミングと言って、死者を生きている姿のようにし、人々はその姿の前で死者の生前の生き方を賛える。どうしてもそれは「生」に重点が置かれ、死を悼むことが忘れられ勝ちである。自分はそんな姿になって人々に見られるのは嫌だ、と言う。私が日本には密葬などという習慣もあると説明していると、彼女の手が、つとのびて、私の話を制した。

すると、夫君が妹さんに対して、電話口で「一〇〇〇の風」の詩を読み聴かせているのが聞こえてきた。「私の墓石の前に立って／涙を流さないで下さい」。私たちは黙って耳を傾けた。暫くして夫君の声が途切れ、続かなくなった。夫人はそっと立ち上り、電話のところに行き、詩の続きを読みはじめた。

「夜は星になり、／私は、そっと光っています」。夫人の声を聴きながら、私は身じろぎもせずサンフランシスコの夕暮の景色に見入っていた。夕暮の一瞬、すべてが紫色がかって見え、美しすぎるほどの景色であった。私はこの日の光景を一生忘れないだろう。

火渡り

平成9(1997)年3月

木《き》村《むら》尚《しょう》三《さぶ》郎《ろう》
(東京大学名誉教授)

浜松の北四十キロほどのところにある秋葉山(八百三十六メートル)は、昔から火伏せの山として知られ、三尺坊(三尺権現、天狗)を祀る修験者の山となっている。電気街で世界に知られる東京の秋葉原(以前は「あきばはら」といった)の地名も、大火翌年の一八七〇年(明治三年)、ここに火難よけのため秋葉神社を分祀したことによっている。

火伏せの秋葉信仰は関東、中部を中心として全国的に広まっているというが、中心の秋葉山(静岡県春野町)では毎年十二月十五日・十六日の両日、恒例の火祭りが行なわれる。昨年の暮れこれに参加し、「時の勢い」で、一生に一度の体験をした。深夜、修験者のあとについて、熾《おき》の上をハダシで歩く、火渡りをさせられてしまったのである。

長方形に積み上げた無数の木片が、ひとときボウボウと燃え、それが収まりかけながらまだ炎がところどころ立ち上っているなかを、まず何人かの修験者が歩く。「お蔭」で炎が収まり表面が黒ずんだ熾の上を、今度は一般の参列者が無病息災を願って渡るのである。真暗やみだから、熾の下にまだ火が赤々としているのがよく見える。どう大股で歩いたとしても、三歩は火の上に足を置かねばならない。

「私たちも、やりましょう」と、少し思いつめた声が不意に暗やみから聞こえた。それとともに傍観者の立場が突如、主役の立場に変わる。覚悟を決め、靴を脱いだ。靴下も脱ぎ、ズボンの裾をまくり上げる。砂地のような冬山の地面が、ハダシに冷たい。深夜の霊気が、全身を包み込む。

「エイッ」の掛け声とともに、行者からポンと肩を叩かれ、押されるように前へ出る。三歩、足を火の上に置き、向う側に渡る。何も考えられず、何も感じなかった。精神を統一し、心頭滅却すれば火もまた涼し、とよくいわれる。しかし非常・非現実の場に身を置き、そのようなことを思うゆとりすらなかった。一瞬すべてが無となり、自分自身すらも忘れた。文字通り、無我夢中であった。

あれが、「毘羅」(びら、ぴら)の境地であったか、とあとで思う。サンスクリット(梵語)の「ヴィ・ラ」(vira)であり、諸々の煩悩を去り塵垢を離れる、の意味であるという。ここから密教・胎蔵界大日如来の真言、つまり真理を表わす秘密の言葉として、修験者の唱えるつぎのような呪文が生まれた。

「唵・阿毘羅吽欠・蘇婆訶」(おん・あびらうんけん・そわか)

「唵・毘羅毘羅乾毘羅乾能・娑婆訶」(おん・ぴらぴらけんぴらけんの・そわか)

二つとも七難八苦を離れ、仏教でいう三毒を去って、身も心も大空のように自由にさせ給え、ということのようだ。仏教の三毒とは、善根(善のもと)を損う三つの煩悩、すなわち貪欲・瞋恚《しんい》(怒り)・愚痴(愚かさ)のことである。愚かさをあらわにすることが「愚痴をこぼす」であり、現代日本の社会はあきらかに上も下も、身も心も、この三毒に侵されている。

それというのも技術文明が大きく成熟し、血沸き肉躍るような、身も心も、頭も身体も喜ぶ、かつての抗生物質、新幹線、ジェット機、マイカー、もろもろの家電製品やナイロン・プラスチック製品に見合うような技術や製品が、今は見当らない。

ガンの治療法をも含め、どうしても入手したい画期的な技術や工業製品は、少くとも向う三十年間は期待できそうにない。それなのに、頭の切り換えが出来ず、いぜんとして売れないモノづくりに執着しようとするのが、現代日本の私たちである。結果として日本中がいま度を失い、気休めに他人を責め、自分に少しでも利を引き寄せようとして、三毒がはびこっている。

現状から脱け出して事態の全体をつかみ取るには、翼が欲しい。秋葉山を護る修験者の三尺坊のように、大天狗となって土の現実から身も心も離し、空高く舞い上りたい。修験者の唱える呪文のように、大空の自由が欲しい。その「土離れ」の夢、欲求が、いま千五百三十万人の日本人を、航空機による海外旅行へと駆り立てる。

さきの呪文と三尺坊、そして天狗については、秋葉山・秋葉寺住職の藍谷俊雄氏による著書『秋葉信仰の根元、三尺坊』（秋葉寺、平成八年一月刊）に詳しい。三尺坊は烏天狗として描かれるが、その姿は文殊菩薩の化身とされる金翅《こんじ》鳥と酷似している。金翅鳥はヒンドゥー教の鳥類の王、迦楼羅（かるら）のことであり、そのサンスクリット名ガルーダは、いまインドネシアの航空会社の名前となっている。

日本の修験道にはこのように「古来の山岳信仰とインド密教の結び合いが見られる。修験者たちは心身の大空のごとき自由を求めて、九字を切りながら山に入っていった。九字を切るとは、臨兵闘者《りんぴょうとうしゃ》皆陳列在前《かいちんれつざいぜん》」の九字を大声で唱えながら、X字状に手で大気を切って、山の禍よけとしたのである。いくさに臨んで、戦う者はすべてわが前にあれ、背後から不意に襲われぬように、という安全の祈りであろう。

因みに、九字の最後の字の「前」は九画であるために、これ一字のみでも縁起がいいとされ、昔は具足櫃《ぐそくびつ》（甲冑入れ）に「前」の一字を朱で書いて戦いの安全を祈った。味噌にも「前」の一字を書いて、味噌が腐らぬようにした。

さらにいえば、キリスト教の「十字を切る」は、修験道の「九字を切る」に一を足して作った迷訳である。キリスト教の場合には、まず縦一本を、ついで横一本を十字状に自分に「描く」のであり、大気を「切る」わけではない。しかしそれだけ「九字を切る」が、かつては一般に知られていたということであろう。

秋葉山でも火渡りの前に、勢よく燃える演台状の火の周りを、修験者たちが大声で臨、兵、闘、者……と九字を切りながら、火伏せの行事を行なっていた。やがて上方に張られた白い「大凧」の端に火が燃えうつり、上から舞い下りてくる。それらの切れはしをもらおうと、信者たちがドッと集まり、奪い合う。その後が、火渡りである。

この光景を映像で撮ったのを見れば、たんなる冬のイベントとして片づけられてしまうことだろう。真暗やみのなかの山の霊気とみなぎる緊迫感。そして火渡りでの、無我の境地。これらもっとも肝心なところは、映像では伝えられない。はやりのバーチャル・リアリティなど、クソくらえである。「仮想現実」ではなく、「現実らしく見せる大ウソ」というべきではないか。ジャン・ジャック・ルソーもいうように、視覚はもっとも大きく人を誤らせるからである（『エミール』）。

火渡りのあと、一晩だけ右足の土踏まずのところが熱く、少し痛かった。無我のはずが、どこかに我を残していたのであろう。

東洋の消長

平成9(1997)年5月

白《しら》川《かわ》静《しずか》
(立命館大学名誉教授)

東洋ということばは、西洋に対する語として生まれた。わが国では、新井白石の『西洋紀聞』が、西洋という語を用いた最初のものであろう。江戸期には、この異文化に対する好奇の心がきわめて旺盛であったらしく、『国書総目録』に載せる「西洋」を冠した書は、二百三十部ほどにも及んでいる。これに対して「東洋」を冠する書は、わずかに九部に過ぎない。そのうち四部は、山脇東洋の名を冠した医学書である。東洋は江戸中期の古方派の医師で、京都に住み、はじめて腑分けの記録を残した人である。東洋という号は、たぶん蘭方医学に対して、東洋の古方を宣揚する意であろう。

東洋と西洋と、両者の文化的な相違を、「東洋の道徳、西洋の芸術」のように規定したのは、佐久間象山であった。ここにいう芸術とは技術の意。東洋の精神文化に対して、西洋を物質文明とする考えかたである。ただこの語は、橋本左内の獄中からの書翰にもみえている。左内は大坂の緒方塾に学んだ人であるから、この語は蘭学者の間ではよく知られた、共通の認識を示す語であったかも知れない。「東洋の道徳」とは、西洋の物質文明に対して、みずからの伝統の優越性を誇る語であろう。アジアの多くの地がヨーロッパの植民地と化している現実に対して、いくらかの恐れと怒りとを含めて、「東洋の道徳」を誇称したのであろう。

ふしぎなことに、東洋人の誇りを含めて掲げられた「東洋」という語は、維新以後、わが国が開化政策をとる時期に、消滅する。そして「東洋」は、わが国をさす語となった。中国では明以来、わが国を「東洋」とよんだ。それはおそらくヨーロッパ人が、東シナ海を小東洋、いまの太平洋を大東洋とよんだ呼称にならったものであろう。インドや東南アジアを植民地化したヨーロッパ人は、インド洋の西部を小西洋とよび、いまの大西洋に対する語とした。明版の『三才図会』の「山海輿地全図」には、大明海（今の東シナ海）の東に小東洋、アフリカの東方の海を小西洋としるしている。そうしてわが国は、当時の中国人から東洋人とよばれた。早く上海に赴いて、その地で西洋の科学を実見した高杉晋作は自ら「東洋の一狂生」と名のっているが、それは中国ではわが国でいう洋鬼のような蔑称でもあった。

明治になると、おくればせながらわが国も列強の仲間入りをしようとして、何事もヨーロッパのまねをすることになり、いわゆる鹿鳴館時代を迎える。わが国は東洋を標榜することを棄てて、西洋化を急ぎ、西洋になろうとした。文部大臣が、国語を棄てようといい出すような時代であった。それで「東洋」は、西洋に対置される文化概念としてではなく、中国人のいう意味での東洋となった。明治八年、清国公使何如璋、副公使黄遵憲などを迎えて、わが国の朝野の文人たちが往来歓談したが、その中心人物であった源桂閣（大河内輝声）は、何公使から国母生誕の招宴を受けて、「東洋の小生源輝声、謹んで賀す」と対《こた》えている。西洋に対する東洋、西洋の物質文明、功利主義に対する東洋の精神主義という立場は、放棄されているのである。

このような欧化政策のなかで、神仏合体が進められ、東洋のすぐれた文化財は無視され、蔑視され、貴重な美術品の多くを失って怪しむこともなかった。しかし明治十九年、フェノロサと鑑画会を興した岡倉天心は、東洋の芸術の卓越性を英文でしるした『東洋の理想』をロンドンで刊行し、つづいて『茶の本』をアメリカで出版して、茶禅一味の幽玄の世界を論じた。その古美術の鑑賞のしかたは和辻哲郎の『古寺巡礼』に継承され、禅家の奥義は鈴木大拙の多くの著作や、また久松真一の『東洋的無』などによって、ひろく知られた。

和辻哲郎の『古寺巡礼』は、年輩の人ならばおそらくみな読んでおられるであろう。そして、あの耽溺的なまでに情感のゆたかな文章に、酔わなかった人はなかったであろう。大正の中ごろからひろく読みつがれてきたこの書は、戦時色が強まりはじめた昭和十三・四年のころ、軍部の指弾を受け、一時発行が停止されたという。東洋の美の淵源を論じ、東洋的であるよりも、むしろ日本的であろうとしたこの書をさえも、その感性のゆたかさのゆえに文弱とされ、出版を停止された。それからのちは、中国の「抗日歌」が「東洋を以て東洋を伐《う》つ」と歌ったように、わが国は自ら標榜した東洋の理念を破壊し、自ら誇った東洋的節度を失って、自滅してゆくのである。

東洋は滅んだ。そして今も、滅んだままである。しかし厳密にいうと、われわれのいう東洋の理念、東洋の理想は、わが国以外では、かつて存在することのなかったものである。ただわが国では、天平以来、東洋の文化、東洋の理念を実感していたし、のち西洋と対置するものとして、東洋は一そう自覚的なものとなった。いわゆる漢字文化圏のなかで、それは久しきにわたる歴史的な関係を通じて、熟成されてきたものである。他の国が認めると否とにかかわらず、東洋は存在する。ただ現実の東洋は破滅しており、東洋としてのわが国の立場は、アメリカが代行するという、ふしぎな現実がある。

東洋を回復しなければならない。東洋は、東洋という共通の理念をもつものによって、新しい世界の秩序に参加するのでなければならない。東洋学を修める研究者の一人として、私は「おほけなくも」そのようなことを考えているのである。

加賀の古九谷

平成9（1997）年7月

中島《なかじま》誠之助《せいのすけ》
（骨董屋からくさ店主）

北陸の名陶として伝えられてきた古九谷が、実のところ肥前の有田磁器であったとする、いわゆる古九谷・伊万里論争が古美術の世界をにぎわすようになって久しいものがある。

有田地方に点在する古窯跡の発掘調査によって、今まで石川県産とされてきた古九谷の磁胎《じたい》と同じものが、これらの伊万里磁器を焼成した窯跡から多数の破片となって出土するにおよんで、どうも生産地論争の軍配は佐賀県のほうに有利に展開してきたようである。

しかしながら伝統ある誇り高き骨董商の一員として、日本の古美術界が語り伝えてきた心情をあたため、古九谷は加賀の名陶であると信じていたい気持も十分に持っている。

骨董業界は学界が論争を展開するよりかなり早い時点で、古九谷と呼ばれる一群の古陶磁器のなかに、有田産の伊万里磁器が含まれていることを知っていたようである。それはかつて南京手《なんきんで》と呼ばれていた下手の色絵古九谷の作品が、加賀の古九谷とは異なり、九州の有田産であるのを承知で取引を続けてきた事実が、そのことを物語っている。

私の先代が口にしていた言葉は「伊万里買いの九谷売り」であり、まさにこれは南京手と呼ばれていた作品を、本来の伊万里焼として安価に仕入れ、好事家たちの垂涎のままにかなりの利潤をつけて、高額に売り払っていたことを指している。

これらの南京手古九谷は、愛陶家のサイドもそれが伊万里磁器であることを漠然と知っていたのではないだろうか。なぜならばこの手の古九谷を扱う人々は、売る方も買うほうも商売気がたっぷりで、加賀の名陶として自他ともに認められていた本筋《ほんすじ》の古九谷の名品とは、はるかに遠いフィールドでのやりとりに終始していたからである。

古九谷の持つ豪快なデザインと端正な器形を鑑賞すれば、江戸時代に華麗に花開いた加賀百万石の文化を度外視して、この名陶を語ることはできないのである。古九谷・伊万里論争の軍配はさておいても、古陶磁器の世界にたずさわるものとしての私見をいえば、前述の南京手や輸出色絵磁器にみられる古九谷様式のものなどのように、はっきりと有田産と分かるものは別として、青手《あおで》と呼ばれる作品のうちでも特に豪快で上手な大皿や、構図が整って筆の優れている色絵の端皿《はざら》などの作品は、有田で成型した磁胎を北前船で北陸に運び、加賀で絵付けしたものではないかと考えているわけである。

これらの見解は、古九谷とくればどうしても加賀百万石をはなれたくないという一骨董商の意地と頑迷さかもしれぬが、私がいいたいことは、これらにたずさわる古陶磁関係の人々の多くが、生産地の論争に拘泥するあまり、古九谷本来の持つ美しさと深遠さを見失っているという、主客転倒の現状を嘆いているのである。

古美術の世界に求められるべきことは、美意識があって初めて学問が生まれることであって、学問は美を支える土台でなければならないのである。これを古陶磁器の世界に当てはめれば、古窯跡から発掘される破片などの資料は、それ自体は真理を追究する上において、重要な位置を占めているが、古陶のもつ美しさや愛玩の気持とは別のものである。ここを理解して学問をして欲しいのであり、趣味家をもって任じ美を語る人々に分かってほしいところなのである。

私が出演しているテレビのお宝鑑定の番組が、大変な高視聴率を頂いていることは、感謝していると同時に、番組でのひとことに重い責任を感じているのである。テレビの収録と放映を続けていて気が付いたことは、すでにこれは文化に成長しつつあるということを実感したことである。なぜならば番組が始まった最初の頃は、たんに興味本位の値段付けの構成であったものが、今ではテレビを見て下さるそれぞれの家庭が、家族のもっている歴史やエピソードを振り返るようになったことにある。

古九谷に関していえば、出張鑑定のロケに行ったおりの楽しい思い出がある。それはある地方で、青年が古い木箱に収められた古九谷の小皿を会場に持ってきたことであった。

聞けば青年のお母さんがお嫁入りのときに実家からもってきた品で、古九谷の皿ではあるが米国のカリフォルニアで焼かれた珍しい物であると真顔でいわれるのである。

「そんな筈はありませんよ、古九谷は日本のやきものですからね」と説明しても、青年は箱にそう書いてあるといって首をひねるのである。そこで私がいつもするごとく箱の蓋を検分したところ、古い筆跡で「加州　古九谷皿五枚」とあるではないか。加賀のことを加州と記してあり、それをカリフォルニアと勘違いした青年の純粋さを、鑑定した私も微笑ましく感じ、分かってくれた彼がにっこり笑って、大事そうに古九谷を抱えて帰っていったうしろ姿を、今でも忘れないでいる。

その後の「あぐり」

平成9（1997）年11月

吉行和子《よしゆきかずこ》
（女優）

母はこのところサインまで求められるようになった。芸能人じゃないんだからとんでもない、と断り続けてはいるものの、色紙を出され、何か言葉を、とか言われると、とまどいながらも書いたのが、「身老心未老」という字だった。あとで、何、あれと聞くと、身体は老いても、心はまだ若いってことよ、と言う。どこで知ったのか、はたしてそんな言葉があるのか定かではないが、確かにこの意味のように、母の心は老いていない。

昔話や思い出話など家ではいっさいしない母のことは、十何年前に出た、「梅桃《ゆすらうめ》の実るとき」という本ではじめて知ったことだらけだった。これは母の話を聞いた方が書いて下さったものだ。この本をもとに、ＮＨＫが朝の連続ドラマ「あぐり」として放送した為に、突然わが家もあわただしくなった。

九十歳のいまも、たった一人で、こつこつと小さな美容室で働いているのだが、そこに記念写真を撮りにみえる方などもあり、色紙を出されることもある、というわけで、心未老と書かざるを得なくなったのだ。

母は元気だ。兄の淳之介は、「おふくろは元気という病気だ」と言っていた。次から次へと病気ばかりしていた兄にとっては、何か一つくらい病気のない人はいない、と思っていたのだろう。母はそれが大変気に入っていて、「私は元気という病気だから仕方ないの」と動きまわっている。妹の理恵はそれを心配して、母は疲れている、あんな重いものを平気で持って歩いている、また車の沢山はしっている道を横切った、といちいち気に病み、彼女の方が病気になりそうだ。

ドラマ「あぐり」のおかげで今まで知らなかったことが沢山分った。まず父のエイスケについてはまったくといっていいくらい何も残っていなかった。二十年くらい前に、エイスケの作品を集めて二冊の本が出たのだが、その本と、そこに写っている写真があるだけだった。それがエイスケに扮した野村萬斎さんの人気のおかげで、三つの出版社からエイスケの作品および、その時代の作家や画家の作品を集めたものなども出版され、私達の知らなかったことが次々に現われて来た。エイスケの手紙も見ることが出来た。これは長野にお住いの清澤清志氏にあてたもので、奥様がお持ちのものだった。清澤さんと父は、「売恥醜文」という雑誌を作っていた。岡山の父と長野の清澤さんとは、どうやって連絡をとりあっていたのか分らないが、何冊か発行している。出来上ると二人はそれを持って汽車に乗り、途中下車しながら本屋さんへ届けに行っていたそうだ。エイスケ十七歳の時の話だ。「ぼくはもう子供がいるんだ、早く隠居がしたいからね」などとフザケたことを書いている。母のあぐりが、若いみそらで子供を産もうとしていた時の創刊号での後書きだ。その時生れた淳之介が十六歳の時、父はあっという間に心臓マヒで死んでしまうので隠居をする暇も無かった。

清澤氏にあてた手紙には、文学のこと、人生のことが、若々しく、青々しく綴られていて胸を打つ。

その中で、「うちのあぐりは阿呆なくらい元気です」というのがあり可笑しかった。

あの頃から人がうんざりするくらい元気だったのだから年期が入っている。

病気のうえに阿呆が加わったのだから、もう恐いもの知らずだ。ますます元気になり、今も白いガウンをきちんと着て働いている。お客様は五十年以上もいらして下さっている方ばかり八人。最年長の方は、昭和六年からいらしている九十三歳の方。この方も母に負けずにお元気だ。先日も私の一人芝居、「MITSUKO・世紀末の伯爵夫人」という芝居を三越劇場まで一人で観に来て下さった。このミツコさんも明治生れの実在の人物。明治の女性としての共通点があるのか、母も好きな芝居で何度も観てくれるのだが、この方も気に入って下さり、結構でしたよ、また拝見したいから、この次もお知らせ下さいね、とおっしゃって下さった。凄い迫力だ。

テレビの「あぐり」が若々しく元気に頑張るおかげで本物のあぐりも忙しくなり、ドラマが終れば区切りがつくかと思っていたのだが、本物あぐりのドキュメント番組などが放送された為、まだ休むわけにはいかないでいる。休むというのは、本人ではなく、私や妹のことだが……。今度はその番組をごらんになった方が、九十歳であんなに元気なのだから自分も頑張らなくては、と張り切り出されているからだ。

「今が一番元気のような気がいたしますの」と母はすました顔をして答えている。いったいどうなっているのだろう。

〝パーラー〟今昔

平成9（1997）年12月

福《ふく》原《はら》義《よし》春《はる》
（資生堂会長）

一世紀近い歴史をもつ資生堂パーラーのビルが取り壊され、代替店舗を銀座四丁目に移すことになった。

元々この資生堂会館ビルが谷口吉郎氏の設計で建てられたのは昭和三十七年であり、同年の建築文化賞に入賞したので、取り壊すには余りに勿体ないのでは、とのご意見がとても多い。

ところが、一方で国は規制緩和を謳っているのに、都の衛生局や消防庁は、建築当時の基準と現状との差を指摘する。しかも、今日建て直すとすれば、何と延床面積で三割も減ってしまうのだ。なれば軀体をそのままにして内装を一新すると云っても、それにも限界があって、仮店舗の費用と将来のことを考えると、思い切って新しい建築でお目見えする以外に方法がないことになった。

資生堂パーラーの原型は、資生堂薬局の創業者福原有信が、帝国生命保険会社社長として一九〇〇年のパリ万博を視察した帰り、米国のドラッグストアを見て、ソーダファウンテンを薬局に併設したことにはじまる。それが明治三十五年のことだから、もう一寸で百年になる。アイスクリームは明治の初めから横浜で、そして銀座では六丁目の函館屋で明治十年以前に発売していたと云うことだが、ソーダファウンテンのコップからストローまで、直輸入による営業は銀座の話題となった。

ご年輩のみなさんのイメージにあるのは昭和三年に前田健二郎氏の設計による二階建て、バルコニーとオーケストラボックスのついた白亜のパーラービルであろう。映画「カサブランカ」の舞台となるリックのカフェを想わせるプランで、二階の回廊のつくりなど、いかにも当時のモダーンな雰囲気にあふれていた。また花椿マーク入りの銀器でのもてなしに高級感が感じられた。パーラーが供するチキンライスやミートクロケット（コロッケ）は定番として、親子三代にわたるファンがいらっしゃる。

お客さんのスタイルも大正末期ごろの大正モダーンをピークとして、パリで流行したクロシェと呼ばれた細いつばつきの帽子を被り、クララ・ボウがハリウッド映画で見せた膝丈のスカートを穿くのが、中二階のパーラーのインテリアによく似合ったと云う。

銀座通りに再び柳の並木が植えられて、昭和七年には西条八十詞、中山晋平曲の「銀座の柳」が流行った。

新橋芸妓のお客が多かったのは、当時は置屋さんから見番にお稽古に通う途中にパーラーがあったが故である。ある年寄株の芸妓さんが資生堂パーラーの支配人に、「あたしたちの命より大事な三味線を倒したら大変。入口に三味線を預る台を造って頂戴」と云ったところ、支配人は「かしこまりました」と一カ月でそのようにした。それ以来新橋の芸妓さんは、私たちが頼んだことをすぐやってくれるからと、贔屓筋にお昼やお茶を誘われると、まず資生堂パーラーに行きましょ、と答えたとか。その売れっ子芸妓を見るために、また物好きな銀ブラ族が集まった。

銀座に昼夜出没する文士の方々のご贔屓も多く、小説や日記では鷗外、荷風をはじめ、川端康成、谷崎潤一郎や太宰治の作品にしばしば登場し、正宗白鳥さんに至っては毎日のようにその姿が見られた。また池波正太郎さんはきまってチキンライスを召しあがっていた。現実の舞台としては、上品なお見合いの場でもあった。

銀座の古老であった秋谷勝三氏（故人）によると、パーラーのアイスクリームはそれほど美味なものであって、死ぬ前には最後の一口に資生堂のアイスクリームを食べたい、と云う方が多かったと云う。したがって薬局の処方調剤と、アイスクリームの販売は二十四時間営業であった。閉店後なれば裏口の木戸を叩けば小僧がそれに応対するのだった。

何年か前、ある新聞の夕刊のコラムを半年間担当した。沢山のお手紙を頂いたが、今はご老人になられた方からの一通のお礼状があった。戦後すぐの頃である。お父上があと数日の命となり、物資不足の折から無理だとは思ったけれど、一応パーラーに連絡してみたら、ご用意いたしますとのこと。行ってみると当時は貴重品であった魔法瓶に入れたアイスクリームが用意してあった。勿論お代はいただきません。魔法瓶もお返しいただかなくて結構です。何よりお父上は喜ばれたらしいが、数日してお亡くなりになった。そのお礼をいつの日か社長さんと云う方に申し上げようと思っていた。たまたま新聞のコラムでお名前を拝見したものだからと云う丁重なお手紙であった。

その後、サービスにふれてある会合でこのエピソードについて話をしたことがあるが、終わってから質問があり、「資生堂のアイスクリームはそんなに中毒する人が多かったのですか」と云うので絶句した。話と云うものはよっぽど嚙み砕いて伝えないと判らない人がいると云う教訓であった。

ともあれ資生堂パーラーは平成十二年には新しい姿に生まれ変わる。すっかり日本に定着した「西洋料理」に現代の若者の嗜好も加えて銀座の賑わいの一助としたい。

「文藝春秋」社と私

平成10（1998）年2月

石井《いしい》桃子《ももこ》（作家）

いまから七十年まえ、昭和三年に、私は日本女子大を卒業した。

もともと私の両親は、学問をさせるために私を女子大に入れたのではない。私も独立心にもえて入学したわけではなかった。ただ五人の娘をたてつづけに養育し、二人を結婚させ、二人は適齢期で家にいるということになったとき、両親の側にちょっと物憂げな様子を、私は感じとったのである。

父の前に坐って、上の学校にやってくださいというと、父は、あっさり、よかろうと答えた。そのとき、私の胸に、卒業したら私を待っているのは稽古事でなく、自活だなということが、ピンとたたみこまれた。

ところが、いざ卒業の間際になっても、私の目の前には、何の展望も開けていなかった。いくつか話しかけられた教師という口は、私にとって、一ばん自分に不得手な職業であった。

そこへたまたま、大学時代の親しい友人から誘いがかかった。彼女は四国高松の出身で、菊池寛氏のお宅へは、何度かお訪ねした間柄であるという。彼女はもう結婚していたので、勤めに出られない。

二人でいっしょに先生のところに伺って、家でできる仕事をお願いしてみてはどうだろうというのであった。

幸い、そのころ、菊池氏のお宅は、女子大の構内をぬけて何分もいかなくてすむ、雑司ヶ谷金山というところにあった。少し前まで、そのお宅に同居していた文藝春秋社は、東京市の中央に引っこし、近所の人たちは、先生のお家を金山御殿とよんでいるということだった。

しかし、ある日、私たちが、先生の都合を伺ってお訪ねしてみると、そこは御殿というようなものではなく、かなり広い邸宅ではあったが、質実なものであった。お手伝いに案内されて、玄関のすぐ右側にある応接間にはいると、そこもほんとに質素といっていい部屋であった。

緊張ぎみに少し待っていると、じつに無雑作に部屋にはいってこられたのは、新聞雑誌に出てくる写真そっくりの菊池氏であった。ちょび髭に、兵児帯の着流し、えらく見せようなどという気負いなどみじんもない（何度めかに伺ったときは、食べかけの羊羹《ようかん》を棒のように手に握っておられた）。

私の友だちが、氏とは同郷人だったというせいもあるだろう、挨拶もそこそこに、話は私たちのお願いのことに進み、私たちは、英米の日常生活の常識的な習慣についての調べ物や、丸善に入る新刊の小説類の荒筋紹介などの仕事をいただいて、またの日に伺うということになった。

こうして、ある量の原稿がたまると、友だちと私は、別々の日に、先生のお宅に出かけたのだが、先生は、私たちの持ってゆく原稿を物すごい早さで読んでゆき、「うん、これ、おもしろいね」とおっしゃったり、「こっちは、つまらない」とおっしゃったりした。そして、読み終ると、袂からだったか、懐からだったか、お金を出してわたしてくださった。

もちろん、そのようなことがくり返されるうちに、私たちには、先生の周囲には、私たちと多少ともおなじようなことをお願いして集まってくる女性たちがほかにもあることものみこめてきた。ある日、先生は、文藝春秋社のある大阪ビルの地下室で、そういう人たちの相談会をするから集まるようにといわれた。

そして、およそ十人ほどの女性が集まったのが、昭和何年ごろの何月ごろだったか、私は、いま、全くおぼえていない。先生は、その会を「文筆婦人会」と名づけ、その根拠地を文藝春秋社とし、そのための散らしを雑誌「文藝春秋」の中に書いてくださったようにおぼえている。

しかし、この会は、最初のうちこそ繁昌したが、外からの注文があまり雑多であったり、応じきれないものもあって、やがて解散し、会員のうちの三人が、社員として吸収された。もっとも、文筆会のあるうちからも、私たちは、時間のあいているときは、社内の校正などをお手伝いしていたのであるが。

そのころ、社から出ている雑誌は、「文藝春秋」「演劇新潮」「映画時代」「婦人サロン」「モダン日本」など。編集者は、菅忠雄、大草實、永井龍男、西村晋一さんたちで、その人たちにいく人かのスタッフがついていたから、社内はかなり賑やかで、「映画時代」の編集長、古川緑波さんなどは、仕事をしながら、朗々と歌声をひびかせていた。昭和五年には、社長秘書として、若い佐藤碧子さんが入社して、女性記者の間の空気も、いっそう花やいだ。

こうした雰囲気の編集部を訪れる作家たちは、もちろん多く、中河さん、横光さん、川端さん、井伏さんたちが、編集部の机の間にふらり入ってこられるのは、日常茶飯のことで、また、私たちが、これらの作家の名をさんづけで呼んでも、それは親しみを表わすもので、この方々が、みな、じつにお若かったことを証明するだけのことなのである。社全体、大阪ビルの地下、レインボーグリルのロビーが、大きなサロンだったとも言えた。

その後、世の中が戦時色を帯びてくるころ、私は山本有三氏のお誘いをうけて、文藝春秋社と別れて、新潮社から出ることになった「日本少国民文庫」の編集に移ったから、このあとにおこった文藝春秋社の大きな変化のことはよく知らない。しかし、菊池寛氏の、人を一視同仁と見るあの視線、一種無邪気な透徹した物の見方が、今日の「文藝春秋」社の大を生みだした核のような気がしてならない。

スリの話

平成10（1998）年3月

中西進《なかにしすすむ》
（大阪女子大学長）

大阪から青森へ走る特急「白鳥」での話である。ある夏のことだ。

京都から乗った私はすぐ上着を脱いで目の前の帽子掛にかけた。本を読もうと開いたまではよかったが、ほんの数分で、すぐうとうとと寝こんでしまった。

何十分たったたか、列車が敦賀に止ろうとしたころ、突然私は後ろから肩を叩かれた。

「上着の財布、ありますか」

あわてて手をつっ込んでみると、あ、ない。後ろの男はそれを確かめるや、さっと前方へ走り出した。よく車内放送しているではないか。「財布を入れたまま上着を帽子掛にかけないで下さい」と。その定石どおりに私はすられたのだ。

とっさに私も男の後について走った。親切な乗客に乗り合わせたものだ。

隣りの車輛に入ると、前方にもう一人別の男が急ぎ足に去ろうとしている。親切な乗客は追いつくと男に体あたりを食わせて座席に押し倒した。

と、目の前で男の脇からぽろりと落ちる物がある。ああ、何と私の財布だ。スリはさっと捨てたのである。都合よく座席の下にころがり込んでしまえば、「私は何もすっていません」ということになる。彼にとっての運の尽きは後ろから私が見ていたことだ。

おもしろかったのは、スリがふるえる手ですぐ煙草を吸おうとしたことだ。追いかけた男が、ダメだ！　と怒鳴った。そしてボストンバッグをあけて取り出したものを見ると、手錠である。スリの手首にガチャリとかかる。手錠がキラリと光った。

追いかけたのは張込み中の刑事だったのである。刑事は、手錠をかけると、今度は自分で煙草をとり出した。ＪＴさん、煙草とはふしぎなものですね。

私は刑事に聞かれるままに氏名を答え、夕方帰りに京都署へ寄る事を約束して、自分の車輛に戻った。

その時はじめて気づいてみると、私はハダシだった。靴を脱いだまま寝ていて、そのまま追跡に、ついていったのである。

そしてまた、みなの目がいっせいに私に集中していることに気づいた。退屈し切っていた乗客にとって、車内の大捕物は、絶好の見物だったらしい。その登場人物がハダシだとは。

もっとひどかったのは取押えを見ていない、私の車輛の乗客たちだ。座席に戻った私を見て、何があったのか、どうしたのか、と聞いてくる。これまたわくわくしながら見ていたらしい。ところが「ああ、そうだったんですか。私たちはあなたが犯人かと話し合っていました」と言うのには、参った。

「それにしてもテレビみたいなことを実際に見るなんて、しあわせネ」とは、何だ何だ。

帰途、ささやかな御礼の菓子をぶらさげて京都署へいくと。あの刑事がいた。逞しいベテラン刑事だという事がわかった。

「前科十八犯でネ、しばらく動かなかったのですが、先週同じ車輛で被害が出ましてね、こいつだと見当がついたので張込んでいたんですよ」

そういえばこの刑事が京都から乗込んで私の少し後方に座ったのを思い出した。

机の上に調書がある。見ると今年六十歳だ。同じ柳の下を狙うとは、もう齢のせいか。

と、名前が李栄吉とある（いま仮名にする）。要するに名だけ見れば日本人で通る韓国人であった。在日朝鮮人かもしれない。

私はそれまでの気持が一変するのを、体の中に感じた。年齢から考えても、戦争中に日本で生まれた韓国人であろう。創氏改名などというとんでもない強制をした時代であった。そもそも韓国や中国には命名のルールがあって、世代と兄弟とによって名はほとんど選択の余地がない。その中で、日本の生活のために日本ふうな名をつけるという知恵を、親は思いついた。子の幸福を思ってそんな名をつけた。例は多い。

彼のおい立ちにどれほどの屈折があったかは、すぐに想像できた。

もちろん、だからといって犯罪が許されるというのではない。私はすられた方がよかったなどというつもりはない。

しかし、ひとりの韓国人をスリにしてしまった当時の日本の情況が、みるみる私の胸に大きく広がっていた。

何も知らずに活劇に大よろこびをしていたあの乗客たち、いっしょにおもしろがっていた自分、そんなものをホロ苦く思い出しながら、私は警察署の玄関を出て来た。
長い夏の一日も終って、街はもうとっぷりと暮れていた。

名こそ惜しけれ

平成10（1998）年3月

尾崎《おざき》護《まもる》
（国民金融公庫総裁）

　橋本首相が推進中の六大改革の中で昨年もっとも話題になったのは、行政改革、なかんずく省庁の制度改革であった。現行の一府二十一省庁を一府十二省庁に改めようという行政改革会議報告が昨年末にまとまって、今年は省庁再編のための基本法が制定される運びになっている。

　合宿までして長時間の論議を重ねたといわれる報告の内容についてとやかく言うつもりはないが、報告を拝見して、新省庁に擬せられている名称に、国家の行政を担う機関にふさわしい品格が感じられないのがいかにも残念である。少なくも、昭和から平成に元号が改められたときに感じたような、ほのかな香気というものがない。

　察するに、行政改革会議は、改革の中味の検討に追われ、省庁名を検討する時間を十分とることができなかったのだと思う。それならば、今からでも遅くはない。国民が日々親しみ、誇りを持てる国家行政機関となるのにふさわしい名称を考えてほしい。行革会議でできないのなら、国会に特別の小委員会でも設けて検討してほしいと思う。

なかでも、改革案では廃止されることになっている文部省とか大蔵省とかいう古い名前は、宮内庁、外務省などという名とともに、それ自体が歴史であり文化であることを思い出していただきたい。

江戸時代、幕府には文部省のような教育行政機関はなかった。昌平坂学問所や洋学所など教育機関が教育行政も兼ねていた。明治政府は先進諸国の制度を研究し、教育行政を独立させ、文部省を創設したのである。

文部省という名は明治四年（一八七一）の太政官制改正から現れる。そしてその翌年、明治五年に発布されたのが「必ず邑《むら》に不学の戸なく、家に不学の人なからしめん」と宣言した「学制」である。いま改めて、このことばをかみしめてみてほしい。文部省は、この精神の下に日本の学校教育制度の基礎を築いた。日本の初等教育は世界に冠たるものとなり、高い識字率を達成して、国家の力を飛躍的に高めた。

文部省という名は、近代日本の誇りと共にあるのである。

大蔵省は文部省より古く、明治二年に設置された。その前身は「会計官」という役所であるが、さらに溯ると、慶応三年（一八六七）十二月の王政復古宣言後すぐに設けられた金穀出納所が、会計事務科、会計事務局と変遷し、太政官制の成立とともに会計官に至ったものである。

大同二年（八〇七）に斎部《いんべ》広成によって書かれた「古語拾遺《こごしゅうい》」によれば、雄略天皇の御代に「諸国《くにぐに》の貢調《みつぎもの》、年年《としどし》に盈《み》ち溢《あふ》れ」たので「更に大蔵を立てて、蘇我麻智宿禰《そがのまちのすくね》をして三蔵《みつのくら》（斎蔵《いみくら》・内蔵《うちのくら》・大蔵）を検校《しら》しめ」たとある。泊瀬朝倉宮《はつせあさくらのみや》に建てられた大蔵は高さ八丈あったといわれる。これが財政を司る役所の名称に「大蔵」を用いるようになった起源である。そして大宝元年（七〇一）、大宝律令によって八省百官が定められたときに、大蔵省という国家行政組織が現れた。

時が移り、武家政治の時代になると、律令政治はその実体を失ってしまったが、大蔵の名は京都御所内で連綿と生き延びた。明治二年七月八日布告六六二号「職員令」によって再び大蔵省が国家機関として表舞台に復活したとき、明治政府は布告六二〇号でわざわざ律令制度を廃止しているのである。律令最後の大蔵卿は正三位倉橋泰聡であった。明治政府が当初から大蔵省の名を用いることなく、金穀出納所とか会計官とか称していたのは、律令制上の大蔵省が別途存在していたためである。

大蔵省という名は、大宝律令から数えても千三百年続いている。官庁名には珍しく、訓読みである。つまり、やまとことばを遺している名なのである。

文部行政に対する不満もあろう。大蔵省に対する厳しい批判の声もあろう。しかし、それはあくまで権限のあり方や職員の意識とかモラルとかの問題である。組織の中味について十分に吟味することは当然としても、歴史を一顧だにせず、いたずらに省名を改める理由にはならないと思う。

むしろ、現役官僚諸氏に、自らが勤務する省の名と共にある歴史と光輝ある伝統をもう一度思い出してもらい、その名に恥じない存在となることを求めるべきではないかと思う。

まさに、名こそ惜しけれ、である。

三船さんの含羞

平成10（1998）年3月

野上《のがみ》照代《てるよ》
（黒澤プロ・マネジャー）

三船敏郎は六年間の軍隊生活の末、熊本で敗戦を迎えた。両親はすでに亡く上京して軍隊のコネを頼りに東宝を訪ね、撮影の助手に口《くち》はないかと出した履歴書が、故意か過失か募集中のニューフェイス係の方へ廻り合格してしまった話は有名である。

元々、俳優になる気など毛頭なかった。監督の谷口千吉さんが俳優養成所の三船さんに出演交渉をした時三船さんは、自分はいずれ撮影部に移るつもりだ。役者にはならない、と言い「男のくせに、ツラでめしを食うなんて好きじゃないです」と断っている。

昭和二十一年、焼跡を、〝米よこせ〟の幟《のぼり》を立てたデモがうねっていた頃だ。東宝は労働争議に明け暮れ、たまりかねた大スター達十人が脱退宣言をして東宝を去った。残った監督たちは、「スターなんか無用、腕で来い腕で」とばかり、黒澤明・谷口千吉共同脚本の『銀嶺の果て』を谷口千吉の第一回監督で製作。俳優もニューフェイスの中から三船敏郎を説得し、若山セツ子と共に起用するなど、すべて新人の才能を結集して戦後の日本映画に爽やかな傑作を送り出した。

『銀嶺の果て』は日本アルプスへ逃げこんだ三人の銀行強盗の話で、三船さんはその中の最も凶暴な若い男の役である。眼光鋭く不敵な態度で見事なデビューだった。

それでも三船さんは役者は仮の姿、あくまでも撮影部に行くつもりだった。白馬の栂池ロケの間も撮影の三脚やバッテリー機材など五十キロ余りを一人でかつぎ、いつも先頭に立って雪中を十時間も歩いていたそうだ。

男のくせに役者なんて、という三船さんの含羞は、最後まで彼につきまとっていたような気がする。

翌年、黒澤さんは『酔いどれ天使』の主役に三船さんを抜擢し、その大成功によって三船敏郎は一躍戦後を代表する新型スターの地位を不動のものとしたのである。いくら彼が役者は恥かしいと思っても、もはや撮影部には戻れなかった。

私が初めて三船さんの生《なま》を見たのは、大映京都の撮影所内を黒澤さんを中にして志村喬さんと三人が談笑しながら歩いている姿だ。当時私はスクリプター（記録係）の駆け出しで、控室にいると誰かが「来てお見い、あれがミフネや」「監督はんはごつう背が高いな」というので窓ガラスごしにのぞいたのである。三人は歩いているだけでも活気に溢れて見えた。

その頃東宝は封鎖されていたが黒澤さんは他社から引っ張られ、日の昇る勢いで大映京都へ乗りこんできた。昭和二十五年、『羅生門』が始まろうとしていた。私は幸運にもそのスタッフに編入された。

猛暑の中、光明寺の裏で接吻シーンの撮影があった。梢ごしの太陽をバックにして撮る都合上、三船さんと京マチ子さんは六尺イントレ（組立て式足場）の台上に登る。キャメラは下から仰角。監督の「テスト！」の声。三船さんは急に軍人が踵《かかと》をカチッと合わすように直立して微笑《ほほえ》み「では、ご免候え」と京さんへ向って頭を下げた。その照れた三船さんの初々しい笑顔が今でも目に浮かぶ。

その頃の三船さんは世界のミフネという重たい荷物もなかったし、同期ニューフェイスの幸子さんと結婚したばかりで、恐らく三船さんの生涯で最も幸福な時期だったのではないだろうか。

大スターとなり〝世界のミフネ〟となってからも、いや尚一層、彼は役者というものに含羞があったようだ。付き人も無し、台本は持たず台詞は完璧、スタッフへの気配りなど、すべて役者のくせに人に迷惑をかけるのは恥かしいという三船さんの自戒だと思う。

黒澤組は開始から完成するまで入隊しているようなもので、撮影がなくても食事は常に監督たちと一緒である。そんな時の三船さんは豪快に笑っていても、絹糸のような細い神経はすり切れる程摩滅していたのだろう。

だから、深夜スタッフも寝静まった頃、その絹糸がプツンと切れる時があるのだ。

いくら車の少ない頃とはいえ、泥酔して愛車のＭＧを暴走させたこともあった。危なくて近よれないそうだ。

こうなると黒澤さんしか止められない。誰かが寝ている監督を起して連れてくる。黒澤さんの話では「何だか黄色いのが（ＭＧ）目の前をブン！　とブッ飛んだと思うと忽ち小さくなり、又引き返してブン！　と反対方向へブッ飛んでゆくんだ」そうだ。「三船！　もう寝ろ！」と黒澤さんが馬を停めるように両手を拡げて道路のまん中へ出るとさすがの三船さんも監督と分かり急停車。へなへなと酔いも醒めるらしい。「危なくてしようがねえよ。俺は猛獣使いみたいなものだからなあ」と黒澤さんは苦笑する。

それでも三船さんは翌朝、誰よりも早く床山の鏡の前に坐り「ウーン、昨夜は一寸飲みすぎたかな」と言うのである。

志村喬夫人の政子さんは、おばちゃんおばちゃんと呼ばれ三船家とはデビュー以来の親しい仲である。政子さんは三船さんの亡くなる前々日病院へ駆けつけた。すでに点滴だけで痩せ細った三船さんは奇麗な眼で〝おばちゃん〟をじっと見つめた。政子さんはたまらなくなって「三船ちゃん！　しっかりしなくちゃ駄目じゃないの！」と三船さんの頰っぺたをパチャパチャと叩いたそうだ。

するとその時、三船さんの右の眼尻からすうっと一筋の涙が流れたという。「何十年もつきあっていて三船ちゃんの泣くのを初めて見たわ」と、〝おばちゃん〟は言った。

三船さんは何が言いたかったのだろう。何が哀しかったのだろう。私は急に三船さんが可哀想になって涙がこみ上げた。

歌舞伎イヤホン讃歌

平成10（1998）年5月

小《こ》泉《いずみ》純《じゅん》一《いち》郎《ろう》（厚生大臣）

十五代目片岡仁左衛門襲名の舞台を拝見した。是非とも見ようと二月の歌舞伎座へ出掛け、夜の部の「口上」と「助六」を楽しませて頂いた。舞台は実に華やか、「口上」では錚々たる大俳優・人気役者が一堂に顔を揃え、そのひとりひとりの挨拶が誠に折り目正しく、しかしその中にもそれぞれの個性が表われていて実に面白い。私も挨拶の仕方というものが少々勉強になったように思う。

一方、「助六」はまさに豪華絢爛そのもの。場面の華やかさに加え、道具、衣裳、化粧、見得、そして新・仁左衛門の男振り等々……助六で花道から出てきた時など、「松島屋！」という掛け声とともに、どこからか聞こえて来た「いい男だなあ」という声がまさにぴったり、ほれぼれするような男振りであった。

そもそも私が歌舞伎を見始めたのは「勧進帳」からだ。もうかなり前、まだ学生の頃だと思うが、「勧進帳」というのはあまりにも有名なのでどういうものか見てみようと思い、まず見に行ったのが先代の幸四郎（後の白鸚）さんの弁慶で、その時の感動は今も忘れず心に焼き付いている。

その後が染五郎（現・幸四郎）、万之助（現・吉右衛門）の兄弟、これも若かったけれども、そのひたむきな姿にひどく感動した記憶がある。当時は「勧進帳」にこだわり、劇場に行っても「勧進帳」だけを見て帰って来たほどだが、それというのも、「勧進帳」には歌舞伎の様式すべてが収められているし、まったく無駄が無い、これほど完成された演目もないと思うからだ。歌舞伎を初めて見るなら「勧進帳」、私は「日本のオペラはないのか？」と聞いてくる人にはまず「勧進帳を見なさい」と答えることにしている。

いつしか時も経ち、途中何年かは歌舞伎から遠ざかってしまっていたが、「勧進帳」だけしか知らないというのもどうかと思い直し、いろいろな演目を見始めたある時、さらに私を虜にしたのがイヤホンである。「イヤホンガイド」と称する、劇場で貸し出している解説システムであるが、これを使ってみると、なるほどそれまでにわからなかった良さが次々とわかるようになり、なぜもっと早く使わなかったのかとしみじみ思ったほどだ。もちろんイヤホンがなくても芝居は楽しめるが、イヤホンを使えば二倍は楽しめるというのが私の持論でもある。

何度も見ているはずの「勧進帳」でさえ、これまでは何気なく見過ごしてしまっていた所が多く、例えば、富樫が義経主従を見逃して舞台上手に引っ込むところでの「泣き上げる」という仕草など、なぜこうするのか普通に見ているだけでは一向にわからず、また「泣き上げる」という言葉も私などには知るべくもない。これは、弁慶が自分の主人である義経を思うその一途な気持ちを富樫が察して、泣きながら、あるいは泣くのをこらえて入るところだが、そこで見せるちょっとした仕草も、その意味がわかると、より感ずるところがある。

また「忠臣蔵」では、高師直が、塩谷判官の奥方である顔世御前を見て扇子を落とす。さあ、なぜだ？　役者が失敗したのか？　初めての人にはとてもわかるまいが、これは顔世のあまりの美しさに驚いて扇子を落とすのだという。これなど、とてもしゃれていて、じつにうまく考えられたみごとな演出ではないか。この場面に限らず、知らないでいるとほとんどの人が見過ごしてしまう所は多々あるはずだ。そのうち私も、綺麗な人に出会ったらさりげなく扇子を落としてみようか、ふとそんな悪戯を思い立つというのもまた楽しい。

ところで、イヤホンの解説をしている方々の苦労も、おそらく大変なものがあるに違いない。大事な場面やセリフの聞かせどころでいろいろと解説が入るとうるさくなってしまうし、あまり入れないでいても物足りなく感じることだろう。解説者は、歌舞伎に詳しいことはもちろんだが、詳しいだけでなく芝居のテンポに合わせた程よい解説で、芝居の邪魔にならずに理解させなければならない。となると、これはなかなか大変な仕事で、私も常連客のひとりとして、ここでひとつ感謝の言葉を贈らねばならないだろう。

イヤホンをしていると初心者のように見られていやだという人もいるだろうが、何度見てもイヤホンは使ったほうがいいと私は思う。初心者はもちろんのこと、初心者ではないいわゆる「通」の人でも歌舞伎を見るときは是非イヤホンを使うことをお薦めしたい。なぜならば歌舞伎は不思議なくらいに、同じものを繰り返し見て行くと、ますます面白くなってくるからだ。そこが映画とは違い、むしろ音楽の方に似ている。

音楽も、自分ではよく知っているようでいて、知らない曲はまだ沢山あるし、さらに一回聴いただけでその持ち味、良さがわかるというものでもない。また楽団や指揮者による違いと共に、その日の出来不出来もあるのと同様、歌舞伎も配役による違いはもちろんのこと、同じ顔ぶれでも一回一回の舞台がこれまた違うものだ。だから、音楽も、歌舞伎も、そしてオペラも、同じものを見れば見るほど、聴けば聴くほど新しい良さが発見出来て、その奥の深さがよくわかる。

歌舞伎には、まだまだ私がわからない良さが沢山あると思うし、さらにはもっと大勢の人、特に若い人達に歌舞伎を是非見てもらいたいものだと願っている。そこで重要なのは三階の安い席、そのお客を一番大事にしなければいけないということだ。オペラでも最上階のいわゆる天井桟敷のお客を大切にし、その層にどうやって何回も見せるかがポイントだともいわれる。そこでひとつ私の提案だが、三階席のお客さんに限り、イヤホンを無料にしてみてはいかがなものだろうか？　これからの観客を育てるためと考えれば、そのようなことも実行してみて良いのではないだろうか。

もう一点は、観劇にはひとりでなく、是非家族か友人など誘って一緒に見ることをお薦めしたい。その方がより一層良くわかるし、楽しめること請け合いだ。歌舞伎はいま黄金時代とも呼べる時を迎え、人気と実力を兼ね備えた俳優が指を折ってもきりがないほど目白押しで、いずれも脂が乗り切って勢揃いしている。いま見ないと損だと、私も力を込めて吹聴している今日この頃である。

子供の国

平成10（1998）年8月

芦田《あしだ》淳《じゅん》
（ファッションデザイナー）

パリ――フォーブル・サントノーレ34番地。エルメス本店から六軒目に私のブティックがある。店から眺めていると、我が店のウィンドウなどに目もくれず、日本婦人の団体が通って行く。全員が帽子をかぶり、リュックサックを背負い、パンタロンにブルゾン、テニスシューズというでたちである。

この婦人部隊は、めざすエルメスに突撃するのだ。店員の話によると、三万円のスカーフが一日に千八百枚、つまり一分間に三枚の割り合いで売れて行くという。そのほとんどが日本人というのだ。去る二月二十日には、ルイ・ヴィトンのシャンゼリゼ店がオープンした。まばゆいばかりの豪華さだ。その他にもパリ、ミラノの有名店が続々とビルを新築し、この不景気をよそに〝我が世の春〟を謳歌している。日本にもその旋風が吹きあれ、銀座の並木通りなど、まさしくサントノーレが出現したような趣だ。

ジェラシイが最もみにくい感情だとは知りながら、あのビルの半分くらいは日本女性の涙と汗で築かれたものではないのか！　などとつい思ってしまう。まぁ、品物が良いから売れるのであって、憎まれ口を言うすじあいではない。

私も三十五年前、結婚間もなく妻に最も高価なプレゼントをしたのが、エルメスのネービー・ブルーのハンドバッグだった。彼女のよろこびようは大変なもので、未だに大切に使っている。次がシャネルのキルティングしたチェーン付きのハンドバッグ。「スポーティーにもドレッシィにも使えるから、働く女性には最適なの」と妻は改めてココ・シャネルの現代性を讃美している。

もっとも、ちょっと首をかしげたくなることもある。それは客の日本人とこれらブランドとの関係。大顧客であるはずなのに、それほど感謝されているように思われないのだ。あたかも湾岸戦争のときに我が国が莫大な支援金を差し出したのと同じような状況と言える。いくら金を使っても馬鹿にされる……。店員の応対を見ていると、フランス語が解らないだろうと思って「こんな女性達にこのバッグを持って欲しくないのよね」「スカーフを十枚も買うなんて、商売でもするのじゃないの！」などと話しながら、商品を渡していることもあった。客の方も悪口を言われても仕方ない有様なのだ。まるでバーゲン会場で安物を取り合いするみたいで、計算器を片手に使う言葉は「ハウ・マッチ」のみ。日本婦人のあのしとやかさ、うるおいは、飛行機の中に忘れてきたのか。日本の温泉場の土産物屋になだれこむのとは、訳が違う。ここは華のパリ。世界のファッションの中心地に来ているのだから、少しは気取って、品良く振る舞えないものか、と私はガックリくるのである。

フランス男性を夫に持つ我が店の日本人女性店長にこの光景がどう映っているのか。

「若いパリジェンヌは、高価な有名ブランドのバッグなんか誰一人持たないわ。アンバランスですもの。安物の服を着ているのにバッグだけ上等では、笑われちゃうわ。高価な物は、それにふさわしいエレガンスが身につく年齢、まぁ三十歳過ぎになって、すべてが整った貴婦人になるまで待つのよ。日本人を含めて東洋人は買物のマナーが悪いわね。こちらが声をかけても知らん顔。欧米人は、ニッコリ笑って入ってきて挨拶するのが普通。何も買わなくても帰りに〝メルシイ〟のひとことくらいは言うから、こちらも笑顔で〝オルボワ〟と言えるのよ。買う方、売る方共に礼儀が必要よ。

言葉と社交性の問題があると思うけど、残念ながら、日本の人達は、概して子供っぽいのじゃないかしら。それに個性がなくて人と同じでないと不安というのも子供の証拠よ」

日本を離れて四十年。フランス流に意地が悪く、手厳しい。

日本人を語る上で、「子供」はキーワードである。イタリーの友人が我が家に宿泊していた時、こんなことがあった。TVチャンネルをまわしながら「子供の番組ばかりだね」と言う。それは各局のバラエティショウを指していたのだ。確かにセットは安ディズニーランド風で、けばけばしい。どう説明してよいか困ってしまった。

娘がスイスの高校に留学していた。その時、寮で同室だったイタリー、スペイン、アメリカのお嬢さん達を夕食に招待したことがあった。驚いたことに彼女達はもう完全なレディで、女主人のようにチーズ・フォンデュを競って私にサービスしてくれた。我が娘が赤ん坊みたいに見えたものだ。

バブル真っ盛りの時にも思い当たることがある。私は柄にもなく、ニューヨークのマジソン・アベニューでビルを探していた。「今日は父の代わりに」と言いながら方々を案内してくれたジェントルマンに会った。何億円という商談も堂々としていてまるでプリンスのような威厳すらあった。年齢を聞くと、何と十九歳。「僕は飛び級でハーバード大学に入り、今は二年生です」

日本人と比べると、欧米人は若い頃から大人であるという実感がある。日本は「子供の国」ではないはずだ。国際大競争に突入する時代、私も含めて日本人は日本の歴史、文化に誇りを持ち、今にも増して大人として振る舞う努力が必要だと痛感している。

語源の眼界

平成10（1998）年8月

大野《おおの》晋《すすむ》
（学習院大学名誉教授）

急に質問をうけました。「デブの語源は何ですか」。さてそんなこと知っているわけはありません。大きな辞書を見ても書いてない。デブとは何だろう。

室町時代に日本に来たキリシタンの作った『日葡辞書』という三万二千語を収めた辞典があります。それにデビタイ Debitai「額（ヒタイ）が外側へ突き出た人」とあります。現在はデビタエとして山口県大島。デビテエとして東京都八王子、神奈川県、山梨県北巨摩郡、福岡県久留米、長崎県壱岐島にあります。デビタイを訛ってデブタイというのが、新潟県北蒲原郡、徳島県、香川県、鳥取県など。デブタイという地方では略してデブともいうようで、「額の出ている人」を指しますが、オデコが出っぱっていて恰好がわるいという気持で使うようです。それがひろがって、体が不恰好に太っている→「あいつはデブだ」と展開したのが、いわゆるデブではないか。

語源は、古い例にさかのぼって考えて行くと解けることが、たまにあるのです。この話をしたところ、「ボケとは何ですか」という質問を受けました。

頭がボンヤリして、はっきりした受け答えのできない老人がボケです。ボカスという言葉があります。はっきりと分らないように、見えないようにかすみをかけることがボカス。平安時代の『色葉字類抄』という美しい字で書いてある辞書に「耄ボク」とあります。これは今いうボケルに当たる。漢字の「耄」は、「おいぼれ、視力の衰えた老人」のことだと漢和字典にある。

日本語には、わるい意味、どぎつい意味にかえるとき、言葉のはじめの音を濁音にすることがあります。キラキラ光る→ギラギラ光る。サラサラしている→ザラザラしている。ホソボソ話す→ボソボソ話す。こんな例がありますから、ホケ→ボケと濁音化したのかもしれない。

そこでホケを見ると、近畿、中国、四国、九州、つまり西日本に広くホケ（湯気）があります。さきの『日葡辞書』にも「Foqe 水蒸気」とある。京都ではホケは「霧」も意味するようで、対馬ではホケブリ（煙）とも使う。万葉集には「火気」をホケと読み「煙」の意とされています。つまりホケは「もやもやと立ちのぼる湯気、霧、煙」をいう言葉です。この「湯気」と「煙」とを兼ねて表わすもう一つの言葉にフカスがあります。「芋《いも》をフカス」「煙草をフカス」。蒸気でむす、煙を立てること。フカスとホケは一つ源から出たにちがいありません。

そこで万葉集よりさらに古い言葉を探して見たくなる。日本語 fukasu のもっと古い形は pukasu だとは学界の常識です。だから外国語に pukasu はないか。

外国語で日本のヤマトコトバに一番関係が深いと私が見ているのは、南インドのタミル語です。七千キロも離れた土地の言葉が、関係あるなんてと誰しも思うのですが、紀元前後の二千四百首の歌の記録を持っていて、現在も五千万人近くが話しているタミル語の単語は、朝鮮語にも何百と入っています。

だからものはためしと"Tamil Lexicon"（タミル語大辞典）を見ると、**pukai**;smoke, fume, mist, vapour, steam, cataract of the eye［煙、ガス、霧、蒸気、湯気、白内障］とあります。日本語pukasuとタミル語pukaiは音が合い、意味も合います。それにpukaiには、「白内障」という意味がある。目が霞んでよく見えない病気です。ボンヤリかすむことが目から頭に及ぶと度がきつくなってホケからボケになるのでしょう。たった一つの例だけでは偶然の類似とも思われる。

そこでもう一例。東京でウソッパチといいます。ウソは分りますが、パチは何でしょう。これは分らない。

ところが、方言辞典を見ると、静岡県、島根県では、パチだけで「嘘」、新潟県西頸城郡ではパチは「偽物」の意とあります。神戸、大阪ではパチモンといえば「贋物」。「シャネルのパチモン」などと使うそうです。パチは古い文献には出て来ないけれど、こんなに各地方で使われている方言は由来が古いものです。そこでためしにさっきの辞書を開いてみる。

すると、古いタミル語に**patiru**; lying, falsehood, deceit［嘘、虚偽、だますこと］があります。こんなボケとかパチとか、あやしげな単語ばかり扱うと、この話そのものがパチではなかろうかと思われるかもしれません。

そこで日本の方言の中にはタミル語に合うものが多くあるという例を真面目な言葉について出しましょう。

「兄」の意味の方言、annya（アンニャ）annyan（アンニャン）は、北は岩手、宮城、山形から西は四国、九州まで日本中に広まっています。辞書を見ると、タミル語**aṇṇaṉ aṇṇā**; elder brother［兄］とあります。（発音はアンニャン、アンニャーです）

「姉」の意味のanne（アンネ）も岩手、秋田から九州の宮崎、鹿児島に至るまで、広く使われています。また、anne（アンナ）は「母」の意味で沖縄県宮古島にあり、anni（アンニ）も「母」の意で沖縄県小浜島にあります。ところが、タミル語を見ると、annai; mother, elder sister［母、姉］があるのです。

こういう関係にある単語は、日本語とタミル語との間に五百語ぐらいあります。その中にはカミ（神）とか、マツル（祭る）とか、ハラフ（祓ふ）とか、神様関係の単語もたくさんあるのです。タミル語が朝鮮語にも入っていることは仲々面白いことで、日本語の語源研究の眼界は、とても広くなりつつあります。

悲しい記録

平成10（1998）年10月

森《もり》繁《しげ》久彌《ひさや》
（俳優）

華々しい千秋楽だった。

足掛け二十年以上、その回数は九百回という大記録を樹て、帝劇は沸きに沸いた。いろんな芝居があるが、九百回というのは珍らしいことだろう。

その間、結婚した役者もいれば、草葉の陰に身を沈めた男優や女優の数がずいぶんと増えた。

その「屋根の上のヴァイオリン弾き」で、私の役はテヴィエという一家の父親。その妻ゴールデを最初に演じたのが、越路吹雪さんだった。旦那の内藤法美さんは音楽の方の監督として、ずっと付いておられた。

その越路さんは帰らぬ人となられたが、彼女の葬儀で私は黒人霊歌を歌った。私も泣いたが、旦那も泣きながらピアノを弾いた。その時歌った〝誰か戸を叩く〟は、もう二度と歌いたくない。内藤さんも亡くなられた。

「肉屋」役として長いこと一緒に芝居をやった山茶花究《さざんかきゆう》は、入院して間もなく「シゲさんを呼んでくれ」と懇願した。私が病院に駆けつけると、彼はおとなしく寝ていた。うっすら目を開けて私を見て、はにかんだような顔をした。命旦夕に迫るというのに、意外と陽気な声で私を迎えた。「恐れ入りますが、余り話をしないように」と医者は私に注意をした。むべなるかな、聞けば彼の肺は呼吸している部分がわずかに五センチぐらいで、あとはダメだという。

その山茶花が、「シゲさん淋しいヮ、一緒に行こう……」と、私を誘った。彼一流のジョークだろうが……私はまいった。

「究さん、面白いことをいうなァ」

と言うしかなかった。それから四、五日後に彼は他界した。

これで私ことテヴィエは嫁さんを失い、友の肉屋も亡くした。

「屋根の上のヴァイオリン弾き」で異彩を放ったのは、右下恭彦。役名は乞食のナフム。乞食にしては陽気な役で、すばらしい男だった。右下も又、幽明境を異にして皆と別れた。

このミュージカルの中で重要な役の司祭《ラビ》で、益田喜頓が芝居を締めた。この人は、舞台以外ではヒステリックなところがあり、よく弟子をぶん殴った。しかも、意外とケチで有名だった。

劇団中を廻って心づけやら何やら、とかく金を集めることがしばしばあったが、誰もトンちゃん（喜頓氏）のところへは行きたがらなかった。別に悪い男ではなく、私の親友でもあった。

「シゲさん、あと百回で千回だ、大記念をやろうョ」

と、逢うたびに私をケシかけて困らせた。

そのトンちゃんが逝った時は、やり切れぬ淋しさが身体中を走った。

トンちゃんは、生まれた北海道で長い人生を共にした墨絵の大家である奥さんと余生を送っていたが、今は、あの冷たい北海道の土の下でブーブー言っているのかと思うと、妙に懐かしい。

賀原夏子さんは達者な女優だったが、芝居が済んで間もなく逝った。彼女はイエンテ婆さんという、若い男女の縁談をとり持つ役だった。古い日本の習慣と同じものがユダヤの民族的習慣に今もあると聞いて、改めて日本の習慣を思った。

このミュージカルの中でイエンテ婆さんは活躍するが、縁談はなかなかまとまらない。我が家にも孫が八人いるが、うちなんかも一人が嫁に行っただけで、貰い手がないのか、あとはみんな静かだ。

劇中、美声で革命歌みたいなものを歌う次女の恋人パーチックは東宝の箱入り俳優とでもいうべき井上孝雄が演じたが、歌が高い音でむずかしく、難儀していた。

芝居が終ると、みんなを連れて私は愛艇「メイキッス」で沖に出て宴会をやるのが好きだった。孝雄は釣った魚をその場で焼いたり揚げたりして食わせてくれた。私たちは、ただガブガブと酒を呷って海では一切芝居を忘れた。

その孝雄も死んでしまった。お骨は東京湾に撒いて成仏を祈った。恐らくご機嫌で、あの碧い海の中で一杯やっていることだろう。

クレージー・キャッツのクラリネット名人・安田伸も、あの世へ行ってしまった。彼をそそのかして、「結婚式の場」でたっぷり吹いてもらった。彼は本来ミュージシャンだが、この芝居ではいい役者だった。アメリカの舞台に負けまいと勉強しすぎて、命を縮めた。「あんなに吹かせりゃ、肺もこわれるよ」と私は、厭味をいわれた。

「屋根の上のヴァイオリン弾き」の旅では、百人を越す程の役者を集めて旅をした。北海道から沖縄まで誰ひとり病気にならず、幸運にも打ち上げたが、その後でゴールデの役をやった淀かほるさんが亡くなられ、通夜で皆が泣いた。

山茶花の肉屋役を引き継いだ友竹正則も、死んでしまった。いまだからいえるが、生前彼は「男が男を愛する、最高の哲理だ」とうそぶいていた。

お巡りさんをやった須賀不二男も今年七月に死んだ……。

「屋根の上のヴァイオリン弾き」初演以来、私は十数人の俳優、友人を失ったことになる。華やかな芝居のあの感動の裏には、いくつもの悲しい物語がある。死者を弔いたい一念から書き始めたのだが、書くほどに悲しい記録となってしまった。

日本海　四季

平成11（1999）年3月

緒《お》形《がた》拳《けん》（俳優）

○対馬　初夏

岩に生えたホンダワラ、ヒジキ、ハハキモクなどの海草が、波に叩かれちぎれて海に漂う。波間潮目で寄りそうように大きさもまちまちの流れ藻になる。大きいものは五十畳ぐらいのもざらだそうだ。いつのまにかその下に、メバル、アンコウ、ハナオコゼ、マアジ、アイナメ、サンマ、ブリ、イボダイ、カワハギ等も加わった。五ミリから二センチぐらいの稚魚達が流れ藻を家にして、太陽を浴び風をうけ、玄海灘、朝鮮海峡、日本海を流れ流れて北上する。

やがて十五、六センチに成長して自立する者あり。かもめ等を天敵として成人しても家ばなれしない者もいる。流れ藻はながれもん。屑海草の海の汚れもんと思っていたら、命のかたまりだった。

○韓国東草　秋

北に肉親を残した南の人々が北寄りに聚落をつくった。生業はほとんどが烏賊。

大津では雲丹《うに》が豊漁。鬱陵島の甘草という萬能薬、海のものも山のものも行き先きはほとんどが日本。

北風が吹くと、南北統一の願いは、いっそう強くなり、年寄ると、思いはいっそう濃くなると。

○北朝鮮平壌　夏

「日本とは過去にいろいろありましたが、しかしこれからは友好的関係でありたいと思います」

若い兵士も女学生も全く同じ答えで、年寄りに聞こうと思ったら党指導員の人にもう質問はいけないと言われた。

○ロシヤ沿海州ポポフ　冬

五十センチから八十センチの厚さまで凍る海の上を歩いた。重そうな防寒具をガッチリ着込んだおじさんは氷に穴掘ってキュウリ魚を獲ってた。

ほんとにキュウリのにおいがする。

「ポポフの向いの島に五十人から百人ぐらいの日本人の捕虜がいた、一九四五年から二年ぐらい。朝夕よく働らいてた。仕事はなんだか忘れたけど行き帰りにカチューシャの歌、唱ってた。サムイサムイって呟いてた。俺が十二才だから、今、生きてれば七十五才か八十五才ぐらいかな。痩せてたよ。でも皆やさしくて良い人達だった。

誰れも帰りたいと言葉に出さなかったが、帰りたい気持はとてもよく判った」

○ロシヤ　夏
テルネィ、ワニノ、サハリンと船で車でとことこと、沿海州を旅する。

短い夏は気まぐれで、時に暑く三十度、緑は光り輝いて、犬はのっそり道歩く。

ある朝ふと霧深く、雨したたって十三度、慌ててセーター着こむなり。

その温度差もなんのその、トンボの様な蚊は喰らいつく、夜昼となくくらいつく、日本のかゆみどめなんか屁のカッパ、ワーンワーンと寄ってくる。

ロシヤダニは陰険で、二点二点と身体中、二点模様を色どって、貧血気味になりました。

あげく宿のあてもなく、旧飛行場の白き部屋、ベッド並べて十三人、イビキ隔離で約ふたり、四十ワットの電気が一個。

寒々といいたいが、窓しめきりで汗まみれ、蚊取り線香数十個。

紫かすむ靄の中、インスタントラーメンするのであります。

○サハリン　晩春
樺太のチェホフ（野田村）に生きて五十六年、朝鮮の人だった夫も先立った。

日本の故郷秋田の男鹿へ十年前に帰れた。死ぬのは秋田と思うが此地の四人の子供や孫達の顔見れば、やっぱりチェホフが死に場所かとゆれ動く。その福村さんに風鈴を、お土産ですと渡したら、

「あ、ナナバタね。この音聞いてナナヤマブシのあなた思い出した。泣いた泣いた泣いた映画だったョ」

（日本海の旅日記より）

山にまつわる想い

平成11(1999)年7月

橋本龍太郎《はしもとりゅうたろう》
(衆議院議員、前内閣総理大臣)

救助隊の御世話になったのは昭和二十四年秋、日光の奥白根山へ父に連れられて登った小学校六年生の時でした。

中高年登山者が増え、様々な論議を呼んでいる昨今とは異り、敗戦の傷が随所に残り、趣味の登山は本当に珍らしかった頃の事。すこし左足が不自由でステッキを手離せなかった父にとっては、登山は趣味であると同時に、欠かす事の出来ないトレーニングの一つでもあったのです。

物心ついた頃から、奥多摩や箱根連山等、小さなリュックサックと水筒を背に、両手でステッキをついたり松葉杖を使って歩く父の後をチョコチョコついて歩いた想い出は今もなつかしく記憶にきざみ込まれております。

しかし戦争が激しくなり、空襲が激化し、やがて敗戦、皆が生きて行くだけで精一杯の時代にはさすがに父も山に行くどころではなく、ようやく再開した登山がこの時でした。

当時は台風に英語で女性の名前を付ける事になっておりましたが、私達が日光に行く直前にも英語名前の女性？　台風が関東地方に上陸、各地に被害を出していたようです。泊めていただいた日光湯元の南間ホテルでも「台風の後、誰も入っていないから充分注意して下さいよ」と忠告され、足慣らしを兼ねて、まず金精峠に登る事になりました。所々に風で倒された樹が横たわり、桟道も彼方此方で崩れていましたが、特に苦労もせず登れたもので父が妙な自信を持った事が、その後の大失敗の元になったのでしょう。

白根沢をつめて行く時から、彼方此方で路肩が崩れ、風で折れた大きな枝が道をふさいで迂回しなければならない所もあり、結構苦労しましたが、久し振りの山登りに心躍っている父は全然気にしていませんでした。

しかも前日白根沢から五色沼へ下る途中、一杯に実る浅間ぶどうの群落を見付け、「採って帰って母さんにジャムを作ってもらおう」とはしゃいでいた父には、時間の事などまったく念頭になかっただろうと思います。

しかしこのロスタイムが祟り、帰途白根沢の頭にたどりついた頃には完全に陽は沈み、気付いた時には何処とも分らぬ所を父と私はさまよっていました。そして激しい雷雨。食糧も照明器具も持たぬまま、身動きも出来ず座り込んでいたのを南間ホテルの従業員で編成された救助隊の方々が発見して下さったのは、もう明け方近くでした。さすがにしょげ込んだ父が番頭さんに叱られている横で、私は只もう眠いばかりでした。

後年、父が厚生大臣として第一回の国立公園祭を奥日光で開く事に決めたのは、この時迷惑をかけた南間ホテルの皆さんへのお詫びの心があったのでは？　息子は今でもこの点だけは父の決定の裏を疑っております。

その後も父と二人、北アルプス、奥秩父と良く歩きました。高三の夏、燕岳〜槍ヶ岳〜奥穂高の縦走から母も一緒に山歩きを楽しむようになり、何時の間にか父の山歩きのパートナーは私から母に交代していました。私の方は単独行の魅力に取りつかれ、初夏の不帰岳で滑落事故をおこして九死に一生を得たり、丹沢で滝壺に落ちて打身だらけになったり、事故をくり返しながらもどうやら救助隊の御世話にはならず、勝手な山登りを続けておりました。

慶應大学卒業後、呉羽紡績（現東洋紡）に入社し、最初に勤務したのが長野県の豊科、常念岳の裾、山に行くための就職かと友人達にからかわれたのも、今本当になつかしい想い出となっております。

その後、暫く登山から離れていた私が、又、登山への虫を押えられなくなったのは、麻布高校の先輩、近藤隆治さん（現東京福原フィルム社長）に依頼され、三浦雄一郎さんのスキー映画（富士山大滑降）を手伝わされた事からでした。この近藤さんのおかげで私には過ぎた山仲間が出来、日本アルパインガイド協会の創立に加わる事も出来、あこがれのヒマラヤ遠征に何度となく参加するチャンスにも恵まれ、政治とはまったく異る世界で多くの友人を得る事が出来ました。二回のエベレスト、カンチェンジュンガ、ナムナニフォン、ナムチャバルワ等素晴らしい登山隊に加えていただいた事は光栄の極みです。

でも、残念な思いもあります。この三月、勲章をいただく事になり、五年ぶりでネパールを訪問しました。七三年、初めてこの国を訪ねた時はカトマンズから見る事の出来た純白の峰が、大気汚染の結果、今ではまったく見えなくなりました。エベレストのベースキャンプから仰ぐアイスフォールも、初めて七三年にその下に立った時と、八八年に向いあった時ではまったくその大きさ、厳しさが変化しています。もしかすると私達が山登りを楽しむ度に、ヒマラヤの自然を汚して来たのでは？　充分注意して来た積りですが、ネパールの大気汚染が、私達の不注意を責めているように思え、悲しい気持ちになりました。

ビジョンとやら

平成11（1999）年8月

船橋《ふなばし》洋一《よういち》（朝日新聞編集委員）

夜。ボンのホテルの部屋でテレビをつけた。アルバニア系の住民を乗せたトラックがマケドニアの難民キャンプからコソボに帰っていく光景をCNNが映している。小学生くらいの男の子がカメラの方を向いて、にっこり笑った。真珠がこぼれるような白い歯だ。帰ってからどうなるのだろう。水もガスも電気もない。政府もない……それでも、笑顔を見て、私の心は和んだ。空爆も無駄ではなかったかなと、そのときは正直そう思った。

NATO（北大西洋条約機構）の軍事介入と空爆を、ニューヨーク・タイムズ紙の社説は「正義の戦争」と形容し、「主として人道上の目的で戦われた冷戦後の最初の戦争だった。それは正しい戦争だった」と書いた。NATO諸国は、人権は主権より重し、との理念を押し通した。

理屈は通っている。筋金入りの理屈だ。人権の保障されないところに何らの永続的な安定も平和もない。アジア的人権とか、開発権の前にひれ伏す人権論を信じるほど、私は甘くはないし、アジア主義者ではもっとない。

しかし、コソボを機に熱を帯びてきたあまりにも単線的な「正義の戦争」観に潜む怖さを私は感じてしまう。

欧州の理念とビジョンへの自信は、ユーロ導入の成功から来ているのだろう。単一市場からユーロへ、そして欧州「軍事アイデンティティ」、コソボ国際部隊の派遣、と西欧がヨーロッパ統合を強めるにつれ、イデオロギーの照射力が強まっている。米国が人工国家であることから、理念と原理による統合を必要とし、外交も往々にして原理主義的な趣を帯びるのに似て、人工的な〝欧州合衆国〟を目指す欧州外交も道義外交に傾きがちだ。欧州連合（ＥＵ）の芯であるドイツの過去との格闘が、ことさらに道義への傾斜を強める。

それなのになのか、それだからこそなのか、国旗がこうまで欧州の国民の感情をなお揺さぶるとは思いもよらなかった。

テレビにはコソボ国際部隊を構成する米、英、仏、独、伊の五カ国の国旗がそれぞれの平和維持担当地域に翻る図が映し出される。私はミラノのコモ湖のほとりで行われたある国際会議の休憩時間にその画をたまたま見たが、それを私の隣で見ていたイタリア人記者は明らかに感情の高ぶりを抑えきれない。欧州連合のブルーの旗ではなく、やはりイタリアの三色の国旗なのだ。

どこかに理念と現実との間の危ういギャップが広がりつつある。

それこそが、ベルサイユ体制の陥穽だったのではないか。

ベルサイユ体制によって上から植え付けられた「民族自決」と「民主主義」は、その単位を国民的《ナショナル》共同体に置くこととしたため、少数民族の共同体や文化は排斥された。ハンガリーでは一九二〇年に、それまで「多種多様な信仰を持つハンガリー人」の一部であったユダヤ人を「異人種」と規定する法律を制定した。ポーランド、スロバキア、ルーマニアがこれに続いた。近代化を急ぐトルコはアルメニア、ギリシャ、クルドの順で〝民族浄化〟を行った。すべてヒトラーの登場以前の話である。

今回、西欧はコソボの独立は認めず、自治に止《とど》めるとの指導原理で臨んでいる。にもかかわらず、コソボは自治には止まらず、独立へと向かうだろう。欧州が思い描く「多民族の調和」は生まれないだろう。すでにセルビア系住民の多くは復讐を怖れて、セルビアに逃げて帰った。いずれ、コソボは事実上、アルバニアの支配下に入るだろう。そうなるとマケドニアのアルバニア系住民の血潮が騒ぐ。大アルバニア主義が刺激され、アルバニア問題が噴き出すに違いない。

人権や人道をあまりに道義的、画一的に課そうとするのは危険である。コソボは、そして「コソボというアウシュビッツ」は欧州だけの現象ではありえない。アフリカのコソボ、中央アジアのコソボ、アジアのコソボが生まれる可能性がある。そうした時、西欧は恐らく何もできない。NATOは役に立たない。世界は欧州だけではないし、世界は欧州のためにあるのでもない。

普遍的な挑戦に対する世界的な対応が求められるのである。

それに、日本人として考えておかなければならないことがある。欧州と米国が道義外交・軍事介入に踏み出してくる時、日本の身の処し方が難しくなるということだ。ビジョンが力となる時代になると、即物的な外交表現しかできない日本のような国はきつい。思えば冷戦時代の「市場と民主主義」一本槍で「価値観の共有」を確かめ合うことが出来た時代は楽だった。

ベルサイユ体制後の日米関係がやはりそうだった。それまでの勢力圏外交に基づく諸々の「了解」は空洞化した。米国の道義外交を咀嚼できず、日本は苦しんだ。関係は急速に悪化した。

戦後、冷戦後、そしてコソボ後――。

日本も自前の理念外交を打ち出すか、欧米の理念外交の下請けとなるのか、欧米と非西欧の〝橋渡し〟を試みるのか、それともそれをvision thing（ビジョンとやら）と言って――「新世界秩序」を口にしながらビジョンに馴染めなかったブッシュ米大統領はそう一蹴したものだ――むくれるか。はたまた「欧米本位の人道主義を排す」と凄んで、切れるのか。

歌の話

平成11（1999）年12月

榊莫山《さかきばくざん》
（書家）

きょうは十月十日。外は十五度と気温はひくい。さぞ、運動会の子供たちは、肌寒いことだろうと、われら子供のころの運動会を思いだした。

昼の弁当には、どの子もこの子も、マツタケをいっぱいつめていた。なかには、お餅とマツタケなんてめずらしいメニューの子もいた。わたしは、寒い、寒い、とふるえながら、こんな天気のよい日、家にいるわけはない、と女房と車で、あてもなく走ることにした。運転しながら女房が、小さく歌いだしたのは、

おりおり　そそぐ秋の雨
木《こ》の葉木《はこ》の実《み》を野に山に
色様々に　染めなして
おりおり　そそぐ秋の雨

という、「四季の雨」だった。

むかしの秋の雨は、おりおりそそいで、詩情芬芬《ふんぷん》としていた。が、思うに、このごろの雨は、なぜかドカッときてこまる。詩情を失った世の中には、ドカッとのほうが、よくにあうというのか。

女房は、歌をつづけながら、田舎の道を走りつづけた。わたしは伊賀上野に住んでいる。山国の秋は、きょうにかぎってさわやかだ。ことしは、こんな秋らしい日はすくなかった。

むかしとちがって、この時期、稲刈りはほとんど終って、田んぼにいる人は少ない。

農家は、道にそって、ならんでいるが、日の丸をかかげた家は一軒もなかった。そのうちに、そのうちに、と日の丸のある家をさがしたが、とうとうみつからなかった。

政府と国会は、あわただしく日の丸と君が代を、法律にしたけれど、あれはいったい何だったのか。

あのとき、わたしは、日の丸はまあまあとして、なんで君が代を……と思った。

日の丸は、デザインが抜群で、世界中の国旗デザイン・コンクールというのがあれば、日の丸はメダルをもらうにちがいないと、わたしは確信している。

戦争中、学徒動員で兵隊にとられたわたしには、とてもいやな思い出もあるが、まあそれは忘れるとしよう。

が、君が代のほうは、よくない。「君」という言葉の解釈ばかりが、先に走って、つべこべ言うむきが多いが、そんなのどうでもよい、とわたしは思う。

わたしは、君が代のリズムもメロディーも、ハーモニーも、ありゃ、子守唄にひとしいではないか。ねむくなってくるのである。

気分がひきしまったり、鼓舞されたり、はつらつとした希望が満ちたり——なんて、することはないではないか。

詞がよくて、曲がよければ、歌うなといっても、歌というのは口からでてくるものである。

それは、いうなれば情緒的連帯感をいざなうか、いざなわないか、ということにつきる。

政府が法律で、みんな歌えと強制するのは、ナンセンスである。野を走りながら、日の丸かかげた家を見かけなかった、と同様に、家の庭で君が代を大声で歌う人なんていない。まして、口笛に君が代をのせる人もいない。

女房の口ずさんだ「四季の雨」は、誰に言われなくったって、口からでてくる歌である。

いい歌だが、昭和二十二年の『六年生の音楽』で姿を消した、そうである。姿を消しても、情緒的連帯感をもつ歌は、よみがえる。よみがえって、口ずさまれ、口笛にものるものである。

ならばこの季節、おまえの口ずさむのは、と問われたら、

散るよ　散るよ
木の葉が散るよ
風も吹かぬに
木の葉が散るよ
……

というのがでてくる。
風もないのに、葉が散っている、なんて、とても哲学的な風景だと思う。そして二ばんは、突如、
飛ぶよ　飛ぶよ
落葉が飛ぶよ

「木の葉」
作詞：吉丸一昌
作曲：梁田貞

風に吹かれて
落葉が飛ぶよ
……

と、風景も気分もかわってしまう。
この「木の葉」という歌は、大正元年の十一月に『幼年唱歌』にデビューしたそうな。
思い出す歌の話をしながら、祝日の老夫婦のドライブは楽しかった。

密かな夢

平成12（2000）年1月

大島《おおしま》渚《なぎさ》（映画監督）

映画監督は嘘つきである。

いや、それは彼が生まれついての嘘つきということではない。ボーボワールふうに言えば、彼は嘘つきに生まれたのではなく、嘘つきになるのだ。

私は今、『御法度』という映画をつくり終えたところである。『御法度』には、司馬遼太郎さんの原作がある。『新選組血風録』の中の「前髪の惣三郎」というエピソードである。

そこで私は取材記者たちに繰り返し聞かれることになる。「なぜ、新選組なのですか？」こう聞かれることはあたりまえのことだとお思いになるだろう。しかし、考えてみれば、これは奇妙なことなのだ。

たとえば、小説家が小説を書く場合、誰もその小説の完成前に「なぜ、新選組を書くのですか」と聞かれたりはしない。たとえ、書いていることがわかったとしても、関係者たちは静かにその小説の完成を待っているだけだろう。

ところが、映画の場合は、その企画が発表されたときから一斉に、公然とその中身について聞かれることになる。

これはなぜだろう。理由はわからぬでもない。映画はつくるのにお金がかかる。どういうものができるのかは、関係者にとっては一大事だ。しかし、開係者にはそうであっても、一般には関係ないではないか、とも言いたくなる。大金を投じた結果の作品が成功しようがしまいが、本来は問題ではないはずである。

ところが実際は、関係があってもなくても大金を投じた事業の結果がどういうものであるかが人々の関心の的になるのは、人情のおもむくところ、やむをえないことのようである。

だから、取材記者たちは世間の人情の代理人として、聞くのである。その映画はどういう中身ですか。お金はいくらかかるのですか。俳優さんは誰と誰ですか。そして、出来上がりはどうなるのですか。外国でも上映されるのですか。果ては、その次の作品は何になるのですか。

映画監督としては、いやになるではないか。勝手にしてくれと言いたくなる。でも、そうはいかない。映画監督の採るべき方法は、まず寡黙になることである。しかし、映画監督の商売は寡黙ばかりでもうまくいかない。ときにはハッタリをかますぐらいのことがなければ、監督としての商売は成り立たないのだ。そこで彼はやむをえず、嘘つきになる。

映画に限らず、作家の創作過程というのは、いつもいつも未定の連続なのである。製作の初期の段階ですべてが決定しているのだったら、こんなに楽なことはないだろう。しかし、こんなにつまらないこともないだろう。ものをつくることの喜びは、あくまで創作過程がいつも未定の謎に満ち満ちているところにある。その未知のものに突入していく作家の喜びが、最終的にはそれを味わう観客の喜びとなる。その喜びをみずから味わい、同時に観客に味わわせたいばかりに映画をつくっているのだ。そう考えると、事前に映画の内容を聞きに登場する取材者たちは、悪魔の使いのような気さえする。

そんな悪魔の使いとの戦いをいかにうまくやってのけるかが、映画監督の大事な能力の一つであると言っていいだろう。

そして、皆さんもご存じのとおり、敵と戦うもっとも巧妙な方法は、敵と同じものになってしまうことである。すなわち、こっちが悪魔の使いになってしまうことだ。

今回『御法度』では、私は可能な限り言いたいことを言わぬことにした。それは、新選組と私の関係である。いや、実は私自身そのことはわかっていないのだ。私はなぜ新選組をやる気になったのか……。

私と新選組は、実は深いつながりがあった。しかし、そのつながりが今の私の中にどう生きているかは、自身さだかではない。

子供のころ私は、曾祖父が対馬を代表する勤皇の、明治維新の志士であったということを夜毎言い聞かされて育った。

曾祖父は大島友之允という。維新当時の対馬藩は御家騒動も絡んで、勤皇、佐幕の両派に分かれて激しく争っていた。彼は嵐の夜、同志とともに小舟を操って江戸に上り、佐幕派を切って藩の実権を握る。その後、勝海舟や桂小五郎と交わって、京、大阪で活躍した経緯は、彼らの伝記にはたいがい見える。勝とは、海軍伝習所時代の征韓論のいきさつ、桂とは池田屋事件後の彼を但馬へ逃がした一件などが名高い。

私の密かな夢は、『御法度』のプロローグとして、対馬藩邸の大島友之允を、まだ池田屋へ行くのに時間が余ったといって桂小五郎が訪ねてくるシーンをおくことだった。対馬藩邸の昼下がり、酒を飲みすぎて池田屋に間に合わなかった二人。その歴史の悔恨からときおこされる新選組には、昭和の少年大島渚の甘酸っぱくも苦い思い出が刻まれるはずであった。

心底驚いたこと

平成12（2000）年3月

松《まつ》浦《うら》寿《ひさ》輝《き》
（東京大学教授・詩人）

数年前のことである。授業を終えて教室から出てくると、見たことのない学生が廊下で待っていて、「ここ、フランス語の授業ですか」という奇妙な質問をする。そうだよ、でももう終ったところだよと答えると、わたしを教師と確認したうえで、「あの……ちょっと頼みたいことがあるんだけど」と言う。わたしはべつだん朱子学的な道徳意識の持ち主ではなく、学生は教師に向かって必ず恭しく敬語で話すべきだなどと思っているわけではない。ただ、学生と教師の間柄でなくても、見ず知らずの人に何か頼み事をしようというのなら、もう少し違った口のききかたがあるはずだろう。

何ですか、とこちらの方が丁寧語になって訊き返すと、あの……ちょっと、ちょっと、と囁きながらわたしを廊下の隅の暗がりに引っ張っていこうとする。この青年と内緒話をする気はないので、この場で用件を言いなさいとやや強く言うと、横文字がぎっしり印刷された小さな紙をポケットから出して、「これを訳してもらいたいんだけど」と言う。後ろめたさと図々しさが混じり合ったようなニヤニヤ笑いを浮かべたその学生は、あたりを行き交う他の学生たちの目からはこそこそと隠そうとしながら、わたしにその紙をちらりと見せてよこすのだが、そこには人体の下腹部を縦に割った断面図が載っていて、どう見てもそれは女性性器の内部構造としか思われない。「これ、どうやって使うのか知りたいんだけど」。

要するに、フランス製の避妊用具の使用説明書なのだ。避妊用具といってもコンドームではなく、何と呼ぶのか知らないが、女性の体内に挿入して用いる方式のやつである。どこから手に入れたのか、とにかくその製品が手元にあり、しかし説明書がフランス語なので使いかたがわからない。そこで、ああそうだ——とこの青年は思いついた——うちの大学にはフランス語の教師がいる、そいつをつかまえて訳させればいいじゃないか。要するにわたしは、東京大学の一年生か二年生であるはずのこの青年ないし少年が、ガールフレンドを妊娠させる恐れなしに快適な性生活を営むための手伝いをすることを求められているわけだ。

こうした「頼み事」に対しては、とりあえず二つくらいの対応が考えられる。一つは、にやけたという言葉がぴったりの表情を浮かべたそのにきび面の青年に言われるまま、説明書を読んでそのペッサリーだか何だかの使いかたを日本語で説明してやり、彼が心置きなく性交を愉しむ手助けをしてやることだ。もう一つは、おまえ色惚《いろぼ》けか、ここをどこだと思ってる、馬鹿野郎、と怒鳴りつけて、びんたの一つくらい食らわせてやることだ。わたしは聖人君子でも何でもないが、一応は教育者であり、相手は教育される側の人間であり、彼に欠けている社会常識をとりあえず補ってやるべきだという意味から言っても、どちらの態度をとるべきかはおのずから明らかだろう。

明らかではあるが、現実にはわたしは驚きのあまり、「君なあ、いったいどういうつもりで……」と言いかけて絶句してしまった。相手があんまりしれっとしているのに唖然としたのである。とうとうここまで来たかという思いであった。それは、東大という大学の特別な良質性への信頼の、かすかに残っていた最後の残滓がきれいさっぱり消滅した瞬間でもあった。わたしは、腹が立つというよりはむしろ何かうら哀しい気持に駆られ、こういうのは下手をしたら女の人のからだが傷つくよ、医者のところに行って相談しなさい、と手短かに言い、くるりと背を向けたのだが、やっぱりもっとちゃんと怒鳴るべきだったという後悔がその後何日か心を去来した。

そもそも自分でコンドームを使わず、相手の女性の方にそうした器具を装着しようという発想自体、初対面の教師に向かって「頼みたいことがあるんだけど」と話しかけるという振舞いと、どこかしら共通点がある。それはつまり、ちゃっかり他人を利用しようとするという根性の卑しさであり、あのときわたしはこういう醜い顔は長くは見ていたくないという気持からすぐ別れてしまったのだが、これがもっと立派な本当の教育者だったら、ちゃんと時間をかけて相手の心得違いを諭したことだろう。

ともあれ、あんなに驚いたことも珍しい。本来、わたしは、大学という空間に今いちばん欠けているのは「快楽」である、とか、二一世紀の大学には「知のエロス」が漲っているべきだ、といった主張をしている人間である。だがそれはあくまで「知」の快楽の話であり、教室を出たところでいきなり女性性器の図を突きつけられようとは、夢にも思わないことだった。

後からもう一つ考えたことがある。この青年にしても、もし松浦という名の生身の個人と向かい合っているつもりならば、こんな恥知らずなことは言い出さなかっただろう。彼はわたしが誰であるかに何の興味もなく（「ここ、フランス語の授業ですか」）、誰でもいい「或る一人のフランス語教師」を見つけて、それをエゴイスティックに利用しようとしただけなのだ。彼にとってわたしはいわば服を着て歩いているフランス語辞書だったわけで、敬語など使う気がなかったのも当然だろう。

一対一の個人の資格で他者と出会い、人間的なコミュニケーションの回路を開こうという意志が、このハイティーンの若者にははなから欠如していた。ここには何か、「オタク現象」などとも共通する病理が潜んでいはしまいか。

もうあの青年も卒業して社会に出たことだろう。彼が恋人を不幸にしてはいないかという思いが今でもときどき心に浮かぶ。

銃とアメリカ

平成12（2000）年6月

岸田《きしだ》秀《しゅう》
（和光大学教授）

アメリカでは毎年一万数千人が銃で殺されるそうである。ついこの前も、ミシガン州で六歳の男の子が同じく六歳の女の子を射殺したという痛ましい事件があった。小学生の殺人犯はさすがに珍しいが、中学生、高校生が学校で銃を乱射し、多数の死傷者が出る事件はときどき起こる。去年、コロラド州の高校で犯人二人が十三人を殺して自殺した事件は記憶に新しい。一般の大人に関しては言うまでもない。訪問すべき家を間違えたというだけで射殺された服部剛丈君の事件は、裁判で犯人が無罪になったということもあって、日本人に衝撃を与えたが、日本人もときどき銃の犠牲になる。殺意のある犯人に意図的に殺されるだけではない。何とも割り切れないのは、勘違いで殺されることである。ルイジアナ州ウエストモンロー市で、十四歳の女の子が帰宅した父親をびっくりさせようとして押入れから飛びだしたら、侵入してきた強盗かと思われて射殺されたという事件があったが、このことからわかるように、多くのアメリカ人は、襲われるかもしれないといつも怯えていて護身用に銃を携帯しており、何かあると反射的に引き金を引いてしまうようで、警官に尋問され、煙草を吸おうとポケットに手を入れたら、銃を取り出すのかと誤解されて射殺されたとか、この種の事件はよく起こるらしい。これほど多くの人が殺されつづけているのに、そしてなかにはこのような何とも言いようのない事件もあるのに、なぜ銃を禁止しないのか、銃さえなければ、ミシガン州の事件も男の子が女の子をひっぱたいたぐらいですんだであろうし、ルイジアナ州の事件も父親が強盗と間違えた娘を蹴飛ばしたぐらいですんだであろうにと、日本人から見れば不思議で仕方がないが、日本ならぬアメリカでは、銃による悲惨な事件が起こると、さすがに何とかしなければとの声はあがるものの、銃砲店の認可を厳しくするとか、銃の購入を難しくするとか、銃の管理を徹底させるとかの泥縄式の対策が立てられるにとどまり、そもそもアメリカ人は「銃さえなかったら、こんなことには……」という発想はしないらしい。その泥縄式の対策すら、全米ライフル協会などが猛反対して、廃案になったり、中途半端なところで妥協させられたりする。

なぜアメリカ人はこれほどまでに銃に執着するのか。なぜ「銃さえなかったら……」という発想をしないのか。アメリカ人だって、伊達や酔狂で銃をもっているわけではないだろうから、年間一万数千人の死という大きな損害を埋め合せて余りあるほどの大きな価値を銃の所持に見出しているに違いない。その価値とは何か。

まず経済的理由が考えられる。アメリカは自国を防衛し外国を攻撃するために桁外れに大量の兵器を生産使用する国であると同時に、これまた桁外れに世界最大の兵器輸出国でもあって、兵器生産は年商数百億ドルに達し、国内用の銃の生産はその一環に過ぎず、もし兵器生産を止めればアメリカ経済は崩壊する。銃に国外用と国内用との区別はないから、国内用の銃だけを禁止するのは、事実上、不可能である。

次に法的理由はどうか。憲法修正第二条に「規律ある人民軍は自由な国の安全保障のために必要であり、武器を保持し携帯する人民の権利は侵してはならない」とあり、これにもとづいて、公的機関が個人の銃所持を禁止するのは個人の基本的権利の重大な侵害、憲法違反とされているとのことである。したがって、憲法を改正しない限り、アメリカ人が勝手に銃を所持するのを防ぐことはできない。

しかし、経済で国が動くはずはないし、法律は不都合なら変えればいいのだから、アメリカ人が年間一万数千人を犠牲にしても銃を手放せない第一の根本的理由は、ほかのもっと重大なところにあると考えられる。それは、あのような経済構造とこのような法体制をつくりあげたそもそもの出発点、アメリカ人がアメリカ人であることの究極の拠り所にかかわることではなかろうか。

アメリカ人は銃で人を殺すことを是が非でも絶対に善としなければならないのである。なぜなら、アメリカという国が銃で人を殺すことで成り立ったからである。すなわち、個々のアメリカ人がおのれの生活を築き守るために先住民を銃で殺し、その土地を奪うことで国が成り立ったからである。したがって、銃で人を殺すことを悪と認めれば、アメリカは悪の上に築かれていることになり、神から与えられた使命にもとづいて正義の国をつくったはずのアメリカ人の足場が崩れてしまう。そのようなことは断じて許すことはできない。銃で人を殺して不幸な結果を招いたとしても、それはたまたま何かが間違った不運な例外的事態であり、銃で人を殺すことそれ自体はあくまで善でなければならない。アメリカ人が「銃さえなかったら……」という発想ができないのは、銃がなかったら、アメリカはなかったからである。

クローデルと「カミの国」

平成12（2000）年8月

平川祐弘《ひらかわすけひろ》
（福岡女学院大学教授）

日本人の多くは神社仏閣にお参りし、家では神棚や仏壇にお燈明をあげ、手をあわせる。そしてお彼岸やお盆には御先祖のお墓参りに行く。そのような習俗の点から言えば、日本人は宗教的な国民といえる。宗教的か宗教的でないかは、宗教の概念規定によって左右される。

しかし明治以後来日した西洋人の多くは、宗教といえばキリスト教という先入主が強過ぎたために、仏教はともかくとして、経典のない神道については理解に苦しんだ。というか軽んじた。「神道は宗教の名にまず値いしない。体系的な教義もなければ、聖書もなく、道徳さえも欠いている」と言ったのは日本学者バジル・ホール・チェンバレンである。「神社建築は古代の掘立て小屋」と評したのはアーネスト・サトウである。そうした「オリエンタリズム」の時代の在日西洋人の中で、例外的に日本人の神道的な宗教性を感得した人に、明治にはラフカディオ・ハーンがおり、大正にはポール・クローデルがいた。クローデル自身が自分のその例外性を自覚していて、一九四九年、山内義雄にあてた手紙で「私は日本で多くの外国人が理解し得ないところのもの――宗教的雰囲気を呼吸しました」

と書いている。このフランスの駐日大使であり詩人であった人が、神道をどのように感じていたか、振り返ってみたい。

一九二三年七月にクローデル大使が日光で行なった講演『日本のこころを訪れる眼』は真にすばらしい。大使は日光の杉の巨木の並木道を進み、太鼓橋で黒玉の池を渡り、木の柄杓《ひしゃく》から冷たい水を手にそそぐ。「おお、その身にしむ冷たさ。私のいのちはあらたまる。鐘の音がゆるやかに熟れてゆき、蠟燭が一本燃える。木の葉の深いしげみの中から、山鳩の声が聞こえる」。ここにいたってはじめてクローデルは人生に対する日本的な態度がわかったという。

「恭敬とか尊崇とか呼ぼうと思いますが、理知には到達しえぬ優越者をすなおに受けいれる態度であり、私たちをとりまく神秘の前で私たち一個人の存在を小さくおしちぢめてしまうことであり、私たちのまわりになにかが臨在していて、それが儀礼と慎重な心づかいとを要求していると感ずることなのだと。このことが私にはわかったのです。日本がカミ（神）の国と呼ばれてきたのもゆえなきことではありません。いやこの伝統的な定義こそ、今日なお、みなさまのお国について下されたいちばん正しい、いやいちばん完全な定義であると私には思われます」（芳賀徹氏訳）

日本滞在の末期に近い一九二六年に書かれた『明治天皇』は明治神宮と桃山御陵を書くことで大使としての観察を結晶させた天皇論だが、明治神宮の精神的性格を次のように叙している。

「彫像や彫刻はいっさいない。明治天皇を祀るために白木で社殿が建ててあるが、それは樹皮の下の木の身のもっとも生な、もっとも変質しない部分である。そしてその周囲に大きな黒々とした内苑が築かれた。腐りやすい皮の部分をすっかり剝ぎとられた巨大な木の幹で造られた二つの鳥居の下をくぐり、突然直角に折れる幅の広い参道を進み、参拝者は冷んやりとした木々の香りの中を絹の御簾《みす》の向うの玉座におわします、御祭神の前へいたる。社殿の肌目《きめ》細かな茣蓙《ござ》の上にはたくさんの銅貨や銀貨が散っているが、それはそれだけの数のつつましやかな祈りやささやかな願い事のあらわれである。人間という森の中から風にのってここまで運ばれてきた幾枚かの木の葉なのである」

その昔外務省研修所でこのフランス語文章を教えながら「重大使命を国民から託された大臣や外交官が代々木の神宮に参拝しないような日本に将来もしなるなら、寂しいですな」などと私は言ったものだ。畏敬の念の奴隷となった人の狂信を私は愚かしく思うが、それと同時になにものにも畏敬の念を持ち得ない人の猜疑心も愚かしく思う。チェンバレンやサトウのような過度の懐疑心は軽信の一形式にしか過ぎない。

近年クローデル大使の外交書簡が公刊され、草思社から翻訳が出た。それを通読したら、クローデルがハーンになみなみならぬ関心を寄せていたことが明らかとなった。クローデルが描く、関東大震災に際し家人を失った日本の一海軍将校の取り乱さぬ態度の記述も、実話であるよりはハーンばりの創作だろう。神社の描写も、「カミの国」という呼び方も多分ハーンに由来する。ちなみにこれは「神々の国」の意味で、西洋のキリスト教はデウスという神が人を創ったが、日本の神道では人が死んで神々に祀られる、という意味での「神国日本」である。しかし日本人自身が無知で、寄ってたかって誤った報道をするのだから、少数の知日派を除いて、外国人が誤解するのも無理はない。

「ヘルフゴット現象」

平成13(2001)年3月

中村紘子《なかむらひろこ》
(ピアニスト)

五年前の夏、「シドニー国際ピアノコンクール」の審査に招かれてオーストラリアのシドニーに滞在していた時のこと、或る日日本の某ピアノメーカーから、コンクール関係者一同に招待状が届けられた。このピアノメーカーが楽器を提供して制作された、ピアニストを主人公とするオーストラリア映画が完成した。ついては、主人公のモデルとなったピアニストを皆様に是非ご紹介したい……。

私たちには聞きおぼえのないピアニストではあったが、ちょうど連日連夜の予選も終りあとは本選だけとなった「休日」だったし、会場も私たち審査員の泊っているホテル内のボールルームだったので、みんなで行ってみようかということになった。

さて、グランドピアノも用意されて、サロンコンサートの趣きにしつらえられた会場に登場したのは、白いタキシードに身を包んだ弱々しい白髪の老人と、厳しい表情からその老人の母親かとも見える太った女性だった。

老人はなぜか悲しげな微笑を浮かべてオドオドと会場を見廻し、誰彼となく抱きしめキスをくり返す。そしてその都度、まるで幼児のようにその太った女性の顔をうかがっては次の指示を待つ。あとで分ったのだが、彼はその外観よりははるかに若く、そして母親とも見えた女性は彼の妻だった。

そしてひとしきりの挨拶ののち、彼はその妻の指示に従ってピアノを弾き始めた。ショパンの小品その他だったような気がするけれど覚えていない。というのも、とにかくそのピアニスト、デヴィッド・ヘルフゴット氏の演奏は率直に言って素人みたいで、とても専門家たちの鑑賞に堪えるようなものではなかったのだ。映画の宣伝活動として不本意にも演奏させられているのだろうか、と私は、彼のその悲しげな微笑みの理由がわかったような気がしてなにか胸がきゅんとしたものだった。

ところがその翌年、ピアニスト、ヘルフゴットとその妻の数奇な半生を題材にしたオーストラリア映画『シャイン』は、九七年のアカデミー主演男優賞をはじめとする数々の賞を総なめにして大ヒットした。

そうして、彼がこの映画の中で演奏するラフマニノフのピアノ協奏曲第三番のCDは、アメリカで空前のミリオン・セラーとなった。ラフマニノフのこの曲のミリオン・セラーといえば、かのヴァン・クライバーンが米ソ冷戦の絶頂時にチャイコフスキーコンクールで優勝した折の名盤を思い出すが、あのシドニーで聴いたヘルフゴット氏が、この天下の難曲をいったいどう弾いたのだろう。しかし彼は、いずれにせよこのCDをもってアメリカの寵児となった。ボストンにおける三日間にわたる公演は、即日完売！

もちろんこの時アメリカで、さまざまな論評が紙上などでかわされたと聞く。アメリカの聴衆はもっと成熟していると信頼していたのになんというミーハーばかりか、というような嘆き混りの批判だったという。

しかし私は、このいわば「ヘルフゴット現象」とでも言うべきものにこころあたりがある。私は結局この『シャイン』は見ずじまいだが、もし見ていたら、そして映画が評判通りの感動の名作だったら、ヘルフゴット氏に対する印象も全く違ってあの素人っぽい演奏にもかえって感動していたのではないか。

つまり、純粋な音楽的感動とは別に、映画やＴＶなどによって創られ増幅される「音楽的感動」というものも確実にある。そして二十一世紀とは、このような複合的な音楽的感動が求められる時代なのかもしれない。

言い換えると、アメリカをはじめとするいわゆる「豊かな社会」、成熟した社会は、伝統的クラシック音楽における「名演」に飽きてしまった。名演にもさまざまあるが、その名演の「さまざまな意匠」にすら飽きて、ひたすら求める「プラスアルファ」は「人間のドラマ」であり、感動を呼ぶ「人生」そのものになってきたのではないか。

と考えると、例えば最近日本でセンセーショナルな評判を呼んでいるピアニストの大月フジ子・ヘミングさんや、盲目の梯剛之さんの存在も、新しい音楽的感動のひとつの形として見えてくる。

ただ問題は若いピアニストたちであろう。たかが「名演」などといっても、その名演めざして、ピアニストたちがその人生においていかに莫大な時間とエネルギーを賭けていることか。そんな若い人たちが、この「プラスアルファ」を要求する時代に、音楽への最も根源的な夢と情熱を持ち続けるにはどうしたらよいか。映画やＴＶでとりあげられ増幅されなくても、音楽によってこそ伝えられるそれぞれの「人生」の感動を、それぞれが創り伝えられるということを、どう信じていけるか。なにか胸がつまる。

猫の死

平成13（2001）年4月

養《よう》老《ろう》孟《たけ》司《し》
（北里大学教授）

元旦に猫が死んだ。享年十八。今年の初仕事は、庭に猫の墓穴を掘ることだった。私自身の墓はまだ掘っていない。

母は数年前の彼岸に死んだ。わが家の家族は、遺族が命日を忘れないように、特別な日に死ぬことにしているらしい。彼岸に死なれると、墓参りに困る。菩提寺までの道路も寺の墓地も、人々で混みあっているからである。だから母の墓参には、ほとんど行ったことがない。

年末は私はよく外国にいるが、元旦はたいてい家にいる。昨年末もタイのプーケットにいたが、暮の二十八日に帰ってきた。十八年も生きていると、死ぬなら元旦あたりがいいと、猫も目星をつけてあったのかもしれない。ここ二年ほど、なにかと具合が悪かった。もともと獣医さんから来た猫だから、実家に入院させて手当てを受けさせると、いくらか元気になった。それでもしだいに衰えた。まさに薬石効なくという感があった。歳だからやむを得まい。

じつは私の実家は猫が絶えたことがなかった。姉が猫好きでいつも白猫を飼っていた。前のが死ぬと、どこからか白猫を探して貰ってくる。おかげでいま思い出そうとしても、どの猫がどれだったか、わからなくなった。どれも白いと、想い出がつながってしまうのである。

元旦に死んだ猫も、たまたま白猫である。貰ったときは、白猫は弱いから長生きはしませんよと、くれた獣医さんに保証されたが、あれは嘘だったと猫嫌いの女房はいう。たしかにそうで、いままで飼った猫ではいちばんの長生きだった。

母は猫好きではなかったが、晩年はシャム猫を飼っていた。私は一年ほど母の家の隣に仮住まいしていた。そのときに貰った猫が、今度死んだ白猫である。だから子どものときは、母のシャム猫に服従していた。隣同士なので、シャムが見回りに来る。白猫のほうはまだ子猫だったから、対抗するわけでなし、関係は悪くなかった。このシャム猫は、母が死ぬ二月ほど前に、行方不明になった。やはり歳だったので、老衰で死んだに違いない。気の強い猫だったから、猫らしく、一人で死んだのであろう。母は猫が死期を悟っていなくなったといっていた。猫が死んだから、私の番だ。そういって、まもなく死んだ。

もう一匹、見回りに来る猫がいた。肥った野良猫で、毛色からコロッケと呼んでいた。仮住まいは借家だったので、以前からこの家を縄張りにしていたらしい。だから家のなかを堂々と通行する。家族が居間で食事をしていると、そこを通り抜ける。白猫はこのコロッケにも服従していた。

二歳になったら、子猫を五匹生んだ。当時私は東大の解剖学教室にいたので、子猫の行き場がなかったら、教室に持っていこうと思っていた。そう公言していたら、隣に手伝いに来ていた同級生の女医さんが、慌てて子猫の貰い口を探した。自分の患者さんに五匹それぞれを押し付けてしまった。そのうち二匹は近くの美容院に貰われていった。一匹は先に死に、もう一匹は親の死ぬ数か月前に死んだ。美容院の人は、親に先立つ不幸をお許しくださいといっていた。

猫なんか、どういうことはない。家には猫がいつもいたから、私はそう思っていた。しかし十八年いた猫がいなくなると、いささか手持ち無沙汰である。私は猫の頭を軽く叩いて、この馬鹿が、という癖があった。これができなくなった。女房の頭では、少し具合が悪い。真実味がありすぎる。

仕方がないから、大学に行って、大学院生をつかまえて、この馬鹿が、というようになった。さすがに人間だから、院生が文句をいう。先生、最近なんだか私につらく当たるんじゃありませんか、どうしてですか。いや、他意はない。猫がいないから、頭を叩いて馬鹿という相手がいないんだ。以来、院生が早く猫を飼ってくださいよ、というようになった。

もう猫は飼えまい、と思う。今度死ぬときは、私の方がたぶん先になるからである。猫は私の墓を掘ってくれるわけではない。それが猫の役に立たないところである。

宇宙はひとつではない

平成14（2002）年8月

柴《さい》門《もん》ふみ（漫画家）

趣味が高じて、二年ほど前から日本各地の仏像を巡る旅をしている。最初は美術的興味から仏像を鑑賞していたのだが、段々それではすまされなくなり少しずつ仏教に関する資料も読み進めるようになった。

八十八カ所巡礼で知られる四国徳島生まれの私は、やはり仏教的下地があったのか、磁石に吸いつけられるように真言密教の教えに引かれていった。

真言密教の密とはすなわち宇宙。この宇宙の中心には大日如来というホトケ様がおられる。ところがこの大日如来は、自分自身という小宇宙の中にも、道端に咲く野の花の中にも、雨上がりの水たまりの中で泳ぐミミズの中にも、自由自在、卑近から無限まで、どこにだって無数におられるのだ。

——というのが弘法大師（＝空海）の説く真言宗である。

で、空海は生命あるものすべて大日如来が姿を変えてこの世に現れたものなのだから、すべてモトは同じ。それなのに争うのはおかしい。世界は調和であらねばならぬと衆生に説いたのである。まあ、ブッシュとかビン・ラディンに説いても無駄であろうが。

真言密教におけるこの調和の思想もまあいいのだが、私が心引かれるのは、とくに、

「宇宙はひとつではない」

という概念である。天文学的宇宙以外にも、私という宇宙、あなたという宇宙が存在するという考え方ですね。

先日、息子のクラスの保護者会に出かけた。息子の通う高校は私立で大学進学指導に熱心な男子校なのだ。クラスは成績順に分けられ、私の息子は学年で最下位のクラスだった。

真面目で教育熱心な母親たちに対して、自分達のその思いとは裏ハラに成績の全く伸びない息子たち。——おだてても、叱っても、泣いて頼んでもちっとも勉強してくれない息子たち。——この無念、歯がゆさ、やり切れなさといった感情は、〈進学校で成績下位クラスの息子を持つ母親達〉宇宙でしか、共有できないものなのである。そしてこの小宇宙では互いが相手の苦しみを本当に理解し合い、支え合い、慰め合えるのである。私は実際、今回の保護者会でとても調和と愛に満ちた輪を体験することができた。

別の〈進学校で成績上位クラスの息子を持つ母親達〉宇宙の住人が、

「ウチの息子、ぜーんぜん、お勉強しなくって。おーっほっほっほ」

などと発言をしようものなら腹ワタ煮えくり返るところだが、〈下位クラス〉宇宙の住人が同じ発言したならば、

「そうよねえ、うちもそうなのよ」

と、心底共鳴するのである。そうしてその瞬間苦しんでいるのは私だけではないと孤独から救われ

ている。下位クラスの母親たちにとって、〈下位クラス母親達〉宇宙、イコール、全宇宙となり、ワールドカップも長引く不況もスズキムネオ逮捕も、存在しないも同然となってしまうのだ。

私の宇宙は、成績の伸びない息子を中心に回っている世界。なぜなら私の心にはそれ以外の何物も心に響かないし、重要じゃないんだもの。

これだから、まったくもって、子供を持った女というものはと、いつの時代も大人の男性（＝月刊文藝春秋のメイン読者諸氏）はお怒りなさる。

怒られたって、しようがないじゃん。心が勝手に動くんだもの。というのが、その怒る男性方の妻達の言い分である。

宇宙が違うのである。宇宙はひとつではないのである。そう理解し合わないと夫婦はやってゆけない。

「世界がオレを待っているのに、家で子供の相手なんかしていられるか」

と言って、二十年間育児を放棄し続けた私の夫。

この夫をようやく私が理解できたのも、真言密教の教えに出会ったからである。

ドラ①組の二十六年

平成17（2005）年5月

大山《おおやま》のぶ代《よ》（女優・声優）

　厳密に言えば、私は初代ドラえもんではない。テレビ朝日以外の放送局で放送したが、人気がいまひとつ出なかったという過去がある。藤子・F・不二雄先生は「傷ついて帰ってきた娘みたいで、世間に出したくない」とまでおっしゃっていらした。そんな中、ドラえもんをかわいく変身させてもう一度アニメ化しようという話が出たのが一九七八年。「ドラえもんの声をやらないか」と誘われた私はすぐに単行本を読み「なんて面白い、SFだ」と感動して、以来「ドラえもんのおばさん」として二十六年間を過ごしてきました。

　同年十一月にパイロット版を作ったときから、子どもへの影響が大きいテレビアニメをやる以上、きちんとした言葉で話そうと、のび太くんたちと一緒に心がけてきた。ドラえもんは二十二世紀からやってきた子守り用猫型ロボットだ。悪い言葉を使うはずがない。登場シーンでは「こんにちは。ぼく、ドラえもんです」ときちんと自己紹介する。ガキ大将のジャイアンも「ばかやろう」といった言葉は禁止。台本を勝手に変えたので、先生に最初に見てもらった時にはドキドキしたものだ。ところが、先生からは「ドラえもんはああいう声だったんですね」とお褒めの言葉が。嬉しいと同時に、面白いなと感じていた。それでもなかなか買い手はつかず、テレビ朝日で放送するという連絡が入ったのは、年が明けて暫く経った頃だった。

私は小さい頃から男の子みたいに低い声で「ドラ声ののぶ代ちゃん」なんて呼ばれ、中学生の時にはクラスで笑われていた。学校では声を出さないようにした時期もあったが、「弱いからと庇っていたらだめになる。うんとそこを使いなさい」と母に背中を押され、放送研究部に入った。校内放送から放送劇、演劇へと興味が広がったことが現在につながる。そして、この声で、みんなに愛されるドラえもんに出会う。本当に不思議な御縁です。

それから二十六年。たった一本のマイクを奪い合うようにして収録していた時代から、声優の人数分のマイクが用意されたスタジオに変わっても、五人の仲間でずっと続けてこられたことは本当に幸せでした。

今回、揃って卒業することになったが、私自身は、二〇〇一年の夏に直腸がんの手術を受けた頃からなんとなく卒業を意識してきた。夫と事務所以外には内緒で手術を受けたが、入院が予定よりも長引き、夏休み用に録り溜めた分では間に合わなくなってしまった。とうとう、点滴の針だけをはずして医師に付き添われてスタジオに入り、私だけ別に録音することに。楽しみにしている子どもたちに、「再放送で我慢して」なんて言えない。このときから、誰かに何かあって辞めるのはいやだと思ってきた。実際に「若い人に後を託したい」といった相談もしたが、テレビ局や製作会社の方には相手にされず、簡単には辞められないんだと思っていた。それから四年近くが経ち、仲間全員で話し合い、スタッフも声優も一緒に交代することになりました。

二十六年間、誰よりも早くドラえもんを観られただけでも幸せなことだが、私たち「ドラ①」組の卒業が公になって、改めてドラえもんでいられたことのありがたさを噛み締めている。私は残念ながら一人も子どもに恵まれず、この歳まで仕事を続けてきた。しかし、一人で産める何万倍もの子どもを日本中にもつことになった。先日、北海道のラジオ局に出演した際に「自分にとってのドラえもん」というテーマでファックスやメールを募ったところ、「ドラえもんで育った」という方から次々とメッセージが届いて、番組最高記録を樹立したほどだ。のび太くんとしずかちゃんにも来てもらったら、ラジオ局の、番組に関係のない人達までミキサー室に集まってきた。

「ああ。本当に愛されてきたんだな」と感慨深い。原作の出版社あてにも、子どもたちから私と同年代の方たちまで実に多くのお手紙をいただき、どれも心のこもった言葉で、中にはドラえもんがハンカチを口にくわえて、涙を流している絵まであった。こちらも目頭が熱くなってしまう。

この雑誌が発売されて暫くすれば、「ドラ②」組の「ドラえもん」が始まることでしょう。毎週、楽しみに観たいと思っています。素晴らしい原作の心を守っていけば、ドラえもんは必ず愛され続ける。ドラ③、ドラ④と受け継いでもらい、二一一二年の誕生日を迎えても元気に続いてほしいものです。

ただし、私たち「ドラ①」組のビデオ・ＤＶＤもあるし、海外ではまだ私たちの声で放送されているところもある。若い人達に迷惑がかからない程度に、もう少しドラえもんとその仲間たちでいさせてもらえるのが幸せです。

マルタ島と日本海軍

平成17（2005）年6月

C・W・ニコル（作家）

英国海軍軍人だった私の父が大事にとっていた新聞の切り抜きがある。父の祖母が、いずれも英国海軍の制服に身を固めた息子五人とともに写った写真が載った切り抜きだった。つまりこれは私の祖父と大叔父たちの写真ということになるのだが、その撮影から一カ月後、五人のうちの末っ子が戦死した。

一九一四年九月二十二日のことだ。オランダ沿岸にあった英巡洋艦三隻のうちの一隻、アブーキアが雷撃を受け、沈没。僚艦二隻が救助に向かったものの、これも相次いで魚雷を食らう。敵味方にかかわらず生存者は救助すべし――それが往時の海軍の暗黙の定めであった。

雷撃を行なったのはたった一隻のドイツUボート。そしてわが大叔父ウォルター・ニコルの二十一歳の生涯は、他の千四百五十名の英国海軍将兵とともに散った。

この事件の衝撃は、イギリス海軍に、かの不文律を覆す命を発させることになる。すなわち、敵潜水艦が潜む海域にあっては、たとえ友軍であれ、救助に赴くに及ばず――。

しかし、この命令を敢然と無視した艦隊があったのだ。それは日本人だった。第一次世界大戦において地中海に参じた日本海軍特務艦隊である。

日英同盟に基づく英国の友邦として、日本海軍艦隊が地中海にあったことを知る者はイギリスにも日本にも少ない。私は日英同盟と日本海軍にまつわる大河小説を構想し、イギリスで多くの専門家の教えを乞うた。私がとくに知りたかったのは、第一次大戦において日本海軍が演じた役割についてだった。だが彼らはみな、日本海軍の働きは些少だったと語り、全否定する者までいた。

だが、そののちに私がイギリス――資料や記録の類を貯めこむことにおいては追随を許さぬ国だ――を駆け回り、地中海を望むマルタ島とマルセーユに赴いた結果、私は当時の日本海軍の奮闘を証す無数の資料を発掘することができたのである。

第一次大戦末期、日本の駆逐艦がドイツ軍Uボートの跳梁する地中海で負ったのは、兵員輸送船の警護という図抜けて危険な任務だった。オーストラリア、ニュージーランド、そしてインドから、兵士を西部戦線へと送る輸送船。それらは船足遅く、無力であった。彼らの命を守りぬいた日本海軍の働きなかりせば、西部戦線における戦力バランスは大いに崩れていただろうと私は思う。なのに、その働きは忘れ去られているのだ。

一九一七年五月の作戦における駆逐艦・松と榊の活躍はその白眉であろう。両艦はUボートの攻撃のなか、それに反撃しつつ、すでに雷撃を受けた英国艦トランシルヴェニアの生存者を救助してみせたのである。その数、じつに将兵二千九百六十四名、看護婦六十六名、水兵二百三十六名に及んだ。この朗報が遠くロンドンの両議院に届いた折には、全議員が立ち上がり、日本語で「万歳!」と叫んだという。

友軍であれ救助に及ばず——その命に背き、日本海軍は二隻ひと組で駆逐艦を駆り、一方が一帯を周回してUボートの警戒にあたるあいだ、もう一方が海上の生存者たちを引き上げていった。そして結果的に、日本の男たちはその優れた技量と誇り高き勇壮さをもって、トランシルヴェニアの乗員のみならず、幾千もの命を救ったのである。

そうした事実を基に、私は今般、『特務艦隊』（文藝春秋）なる小説を書いたわけだが、ひとつだけ、作品のなかには活かさなかった挿話がある。

当時、日本海軍が駐留していたのが、地中海の小さな島マルタなのだが、そこでの取材中、私はとある老紳士と出会った。氏は在野の歴史家であり、また長きにわたってマルタ島で医師を務めてきた人物でもある。氏は当初、第一次大戦において日本海軍が大きな役割を果たしたという話に大いに驚いていた。だが、たしかに百年前にはこの島に何千という日本海軍軍人が駐留していたのだと私が力説するのに納得するや、老紳士はふいに笑い出した。そして膝を一発叩くと、「そういうことだった《ユーレカ》か！」と叫んで、高笑いを発したのである。唖然とした私に、氏はこう語った。

「つまりだね、長年の疑問が解けたんだよ。なぜマルタ島では時折、腰とお尻に蒙古斑のある赤ん坊が産まれるんだろうって疑問がね」

マルタ島には、イギリス海軍墓地がある。その一隅に、地中海で命を落とした日本海軍軍人を悼む慰霊碑が建っている。私はこれまでに二度、そこを訪れた。母国からかくも遠く離れたこの島で仲間のために命を捧げた若い勇者たちの冥福を祈り、私は深く頭を垂れた。

十年前、私は日本人になった。そして、こうした知られざる物語が日本人を勇気づけるだろうと信じている。日本人は、日本の鯨取りや船乗りのことをもっと誇りに思っていい。彼らへの敬意を心に刻むべきだと思う。

野球と青春

平成17(2005)年7月

松《まつ》田《だ》昌《まさ》士《たけ》
(東日本旅客鉄道会長)

「好きなチームはどこですか?」

この春、日本野球連盟会長に就任してからよく聞かれるこの質問に、私はいつも「スワローズ」と答えている。ヤクルトではなく、スワローズ。この名の響きには今でも郷愁を感じる。私が国鉄に入社した昭和三十六年、国鉄スワローズというチームがあった。まさに金田正一投手の全盛期。我々国鉄マンは仲間と連れ立って球場に出かけ、金田投手が巨人打線をキリキリ舞いさせるのを熱狂して観戦していたものだ。他のチームなんかどうだっていい。巨人に勝てば、それでよかった。豪快なワインドアップから繰り出される金田投手の素晴らしいスピードボールをまともに打てる巨人の選手はいなかった。

カラオケもなかった当時、ありったけの大声を出せるのが野球場だった。思う存分晴れやかに声を張り上げ、みんなで肩を組んで応援したことを、今でもよく覚えている。広島や名古屋などではカープ・ファンやドラゴンズ・ファンも多かったが、スワローズは全国各地の国鉄マンから愛された球団だった。

そんなチームの身売りが決まったのは昭和四十年。だが、私は身売りする必要などまったくなかったと、今でも思う。なぜなら、スワローズは、職員全員が給料の中から五十円、百円と出し合う「浄財」で成り立っていた球団で、運営に関して日本国有鉄道は一銭も払っていなかったからだ。四十何万人も職員がいたのだから、一人が出す金額は微々たるものでも、集めれば相当な額になった。当時としては珍しい「クラブチーム」だったと言えるかもしれない。

国鉄がJRになったとき、「スワローズを買い戻そうか」という声が社内で出た。「買い戻して金田を監督にしよう」という気の早い提案も、OBたちからずいぶん上がった。しかし、会社が破綻してJRになったのだから、そんなわけにもいかず、会社では社会人野球に力を入れ始めるようになった。

私は以前、社会人野球とも深くかかわった経験を持っている。昭和五十一年から北九州の門司鉄道管理局で野球部長を務めたのだ。私自身は草野球の経験しかなかったが、管理局の総務部長が野球部長を兼任するのが当時の習わしだった。

かつては名門チームだったが長い低迷時代に入っていた門鉄野球部に、私は就任した瞬間、喝を入れた。

「明日の朝までに自動車を捨てるか、我が野球部を捨てるか、どっちかに決めろ」

「恋人は作ってもいいが、二十五歳までは結婚しちゃいかん」

自動車を捨てさせたのは歩くことで足腰を鍛えさせることが目的。結婚させないのは、とにかく野球に集中させることが目的だった。いま振り返れば若かりしゆえの言い過ぎという面もあったと思うが、「お互い短い人生、野球に懸けるのなら徹底的に懸けよう。人生の金字塔を作るんだ」というのが私の偽らざる心境だった。選手たちも私の思いに応えてくれた。翌年には日本選手権出場、翌々年には二十年ぶりの都市対抗野球出場を成し遂げることができたのである。仕事をしっかりとやりつつ野球に打ち込む。短い青春時代を野球に懸けることが、必ず自分にプラスになるという思いは今でも変わらない。
我々の世代にとって、野球は自分の青春時代を思い出させてくれる重要な手がかりだ。この三月、連盟会長に就任した挨拶も兼ね、久しぶりに甲子園を訪れた。素晴らしく晴れた空の下、天然芝の上を溌剌と駆け回る高校球児たちを見ていると、幼い頃、当時はいくらでもあった原っぱでやった草野球の記憶がよみがえってくる。フライが上がり慌てて前に出たものの、打球が案外に伸びて頭上を抜かれ走り回った光景が、鮮明に思い出された。

会長就任以来、野球ファンの皆さんから私のところに、たくさんの前向きなご意見、提言が寄せられている。企業チームは減ったが、その代わりクラブチームは増えている。野球はまだまだみんなの夢を支えている競技、青春時代の夢が結集された競技だと思う。

別れが消えた

平成18(2006)年9月

徳《とく》岡《おか》孝《たか》夫《お》
(ジャーナリスト)

近頃、日本人は別れなくなった。また、別れる人を送らなくなった。

こういうことは統計に出ず数字にもならないから、われわれは各自に胸に手を置いて、振り返ってみるしか方法がない。たとえば過去一年間に、あなたは何度、駅へ行って旅立つ友人その他を送りましたか?

昔はもっと頻繁に駅のプラットホームに立ち、人を見送った。つまり、別れがあった。

汽車の窓から手をにぎり
送ってくれた人よりも
ホームの陰で泣いていた
可愛いあの娘《こ》が忘られぬ
　トコズンドコ　ズンドコ

この歌が流行ったのは六〇年代末、町で全共闘と機動隊がさかんに衝突していた物情騒然の頃だが、もう東海道新幹線は走っていて、手を握りたくても窓が開かなかった。

開かなくなった後もしばらく、日本人は汽車の窓を通じて意思疎通ができるものという想定の下に行動した。

「母は……私が客席に着くと、窓の向こうから、身振り手振りで最後の注意事項を伝えてきた」（小川洋子『ミーナの行進』）

これは一九七二年に、小学校を出たばかりの女の子が母に別れ、ひとりで山陽新幹線岡山駅を発つときの情景で、御記憶の方は多いだろう。声を張り上げる人、大袈裟なパントマイムを演じる人など、かつて新幹線の別れのホームには、しばしば微笑を誘う滑稽な人々がいた。

日本に田舎者がいなくなったのか、それとも別れを惜しむ感情が薄れたのか、近頃あれをとんと見なくなった。

日本が独立を回復してまもない頃と思うが、永井道雄氏（故人・元文相）が海外事情視察に旅立ったときの話を聞いたことがある。羽田空港に一つだけの国際線搭乗口（あの直角に折れて右へ消えていく赤絨緞）の前は黒山の見送り人だったが、その中に文豪・谷崎潤一郎がいたのには、さすがに驚く人がいたそうだ。

実は谷崎さんの傍らには、娘鮎子さんの姿があったという。送られる永井氏は、政治家にして一世の雄弁家だった永井柳太郎の長男、当時まだ独身だった。三国一の婿どの。申し分ないお見合いの場である。

別れは、送る方も送られる側も、いささか気分の昂揚がある。人生の、各種の劇的出来事を兼ね行うことができた。

別れの情趣を殺したのは、汽車よりも飛行機の方が先だった。旅客機がどんなに発達しても、船出のようなドラの音、蛍の光、五色のテープを演出することはできない。人気スターを送るため大挙して成田空港へ押しかける例はあるが、あれはきぬぎぬの別れではなく、イベントの延長ないし気勢を上げに行くのである。

飛行機に続いて鉄道の駅からも、別れが消えた。消した犯人は誰か？　開かない窓よりもケータイが主犯である。

さっき別れた人とでも、ちょっと親指を使えば、その人にメールを送ることができる。すぐ返信が来る。彼らは別れない。駅まで出向いて、泣いたり手を握ったりするのはアホらしい。

近頃の日本人は、常に「繋がっている」状態にある。ケータイは、もはや単なる携帯可能電話ではない。人間の五官の一つになり、人と人をガッチリ繋いでしまった。

山梨県で、下校途中だった小学一年の女の子が、男の人に手を引っ張られた。振りほどいてランドセルに付けていた防犯ブザーを鳴らしたので、咄嗟《とつさ》に近くにいた小二の女児がケータイで撮影し、オートバイのナンバーから逃げた犯人（少年だった）はすぐ捕った。

ニュースを見て私は、女児の機転に感心するより先に、反射的にケータイを取って操作することのできた、その使い慣れように唸った。

これではもう、人と人は別れられない。映画「また逢う日まで」でガラス窓越しの有名な接吻シーンの後、久我美子が死地に赴く岡田英次にメールで「英チャン♡窓の外側、汚れてなかった？　内側はきのう拭いたところだからダイジョーブ♡」なんてメッセージを送ったら、二人の恋はどうなるか、まあ考えてみてください。

ケータイは、人から別離を奪った。別離の後に必ず来る孤独をも奪った。別離や孤独は淋しいもの、せつないもの、避けたいものである。それは、ときには人を死に追いやることさえある。できれば味わうことなく、一生を気楽に暮らしたい。人間ひとりぼっちになってみても、仕方がない。

しかしまた思うには、別離と孤独を知らない人間は、私にはちょっと想像できない──一種怪獣に似た動物になるのではないか。考えるのすらコワイ。だから私は深く考えず、ボンヤリした不安を抱きながら時の流れに任せている。

忘れる

平成18（2006）年11月

角《かく》田《た》光《みつ》代《よ》
（作家）

外出時、いろんなものをじつによく忘れる。いちばんよく忘れるのがハンカチである。しかしハンカチは、忘れてもあんまりたいへんなことにはならない。デパートやレストランのトイレにはハンドドライヤーや使い捨ての手拭きペーパーがあるし、電車は冷房がきいている。ところが私はハンカチを忘れたことを忘れるのでたちが悪い。ハンカチを忘れて、激辛料理の店にいき、汗をだらだら流し、「あっハンカチ忘れていたんだった」と思い出すことがよくある。汗を拭かず流しっぱなしにしておくと、思いの外ストレスになる。ときどき、汗を流しっぱなしの私を見かねて、「これどうぞ」とハンカチを差し出してくれる人がいる。ありがたいが、しかしその人が若い男の人だったりすると、私は逃げ出したいほど恥ずかしくなる。こんな若い男が四隅のぴんとしたハンカチを持っているのに、私ときたら……と思うのである。

保育園から小中高、大学三年生までの通算十七年のあいだ、家を出る私を呼び止め母は「ハンカチちり紙持った？」と言い続けた。体操着は持ったか、とか、習字用具は持ったか、などは訊かれないのに、なぜかハンカチちり紙。忘れていれば私はおたおたとそれらを取りに戻り、あらためていってきますと家を出た。

十七年間もくり返しても、身につかないことがあるんだなあと思うと、なかなかに感慨深い。

目的地の地図、というのもよく忘れる。銀座に降り立って鞄をさがすも、もらった地図がなく、さあっと白い心持ちになることがある。こういうとき、人は不思議な能力を発揮する。一度見ただけの地図を、かなり正確に思い出すことができるのである。私は地図を持っていても迷うほどの方向音痴だが、地図を忘れたときはさほど迷わず目的地に着いたりする。精神的馬鹿力とでもいうべきものが、人間には備わっているのだと思う。

先日は信じられないものを忘れた。

その日は遠方で用があり、鞄の中身を何度も確かめ、ハンカチちり紙よし、携帯よし、地図よし、スイカカードよし、と指さし確認をし、意気揚々と家を出た。電車に乗り、乗り換えるために下車し、私鉄改札にいき鞄に手を突っ込んで、愕然とした。財布がないのである。

時計を見る。今家に戻ったら、ぜったいに待ち合わせ時間に遅れる。友人との会食ならば先にはじめていてもらえるが、この日の用というのは、書店でのサイン会であった。それに遅れるわけにはいかない。運良く、スイカカードとともに私はパスネットを持っている。つまり、電車に乗るだけならばどこへでもいける、というわけである。

私は覚悟を決め、無一文のまま私鉄に乗りこんだ。今日一日、スイカカードとパスネットだけでやり過ごしてみせる、と闘志を煮えたぎらせて。

私鉄をさらにべつの私鉄に乗り換え、電車に揺られていたら、闘志は次第に萎え、だんだんと不安になってきた。だって本当に、正真正銘の一文無しなのである。私は私鉄の座席に腰かけ、さまざまな最悪状況を思い浮かべた。

もし今電車が止まったらどうしよう。低血糖を起こして倒れたらどうしよう（こういう場合、飴玉か甘いジュースを飲むとなおる）。ちいさな子どもが隣に座って、「切符の精算にどうしても十円足りないので貸してください」と言ってきたらどうしよう。悪い空想はどんどんふくらむ。サイン会で抜き打ち所持金チェックがあったらどうしよう。一文無しであるというそのことが、サイン会にきてくれた人全員にばれてしまったらどうしよう。いや、もっと現実的に心配すべきことがある。パスネットの残額が足りず、自動改札が「ピンポンピンポン」と鳴りながらあのちいさな扉を閉めてしまったらどうしよう。三十九歳にしてダッシュで逃げなければならないのか。

結果的に言えば、電車も止まらず子どもに十円せがまれることもなく、私は書店にたどり着き、何食わぬ顔でサイン会をすませた。一文無しでも、なんとかなるものである。

帰路、編集者の方がお金を貸してくれたのだが、なんとなく意地になって、スイカカードとパスネットだけで帰ってみた。スイカカードの残額は三十円だったが、ちゃんと最寄り駅に着いた。都内を移動しただけなのに、とんでもない大冒険をしてきたような、妙な高揚が残っていた。

それにしても、スイカカードやパスネットという便利なもののおかげで、財布を忘れて電車に乗ってしまう人はけっこういるのではないか。みんな電車のなかで、ふつうの大人の顔をしているけれど、何人かは無一文かもしれない。のどが渇いたらどうしよう、倒れたらどうしようと、こわい想像で頭を膨らませているかもしれない。

これだけこわい思いをしたのだから、もう二度と財布を忘れることはなかろうと思うが、その二日後、今度はスイカカードを忘れたまま家を出、舌打ちしながら切符を買った。十七年間言われ続けてもなおらなかったのだから、私はきっと一生忘れものをし続けるんだろう。あるいは、年齢を重ねるということは、忘れたことを忘れていく、ということなのかもしれない。

顔筋マッサージ

平成19（2007）年1月

加《か》藤《とう》紘《こう》一《いち》
（衆議院議員）

「文藝春秋十月号の三三二頁を見よ」とベテラン政治部記者から携帯メールが入った。やれやれ、また「媚中派」とでも書かれたかとページを繰ると、なぜか「顔筋マッサージで男を磨け」なる記事に私の名が登場していたのである。

田中宥久子氏の文章から引用すると、「他に政治家で気になるのは加藤紘一さん。真摯に生きていらっしゃいますよね。でも、顔がどんどん横に広がって大きくなっています。マッサージでシャープになれば、劇的に変わるでしょう。ハンサムですよね、本来の輪郭が取り戻せれば」とある。

驚いた。と同時に胸をよぎったのは、俺は、痩せても枯れても「たそがれ清兵衛」の末裔だぞ、という戸惑いだった。

藤沢周平が描くところの海坂藩は、私の故郷、山形の庄内藩をモデルとしている。読んでいると、庄内の村の景色や鶴岡の城下町の小路、今も残る末裔たちの顔が思い浮かんで、小説に没入するのが困難なこともあるほどだ。「たそがれ清兵衛」は五十石取りの下級武士だが、私の先祖は百五十石というから下級の中くらいだろう。もちろん当時の屋敷が残るわけもなく、昭和元年ごろ建てられた狭い家だったが、それも今年、放火で失われた。

「たそがれ清兵衛」は、一流の剣の腕を隠し持ちながら、病妻の世話をするため、城勤めを終えると家事に励み、身なりも構わない男である。庄内藩には、こうした質実剛健を旨とし、謙虚で出しゃばらず、男が見た目を気にするなどとんでもない、という気風が満ちており、私もそう信じて育った。

外交官時代も、中国をライフワークとしていたせいか、和綴じの書物を風呂敷包みで抱えて歩くといったふうで、役人としてはいささか派手な外務省のなかでは、地味で風采も上がらなかった。

だが、秘書達はここまで書かれたのだからマッサージを体験すべきだと提案するし、たしかに心くすぐられないでもない。討議の結果、思い切って田中氏に運絡をとり、マッサージを受けてみた。

再び、驚いた。細腕の田中さんに、顔の筋肉をグイグイと揉みほぐされると、やめてくださいとお願いしたくなるほど痛かった。だが、わずか二十分ほどのマッサージを終えると、鏡の中の私の輪郭は引き締まっていたのである。

その直後、テレビの討論番組の収録で異口同音に「痩せましたか?」と聞かれたところをみると、他人の眼にもはっきりとわかる効果があったのだろう。私の顔立ちでこれほど変わるのだから、片山虎之助参議院幹事長ならばいかほどだろうか。ぜひお勧めしたい。

自分でのマッサージはきちんと続けられなかったが、田中さんに二度目の施術を受けた時はさほど痛くなかった。長年こり固まっていた顔の筋肉が、少しずつほぐれてきたに違いない。

思えば私の政治生活は、顔を強張らせずにはいられない緊張した局面が多かった。しかも、人前で笑顔を見せることには、内心でブレーキをかけてきた。

というのも代議士になりたての頃、実の兄から「お前は笑うと子供っぽい顔になって良くないな。それに比べると、小沢一郎の笑顔は、天下一品だ」と言われたことが、どこか記憶の孤島にずっと潜んでいたようだ。

自分の出演したテレビ番組も、できることならば見たくなかった。スチール写真ならまだしも、怒ったり笑ったり表情が動くのを見るのが気恥ずかしく、どうにも耐えられない。友人の露木茂氏にそうこぼすと、さすがにベテランアナウンサーだけあって「僕はプロだから、嫌だと思うけれども出演番組を見る。政治家もそれは義務でしょう」と注意された。

なるほど、政治家が何ごとかを主張しているとき、その表情をあわせて観察することで、有権者が主張の奥にある、心の揺れをも察知するのかもしれない。こうした「フェイス・ランゲージ」も、テレビ時代の政治家の重要な能力ではあろうが、かといって、外見や服装の研究ばかりしている政治家も信用できない、というのは古い世代の僻みだろうか。

われら胴長短足、顔が大きい、古い日本人にはつらい時代になったものだが、せめて年をとるにつれ、清潔な身なりと、それなりにすっきりとした顔つきを保ちたいものである。

カーリーの選択

平成19（2007）年3月

国谷裕子《くにやひろこ》（キャスター）

この冬立ち寄ったアメリカの空港の本屋でこちらにまっすぐな視線を向ける彼女の写真に出会った。一九九八年から六年運続フォーチュン誌が〝最強のビジネスウーマン〟に選んだカーリー・フィオリーナさん五十二歳の顔。すぐに苦く、そして今だに釈然としない思い出がよみがえる。

〝企業で働く女性は見えない出世の壁、ガラスの天井に行く手を阻まれてきたといわれますが、そのような経験はありましたか？〟〝この仕事は女性には無理との周囲の男性の思い込みをどのように打ち砕いてきましたか？〟六年余り前、にこやかにこうした質問に答えてくれた彼女はインタビューが終わったとたん不快な表情を浮かべ〝女性に関する質問が多過ぎる！〟と怒りをぶつけた。後ろにいた広報担当者のひきつった顔を今でも覚えている。

当時彼女は世界第二位のコンピューターメーカー、ヒューレット・パッカード社の社長兼最高経営責任者。年間売り上げ四兆七千億円、従業員八万五千人。女性の社会進出が進んでいるアメリカでさえこれほどの巨大企業、しかも競争の激しいハイテク業界のトップに女性が就任したのは初めてだった。英語教師、不動産会社の受付からスタートしてどのようにキャリアを積み上げてきたのか質問することに私は全く疑問を抱かなかったし、彼女自身もそうした質問は予想の範囲だったに違いない。なのに何故あれほど彼女は怒りをあらわにしたのか……。

「Tough Choices（困難な選択）」と題したフィオリーナさんの自伝を迷わず買い求めた。インタビューの四年半後、取締役会から電撃的に解任され失意のどん底を味わった彼女、飛行機の中で私は一人の女性の必死の思いが伝わるエピソードに釘付けになった。

フィオリーナさんがビジネススクールを卒業して最初に選んだAT&T社での話。重要な顧客に会える機会があると聞き上司に新人の自分を是非紹介してもらいたいと申し入れ、いったんは了解を得るのだが会合の前日上司から〝悪いけど君が来られない場所で会うことになった〟と言われてしまう。場所はワシントンにある〝高級紳士クラブ〟。透けて短いネグリジェを着た女性が舞台で踊るのをみながらランチを食べることが出来るこのクラブでのミーティングを顧客がリクエストしたのだ。君が来られなくてもしょうがないだろうという上司の姿勢。日本よりかなり早く女性が社会進出していたアメリカの一九八〇年代にこのような接待が昼間から行われていたのかと知り唖然とした。まるで映画かテレビドラマのような状況に直面して新人営業ウーマンはいったいどうしたのか。

上司になんとしても自分が真剣に仕事に取り組みたいと考えていることを伝えなければならない。悩んだ末、彼女は次の日最も保守的なビジネススーツに身を包み自分の誇りを守る盾となるブリーフケースを持って、〝私はプロフェッショナルなウーマン〟と自分にささやきながらクラブに乗り込んでいく。上司はお客さんに喜んでもらおうと舞台の幕間にダンサーを呼びテーブルの上で踊ってもらうことをリクエストするが、ダンサーはフィオリーナさんを見て断る。自分に向けられる居心地の悪い視線を必死で無視し数時間彼女はその場に居続けたと回想している。今なら企業がセクハラで訴えられるのだろうが、当時の彼女はランチの場所を変えて欲しいと自分から言い出そうとは全く考えなかったという。結局、仕事への執念を見せたこの一件の後、彼女は上司の右腕として育てられていくことになる。まさに最初のタフチョイスだったのだ。

私が同じ状況に遭遇したらどう行動しただろうか。私も八〇年代に米企業日本支社で短い間働いていたが、長いアメリカ生活の後、日本社会の中で女性としていかに振舞えばよいのか、そうすることで早く日本になじまなければ、との思いで一杯だった。乗り込んでいくという選択はしなかったに違いない。

長い間釈然としなかったあの怒りに対する回答は本の半ばを過ぎたあたりにあった。社長就任が決まった時、〝ガラスの天井については話さない。自分自身については話さない〟と彼女は明確なルールを作っていたのだ。そうした質問は会社への関心を妨げる。仕事や結果でプロの経営者としての自分を見て欲しいとの強い意思表示だった。しかし、その後も、会社ではなく女性としての彼女個人に多くの関心が集まってしまうことにフィオリーナさんは苛立ちを募らせ続けることになる。私もその苛立ちの一端に加担してしまったわけだが、自分の言葉で自分を語りたかったというこの自伝、読み終わってみると皮肉なことに女性としての彼女に改めてインタビューしてみたくなった。やはりまた大きな怒りをかうことになるのだろうか。

乾杯記

平成19(2007)年4月

丸《まる》谷《や》才《さい》一《いち》
(作家)

寝ころんで本を読んでゐた。例のマクルーハンの論文で、気障《きざ》な書きつぷりである。ラテン語が多いし、枕頭の英和辞典を引いても出て来ない(あとでOEDを引いても見つからない)単語が一ページに平均二つはある。苦労したあげく、ついうとうとしてゐると、電話がかかつてきて、何かのパーティに出て乾杯の発声をしてくれと言ふ。眠くてたまらぬせいもあつて承知する。

数日後、手紙が届いて、引受けてくれて嬉しい、ついては式次第を送る、とある。読んでみると、朝日賞と大佛次郎賞と大佛次郎論壇賞の合同贈呈式で、三ついつしよだから受賞者が十人。そのあとのパーティで一言しやべつて「乾杯」とやる役である。困つたことになつた、と悩んだ。

といふのは、前に一度、大佛賞と朝日新人賞だつたかの合同贈呈式のあとのパーティでの同じ役を仰せつかり、大失敗したからだ。あの新聞社の会は(といふよりも日本の式とかパーティとかの挨拶は)、いつも、質的にはともかく量的には極めて充実してゐるのだが、その大佛賞と朝日新人賞の式は普段に増してさうだつた。全員ぐつたりとしてパーティ会場に移る。着席式の会場で長いこと沈黙を強ひられた反動か、みんな会話欲にみちてゐて、騒然となる。そこへ司会者がまた長広舌をふるひ、やがてわたしを紹介する。

出て行つたわたしはごく短い文面を手にしてゐるのだから、それを早口に読みあげればよかつた。しかし以前、何かの会で何人目かに出て来た永六輔さんが、ワイワイガヤガヤしてゐる百人か二百人の聴衆を一言か二言で静めてしまつたのを思ひ出したのがまづかつた。ごめんなさい、永さん。あなたの責任ではありません。いけないのはまつたく修業を積んでないのに名人藝を模倣しようとしたわたしである。永さんの真似のつもりの、何か大きな声を出した。ぜんぜん反応がない。さらにどなつた。まつたく駄目。

といふ悲しい体験があつたのを思ひ出し、しまつた！　と考へ直した。受賞者は全部で十人。一人か二人欠席があるとしても九人か八人。これが慶事を喜ぶあまりつい話が長くなる。さういふ人がかなりゐるだらう。それにもともと日本人は、スピーチのとき腹案を用意しなければならないなんて気持はない。心のおもむくままに語るのが流露感があつていいと思ひ込んでゐる。あのゲッティズバーグの三分間の演説（「人民を、人民が、人民のために」）のとき、リンカーンが、戦時の大統領で多忙の極なのに原稿を二へんも書いたなんてことは、ワシントンの林檎の木と違つて知られてゐない。当然、なかにはきつと、賞の通知があつたときの情景からはじめる人もゐるだらう（これをわたしは「電話ジリジリ型」と名づける）。小学校のときの先生から細君にまでいちいち感謝を献げる人もゐるかもしれぬ（これをわたしは「糟糠の妻花子型」と呼ぶ）。聴衆は疲労の極、誰一人わたしの話なんか聞いてくれないに決つてる。困つた。何か策を講じなくちやならない。そこで無い知恵をしぼりました。

当日、司会者に促されて壇上に登ると、社長と受賞者の挨拶がさほど長くなかつたせいか、会場は喧々囂々《けんけんごうごう》ではないが、しかし静粛とは程遠い。つまりかなり騒々しい。壇上のマイクの前に立つたわたしは、やはりこれでよかつたと満足してから、「週刊朝日」の山本朋史さんの差出す白地の大きなボードを頭上にかかげた。それには桜の花びらを散らした下に、赤で大きく「祝」と書いてある。わたしは何も言はない。マイクは無用の長物。そしてパーティの客はみなワイワイガヤガヤ。キヨトンとしてゐる人もゐた。

一枚目のボードをおろすと、次のやつをかかげる。これは白地に緑と橙いろの星を散らした下に「乾杯!」と大書してある。「乾」は青、「杯」は菫《すみれ》いろ、「!」は草いろ。

二枚目をおろしてから、手渡されたグラスの赤ワインを無言で飲みほす。疎らな拍手があつたが、意図が通じたかどうか、すこぶるあやしい。丸谷は風邪を引いてゐて、声が出なくて、それであんなことをしたのかと心配してくれた向きもあつた由。

なほボード制作は和田誠さんの好意による。いつもながら有難う。そして朝日編集委員の由里幸子さんの配慮で、「祝」のほうは大佛賞辻原登さん、「乾杯!」のほうは朝日賞の田辺聖子さんの所へ行つた。

美女という災難

平成19（2007）年5月

有《あり》馬《ま》稲《いね》子《こ》
（女優）

文藝春秋の二月号「昭和の美女」という特集に私の若い頃の写真がでました。二十三歳ころでしょうか。私自身の記憶の中から消えていた写真で、あらまあ、あなた元気だったのと、もう一人の自分に再会したような、不思議な気分を味わいました。

きつい野性的なメークをしていてレンズを軽くにらみつけています。当時山のように撮られた私の写真は、優雅か、お嬢さんか、都会的かでしたから、これはかなり異色の一枚です。このにらみつけるような目をみて、どこで撮ったか思い出しました。

銀座の泰明小学校の前にあった早田雄二さんのスタジオ。当時の写真家にはふたつのタイプがあって、ひとつはきれいだよ、いいよ!!とのせながら撮る秋山庄太郎さんのようなタイプと、それとは正反対の挑発派ともいうべきタイプ。早田雄二さんはまさに後者の代表で、何だそんな顔、それでも女優か、どこを撮れというんだよと悪口雑言、ムカッとさせてパチリと撮るのが名人でした。この燃えるような目は、まさにその焚きつけられた怒りの表情に違いありません。

もうこの年になると臆面もなく言えますが、この頃の私は美女の代表のように言われていました。そんなしあわせなと思われるかも知れませんが、金持ち必ずしも幸せでないように、美女と呼ばれること必ずしも幸せではない。当時の私はこの美女というレッテルがいやでたまらなかったのです。というのも、美女というのは、オードリー・ヘップバーンであり、デボラ・カーのことである。そう固くきめこんでいて、そんな目がぱっちりした人と比べると鏡の中の自分は平凡な顔だちで美女でもなんでもない。「東京暮色」でご一緒させていただいた原節子さん、あのような顔こそが美女だと信じていたからです。有馬稲子を人名事典に書くとすると、この「思い込むと凝り固って身動きとれなくなる」というのは、まず最初に書かなければなりません。

美女がいやだった理由のもうひとつは、自分の経歴へのコンプレックス、いまでこそタカラヅカというのは、その厳しい訓練で芸能界に素晴らしい人材を提供する難関と認知されていますが、昭和二十八年頃は、まだまだ評価は低く、ただ見目麗しいだけでスターになれる所と思われていた……というより自分でそう思い込んでいたのです。

さあ、そんな世界から演技のいろはも分らないまま、小津安二郎、内田吐夢、渋谷実など世界的な巨匠が居並ぶ世界に飛び込んだのです。今井正監督の「夜の鼓」では、名優の金子信雄さんを相手に「待って」というセリフを言うだけでNGの山を築き、一日百回も云わされてついに撮影を一週間も止める体たらく。その世界では美女とは演技ができない奴と同義語だったのです。こうして私の美女アレルギーはずっとついて回ることになりました。

美女という評価ではない別の評価を得るにはどうする――。演技力をつけ芝居のできる役者になるしかない。こうして何と向こう見ずにも民藝の宇野重吉さんの門を叩いて演技派を目指したのです。

きっと日本の演劇の神様が、私を美女地獄から救って下さるとでも思ったのでしょう。仕事に限らず二度の結婚も含めて「思考は常に短絡し、向こう見ずで浅慮」これも私の人名事典の説明には不可欠でしょう。

それにしてもこの意外な写真との出会いはいろんな思いを運んでくれました。私がもし私でない顔を持っていたら、どんな人生を歩んだだろう。最近よくそう思います。

下田の海岸で夕暮れ、浜辺に車を停めて、テーブルを出してランプをつけ、海を見ながら食事をしているカップルを見ました。つつましやかな喰べもの飲みもの。二人は本当に自然で穏やかで満ち足りて見えました。その手応えのある幸せを共有している姿をみて、あゝ、私にはこんな青春はなかったなとつくづく思いました。

私の一番美しかった時からしごかれ続けて五十年。少しは良い仕事もしたけれど、星の数ほどある選択肢の中で私はねじれてからまった一本を引いてしまったのかな、と思います。今迄私が出演した映画は七十本ばかり。今年いい出会いがあって、あと二本この記録を伸ばせることになりました。その映画は「こぶ広場（仮）」と、あと一作品。勿論美貌を買われて出演するわけでは決してありません。それが妙に嬉しくて、今私はこの二本にハマっています。

一〇〇〇回目の敗戦

平成19（2007）年11月

加藤《かとう》一二三《ひふみ》
（棋士・将棋九段）

昭和二十九年、十四歳でプロ棋士（四段）となってから五十三年。八月二十二日に私が通算一〇〇〇回目の敗戦を喫したことはさまざまなメディアで報じられたが、その反響の大きさにわがことながら驚いている。勝負師ならば勝ったときにこそニュースになるものだろうが、平成元年に一〇〇〇勝、平成十三年に一二〇〇勝をあげたときもこれほどの騒ぎにならなかったし、娘の知人からは「おめでとうございます」という連絡まで頂戴した。

複雑な気分だが、将棋界ではもちろん初めてだし、私に一〇〇〇個目の黒星を付けた戸辺誠四段は二十一歳で、孫と同世代だ。また、一年に九十番戦う相撲界でも、引退した寺尾関の九三八敗が最多だと聞くと、ずいぶん長く現役として第一線を張ってきたものだと感慨を覚える。二十五年前、四十二歳で宿願の名人に就いたのはついこの間のような気もするのだが、私を支えつづけてくれた家族にあらためて感謝したい。

振り返れば、印象に強く刻まれているいくつかの敗戦がある。

妻に「つらかった」といわせてしまったのは平成十一年、二十連敗を記録したとき。彼女は最近になって、「どうしたらいいか、分からなかった」と漏らしていたが、勉強を怠って負けていたわけではないし、対局用の背広を変えるとか、験《げん》をかつぐようなこともしなかった。「次はきっと勝てる」と楽観的な気持ちでいたのが効を奏したのか、二十一戦目でスランプを脱し、通算三十四期目となるA級の座を守ることもできた。

敗戦のあと、ある「予感」を覚えたことも二回ほどある。

最初は、昭和四十三年、大山康晴さんに挑戦した第七期十段戦七番勝負（四勝先取）第二局。第一局に続いて敗れ、星勘定は厳しくなったのだが、打ち上げで関係者と談笑しているうち、なぜだか「この勝負は勝てる」という思いが湧いてきた。第四局では総計七時間に及ぶ長考の末に絶妙手を発見するなど、心身ともに充実しており、予感通りに初めてのタイトルを逆転で獲得することができた。

二度目は、昭和四十八年、中原誠さんと戦った名人戦七番勝負のあとのことである。このとき私は一勝もできず、四連敗で敗退した。中原さんのような作戦巧者に対抗するには、将棋の切れ味を増さなければならないと悟る契機となった勝負だったが、シリーズ終了後、洗礼を受けた教会でミサに出席している際、「今回はだめだったが、いつか名人になれる」という確信が生まれたのだった。この九年後、私は中原名人を破り、三度目の挑戦で大願を果たすこととなる。

一三〇〇近い勝局の中でも、やはりこの昭和五十七年名人戦最終局の記憶がもっとも鮮烈だ。

千日手、持将棋（引き分け）を含めると計十局を数えた死闘の決着を前に、旧約聖書の「闘いに出るときは勇気をもって戦え」「相手の面前で弱気を出してはいけない」「慌てないで落ち着いて戦え」という教えを胸に私は果敢に戦った。

長考派の私も、時間に追われて慌てないよう、決断を早めに下すことを心掛けたのだが、最終盤で持ち時間が残り二分になっても勝ち筋が発見できない。残り一分となり、「また出直しか」と諦めかけた瞬間、直感では盲点になる手が閃いた。

このときに私が発した「あ、そうか」という叫びは、決戦が行われていた将棋会館中に響きわたったと後に聞かされた。

あれから二十五年。私には子供が四人、孫が四人いるが、対局に向かう闘志は、まったく変わっていない。デビュー以来、升田幸三さん、大山さんといった先輩がた、最大の好敵手だった中原さん、米長邦雄さん、世代が下の谷川浩司さん、羽生善治さんたちと熱戦を繰り広げてきたが、盤を前にすれば、没入することはいつの時代も同じである。一〇〇〇回も負けているのだから、反省して相手を見ながら戦法を選ぶような老獪さがあっていいのかもしれないが、いまさらスタイルを変えるつもりもない。流行の序盤戦術を付け焼き刃で研究するより、新鮮な気持ちで対局に向かったほうが望ましい結果が出るように思っている。

私は今年、六十七歳を迎えたが、具体的な目標を立てることが重要だと考えるようになった。毎週日曜日に放送されているNHK杯トーナメントで、私は史上最多の七回優勝を果たしているのだが、この記録を八回に伸ばしたいというのが、いまの願いである。

日活同窓会

平成20（2008）年2月

宍戸《しし ど》錠《じょう》（俳優）

アキラがいる、ルリ子がいる。『嵐を呼ぶ男』の井上梅次監督、「渡り鳥」シリーズの斎藤武市監督の姿もある。渡哲也もここではぐっと後輩の部類。ちなみに私ことエースのジョーは日活ニューフェイス一期生である。『殺しの烙印』（主演はご存知宍戸錠である）で、「訳の分からない映画ばかり撮る」と日活を追い出された鬼才、鈴木清順監督も酸素ボンベを携えて登場した（その『殺しの烙印』をはじめとする清順作品は、いまや海外でも高い評価を受けている）。好きなのだ、こういう集まりが。

二〇〇七年十一月十七日、京王プラザホテルで、〝日活同窓会〟が開催された。スタッフの「旧友会」と、俳優OBの「俳優倶楽部」が合同で集まるのは十四年ぶりという。

みな調布の日活撮影所で、時を共有した連中ばかりだ。一九五四年、日活の映画製作再開にあたって建設された白いカマボコ型のステージと長方形の本館からなる映画の工場は、なにもかもが新しかった。ステージは冷暖房完備、撮影機材もおろし立て。そこに若い俳優、スタッフが集まってきたのである。パーティー会場に入ると、笹森礼子、香月美奈子が声をかけてきた。

「ジョーさん、いづみさん連れてきたわよ」

芦川いづみだって。ずいぶん久しぶりじゃないか。日活ＯＢの俳優たちの会はしばしば開かれるが、芦川さんが顔を出すのはこれが初めてだろう。「俺たちの日活」が映画製作を中断、幕を閉じたのが一九七一年九月だから三十六年ぶりになる。しかし、俳優たちはすぐに囲まれて、記念撮影とサインの嵐。話もろくに出来ない。

会の冒頭、石原裕次郎の声が流れた。八六年に開かれたパーティーを病気で欠席した裕ちゃんが吹き込んだメッセージだった。

「みんながお酒を飲んでいるのに、私だけウーロン茶しか飲めないので、行きません」。懐かしいあの声だ。「日活は私の青春の場所でした」と続く。ここにいる奴はみんなそうだよ。裕ちゃんは「日活大学の卒業生」と言っていたという。酒も、遊びもみんな撮影所で学び〝研鑽〟した。

裕ちゃんは、遊びでもトップ・マネージャーだった。日活撮影所では午後五時までが定時。しかし、粘る監督は夕食休憩を挟んで、延々と夜まで撮影を続ける。「定時以降は（撮影を）絶対やらせねえからな」と監督に交渉するのが、裕ちゃんだった。裕ちゃんが言う分には、カドが立たない。

「銀座に行く人この指とーまれ」で十人、二十人とまとまると、車に乗り込んで、銀座は並木通りへと向かう。もう時効だろうが、なかには無免許の奴もいたっけ。

銀座に着くと、クラブの女給さんたちが出迎えてくれる。彼女たちが持ってくるお弁当をつまんだり、みんなで映画を見に行ったりしてから、お店へ。午後十一時四十五分の閉店時間の後は、今度は横浜山下町だ。スマイリー小原のバンドなどが演奏していたナイトクラブ「ブルースカイ」で、それぞれ決めた相手と踊ったり、口説いたりして、最後は逗子の渚ホテルに流れる――。これが定番のコースだった。

そんなとき、裕ちゃんは実にまめにみんなの面倒をみた。相手決まった？　朝飯、何食うの。洋食、和食？　洋食ならトーストにミルクとコーヒーだよ。懐具合に応じて、割り前を集めるのも裕ちゃんが買って出た。いたれりつくせりの名幹事だったのである。

今のご時世ならば、一晩でマスコミの餌食になっていただろう騒ぎもしょっちゅうだった。「映画の黄金時代」と誰もが言うが、タガの外れたような夜遊びも、撮影所の活気そのものだったことは忘れてほしくない。

途中、主催者から挨拶してくれ、と頼まれた。

「今すぐにでも撮影を始められそうなメンバーが集まってくれた。久しぶりに会ったんだから、大いに撮影所時代の話をしよう。みんな墓の方が近くなってるんだから、今のうちに騒いどけや」

ハイヴィジョン、ＣＧ全盛の二十一世紀には、おそらく撮影所というシステムは存在の余地がないだろう。しかし、映画が二十世紀最高の娯楽だったとするならば、それを生み出してきた撮影所が、どんな輝きを持っていたのか、誰かが語り残す義務がある。そう思いつつ、水割りを十二杯ほど流し込んだ。

父子墓と没後の門人

平成20（2008）年3月

岡野弘彦《おかのひろひこ》（歌人）

折口信夫（釋迢空）は浪速びとである。だがその墓は石川県羽咋市、能登一ノ宮の気多神社に近い海岸にあって、硫黄島で戦死した養嗣子の春洋《はるみ》と一つの父子墓に収まっている。

春洋は旧姓藤井、気多神社の古い社家の出身で、国学院大学予科生の昭和三年から、内弟子として折口の家に入り、以後死地に赴くまでの十六年間、折口の生活を整え、その研究を助けた。

私は伊勢と大和の国境に近い山村の世襲の神主の家に長男として生まれ、皇学館の普通科から昭和十八年に国学院の予科に進み、折口教授の「国学」と藤井教授の「作歌」「伊勢物語」の授業を受けた。だが夏休を終って学校に来てみると、「藤井教授、再度の召集を受け、以後の講座は休講」という掲示が出ていた。

昭和十九年、春洋が硫黄島に配属されたと知ると、折口は養嗣子として入籍の手続を取った。

きさらぎのはつかの空の　月ふかし。まだ生きて　子はたゝかふらむか　　迢空硫黄島の守備隊全員玉砕の発表のあったのは二十年の三月末である。

春洋の亡きのち、昭和二十二年春から二十八年九月に折口が世を去るまでの七年間、私は内弟子として起居を同じくした。二十四年に折口は春洋の郷里の砂丘に父子墓を建て、次のような墓碑銘を刻んだ。

もつとも苦しき　たゝかひに　最もくるしみ　死にたる
むかしの陸軍中尉　折口春洋　ならびにその父　信夫の墓

折口の没後は毎年、九月三日の命日に能登の墓に詣で、殊にこの三十年近くは、兄弟子から受け継いだ二人の師のための墓前祭の祭主をつとめてきた。

実は私の胸の中には、少年の頃から深い印象をとどめている、国学の伝統につながる一基の歌碑があった。

本居宣長には墓が二つあって、一つは家の宗旨に添った浄土宗の樹敬寺の墓、もう一つは詳細な遺言によって築かれた、松阪市外の山室山の奥墓である。秋の深まった頃、宣長の命日が近づくと、皇学館の学生は荷車に山桜の苗木を積んで伊勢市から行軍して行って、山室山の墓前に和歌を献じ桜を植えるのが年中行事だった。

墓の傍には、没後の門人の平田篤胤が晩年に『霊《たま》の真柱《まはしら》』に残した歌を刻んだ歌碑が、より添うように建っていた。

なきがらは何処《いづこ》の土になりぬとも魂《たま》は翁のもとに往かなむ

碑の前で引率の先生が、この歌の心を説き、宣長の生前に直接の教えを受けることは無かったが、没後に師を慕いその学問を深めた、平田篤胤や伴信友の話をしてくれる。日本の古代の心を明らかにしようとする学問の上の、没後の門人の志が、美しいものとして若者の胸に沁みた。

二十代の末に師に死に別れてみると、私は一時途方に暮れた。折口の没後一年が過ぎた時、折口より十二歳年長で日本民俗学の創始者であり折口の恩師であった柳田国男が、国学院の亡き折口の研究室に、主だった門下の者を集めて、表情を厳しくして言った。

「折口君ほどの者の門下生であるなら、師が死んで後の日々は、今先生が居たら何を考え、何を行動しているかを常に念頭に置いて、努力しなければならぬはずだ。君たちは師の無きのちは唯、悲しんだり、その後をたどったりしているだけで、何という不甲斐ない弟子なのだ。」といって叱責した。一番年若い末輩の弟子であったが、柳田先生はやはり、すぐれた師の没後の門人としての志を高く厳しく持て、と説いているのだと思った。

師の没後五十四年を経た昨年、八十三歳になった私は、師の墓山の裾に小さな歌碑を建てた。

荒御魂《あらみたま》　二つあひ寄るみ墓山。　わが哀しみも　ここに埋めむ

「荒御魂」という言葉に少しこだわったけれども、あのはげしい墓碑銘にこめられた思いを考えると、

わが内の戦を憎む心のためにも、没後の門人の志としても、この言葉を避けるわけにはいかなかった。

師の学問を、気息を共にした七年間の折々の師の言動を、くり返し内に反芻しながら、師の体験しなかった新しい世を生きようとする心は、身の老と共にひたすらである。

勲章は男はんのもの？

平成21（2009）年1月

田辺聖子《たなべせいこ》
（作家）

文化勲章を私が頂くことになろうとは、嬉しい衝撃であった。私は、自分の好むなる仕事に没頭していて、あたまにあるのは、原稿の締切ばかりだったから。

ただ、近年、わが齢を自覚し、いうべきこと、書くべきことを、余命とともに考えるようになった――といったって、生来、野放図な、つたなきわが性質《さが》のこと、漫然と、

（これを先に書くべきか）

（いや、忘れていた、あれをまず書かねば……）

と焦ったりしていた。で、――結局、諸賢《しょけん》ご賢察の通り、どれも仕上らず、荏苒《じんぜん》として、日がたつのみ、という、人生であったのだ。

〈あの作品、進んでいますか？〉

と折々は聞いて下さる編集者もあったが、そのうち、そのかたも配置換えになり、

〈○○にようく、言っておきますから〉

後輩の方に言い送られる。その方から、時折、電話がある。私は恐縮して応じ、決して忘れてはいない、そのうちに（着手の意志あり）と、心にきめています、などというちに、はや、一年ぐらい経ってしまう……という、せつない浮世であった。

——そういうところへ、文化勲章が降って湧いた如く、人生に貼りついてくる。うれしいことはうれしいが、先に約した作品の編集者たちが、

〈おめでとうございます。——ところで、あの作品はどうなってますか〉

といわれるにきまっている。それまでは、原稿の約束を忘れていた編集者さんたちも、急に、

（ほんに、そういえば——）

と思い出されるかもしれない。それゆえ、文化勲章を頂くのは、うれしいような、困ったような。

……先の約束の原稿を、〈ほんにそういえば、アノお原稿は、はかどっていますか〉などと聞かれたらどうしよう……寝た子を起すことになりませんように……と、戦々恐々《せんせんきょうきょう》の心地であったのだ。

しかし幸い、そのことに触れられる編集者はなく、電話がかかれば、「おめでとう」のご祝詞を下さって嬉しかった。

当日、おそるおそる伺候した皇居。

勲章の親授式のあと、お濠を背にして、並んで受章者たちの記念撮影という段取り。しつらえられた席に、勲章を帯びて坐るのであるが、このときはじめて、

（うーん、勲章は、〈男はん〉のものだっ！）

という実感があった。

勲章は、威あって威《たけ》からず、気品と風趣に溢れており、美しく、りりしい。

それを帯びる懦夫《だふ》俗婦をも、ふるいたたしめる気品に溢れている。

しかしながら、だ。拝領者の身長まで見届けてご下賜下さるのではない。私の矮軀《わいく》には、この美しき勲章は、重いのはよいとして、長すぎるのであった。成人男子の方なら、見場《みば》よく、胸もとにおさまり、受章者の栄誉をいやさらに飾ったであろうものを、不肖、人なみはずれた矮軀の私、(ほかの場合では、小柄な女の子はかわいい、といってもらったこともあるのに)重い〈くんしょう〉は次第に垂れてくる。右手の小澤征爾氏、左手の麻生首相、お二人が引きあげて下さる。冷汗三斗。……でも、それも栄えある思い出となったけれども。

伊藤先生と若山牧水

平成21(2009)年3月

堺《さかい》雅《まさ》人《と》
(俳優)

歌人、伊藤一彦さんは僕の先生だ。高校のとき、現代社会をおそわった。世の中に「センセイ」とよばれる偉いひとはたくさんいるけれど、伊藤先生は僕にとってそんな「センセイ」ではない。ホンモノの、そして普通の「先生」である。

高校でも伊藤先生は「普通の先生」だった。国語ではなく社会をおしえていたから、有名な歌人であることを知る生徒はすくなかったようにおもう。

先生はスクールカウンセラーもされていて、職員室ではなく、学校の西のはじにある「カウンセラー室」にいつもいらっしゃった。当時僕は演劇部だったのだが、部室がすぐそばだったこともあり、たいした悩みもないくせにしばしば部屋に出入りして、話をきかせてもらっていた。記憶のなかの先生は、生徒と一緒に自転車で登校したり、放課後オシャベリをしたりと、いたって「普通の」先生であるが、そういえばそんな先生を僕は伊藤先生くらいしかおもいつけない。

先生は六〇年安保から大学紛争へと向かう時期に早稲田を卒業されている。演劇部でその時代をえがいた作品をやることになり、いろいろ取材したことがある。どうやらその取材をとおして、大学生活についてなんのイメージももっていなかった僕のアタマに、「大学生活とはこういうものだ」と、先生の青春がすりこまれたらしい。そのあと僕も早稲田に進学するのだけれど、あるいは先生の影響かもしれない。

郷土の歌人、若山牧水に親近感をいだくようになったのも、伊藤先生の影響だ。もっともそれは最近のことで、高校を卒業し、大学さえ中退した二〇〇二年の夏のことである。先生が書かれた「あくがれゆく牧水」（鉱脈社）がきっかけだ。

牧水もまた早稲田で青春をすごした。この本にはその時代の牧水がいきいきと描かれている。僕はそれまで若山牧水には、泰然とした「大人」のイメージしかなかったのだが、なやみ、きずつき、すねたり強がったりする姿に、したしみを感じた。そして、青年牧水に自分をかさねあわせていくうち、

　幾山河越えさり行かば寂しさの終てなむ国ぞ今日も旅ゆく

の「寂しさ」にも、

　白鳥は哀しからずや空の青海のあをにも染まずただよふ

の「哀しさ」にも、なんだかおぼえがあるような気がしてきたのである。もしかすると、この本をよむことは、自分の学生時代を（たかだか十年ほど前のことだったが）たしかめる作業だったかもしれない。

自分がいま青春時代にいることを、リアルタイムで認識するのはむずかしい。僕は牧水をとおして、まるで記憶を捏造するように自分の「青春」をたしかめた気がする。そういう意味では、僕の青春時

代と牧水のそれとは、今ではなかば重なって、ひとつのものになっている。伊藤先生もそのように牧水とつきあったのだとすれば、そこには先生の青春もまじっているだろう。

伊藤先生は本のなかでこう書いている。

「牧水は自然を求めて旅をした人として知られている。ただ、旅したところに名所旧跡が少ないことは意外と知られていない。牧水が愛したのは無名の山であり、無名の川だった（略）牧水は山そのものを、川そのものを愛した」

僕のなかでそんな牧水は、「普通の先生」伊藤一彦とかさなる。

高校の部活動で芝居をはじめた僕には、俳優としての師匠はいない。当然、だれの系譜もうけついでいないのだが、

「伊藤一彦や若山牧水が師匠スジにあたる」

なんてことを、あくまで個人的な妄想としてたのしんでいる。すくなくとも伊藤先生には本当におそわっているのだ。先生とよんで慕っていても、バチはあたらないだろう。

アナトリア考古学研究所にて

平成22(2010)年10月

寬《とも》仁《ひと》親《しん》王《のう》

去る七月十日、トルコ共和国クルシェヒル県カマン郡にある、(財)中近東文化センター附属アナトリア考古学研究所の、四棟目の建造物となる〝カマン・カレホユック考古学博物館〟が完成し、落成式が盛大に挙行されました。

既に完成していた研究・収納・住居三棟は、アナトリア考古学研究所建設募金委員会が、博物館は日本政府ODAプロジェクトとトルコ政府文化観光省の協力により足掛け十年の歳月を要し、イラク戦争による石油高値に伴う建築資材高騰等の紆余曲折はあったものの、全てを乗り越え、考古学界の夢であった遺跡・研究所・博物館が一体化した、世界で初めての試みである施設が完成した事になります。

世界遺産と呼ぶべき〝カマン・カレホユック遺跡〟は、アンカラ大学学長を務められアナトリア考古学の泰斗であられた故タフスィン・オズギュッチ教授の御尽力とトルコ国文化観光省のご協力によって一九八五年発掘が開始されました。

四分の一世紀が経過し、現在約四千年前の地層を発掘しており、不明であった〝暗黒時代〟の解明への手掛かり、又、人類が鉄の使用を始めた年代の改訂等、貴重な遺物の数々の発見により、近い将来の世界史の微調整・再構築という壮大なる歴史へのロマンを掻き立ててくれています。

発掘隊長でありアナトリア考古学研究所の所長でもある大村幸弘氏は、基本方針として、「世界的遺産の保存・修復は地元の人々の理解無しには成立しない！」というポリシイを持っています。

発掘に着手する前、キャンプ地の水量が足りない為、遠い岩山からパイプラインを引いて来た時、三分の二は村人の為に三分の一を隊の為に分割しました。又、寒暖の差が厳しい為、発掘作業は五月〜十一月の七ヶ月間が限界ですが、地元雇用の作業員の為に一年分の社会保険を隊が保障しています。

隊員は全てトルコ語の達人で作業員とのコミュニケーションに不都合は無い事。土器洗い等の手作業はチーフが居れば年少者にも出来るので十五歳前後の子供達に手伝ってもらい、彼等を含む全ての作業員に一週間に一度は必ず〝考古学〟の授業を繰り返している事。その成果は二十有余年前、十六歳のドラック君が、初めて貴重な粘土板を発見し、現在は立派な社会人となって外国で活躍している事等に現れています。

又、発掘現場から出る良質な土壌を村人に無償提供し彼等の畑の肥沃化に協力し、農作物との物々交換を実施している事。現場を訪れる数多《あまた》の人々が置いて下さる寄附・謝礼等を一銭も使う事なく貯金し、地元の人々の高等教育の為の奨学金制度を設立した事。この話を聞いて感動した、国際ソロプチミスト日本からの寄附金をイスラム教の為、社会進出が遅れている女性の為の奨学基金として新たに発足させた事。

考古学後進国である日本の立場を充分弁《わきま》え、世界史を書き換える数々の発見を繰り返しつつも、欧米の先駆者達にキャンプを開放し、世界規模での研究調査を展開している事。

などなど、氏の発想と手腕は通常の考古学者には見られない稀有な〝巾の広さ〟と〝懐の深さ〟そして〝遺跡の発掘とはどうあるべきか？〟を身をもって示し続ける素晴らしい〝見識〟を感じます。

十年前、父に依頼され九年前発足した、募金委員会の四千人の会員とその方々の説得で協賛して下さった全国数万人に及ぶ賛同者の面々は、氏の類い稀なる人柄に惚れて、丸九年四次に亙《わた》る募金活動を何とか完了する事に成功しました。

然し乍ら、この九年間は私にとっても波瀾万丈で、七回から十一回目迄の癌手術を繰り返し、二年前には遂に声も失いましたし、アルコール依存症にも認定されました。

唯、「日本人は国際貢献が下手である！」という〝ブーイング〟を常に諸外国から受けている手前、我が国ではマイナーな学問である〝考古学〟の分野であってもこの様に偉大なる〝国際貢献〟をしている〝発掘隊が存在している〟という事実を一人でも多くの国民の皆様方に識って戴く為に手を緩める訳にはいきませんでした。

今回を入れて六回の遺跡巡りの旅を実施し、概ね七百人弱の協賛者をカマン・カレホユック遺跡に添乗員チーフとして引率して行きましたが、日本人がここ迄、考古学を理解して下さり真摯に応援して戴けるとは、十年前には想像も出来ませんでした。

活動の前半四分の三は声がありましたから、口八丁手八丁で、父と大村隊長と共に全国を巡り、講演会・コンサート・ゴルフ大会等あらゆるイヴェントを企画しつつ〝考古学への啓蒙と募金獲得〟に血道を上げる事が出来ましたが、残り四分の一は声が無くなった為、説明と説得が出来なくなったのは私にとって誠に残念無念です。

現在市販されている人工音声器（ヴァイブレーター）は、国内外産を問わず電池の容量の関係で音量が小さく、落成式の旅でも、機内・会議・食事・視察等の折、非常に難儀しました。

式典での挨拶の折も最初の二章読み上げたのですが、一定の音域でしか発信出来ない為、私の意が聴衆に伝わらないと感じ、突然、同行していた娘（彬子女王）を手招きし、残りの八章を代読してもらいました。

余談ですが、テープカットは娘と、エルトゥールル・ギュナイ文化観光大臣と二人で鋏を入れてくれましたが、考えてみれば、二十四年前に父が、初の鍬《くわ》入れを行い十年前から私が募金と建設を請け負い、本番では娘が挨拶とテープカットをしてくれた訳ですから〝祖父・父・孫〟の三世代掛かって一仕事終えた事になります。

式典は基本計画では日本側百五十名・トルコ側百五十名の参列でしたが、当日は凄まじい数のメディアと村人達が総出で出向いて来た様で、村の人口（概ね千五百人程度）を遥かに超えるトルコの人・人・人で、多分村始まって以来の〝祭〟になったのだと思います。

大村幸弘隊長の思っている通り、地元の人々の熱狂的な支援が、この事から確実になった事はとても嬉しい事ですが、アルコール依存症患者としては、大仕事をやり遂げたにも拘らず、脳波の検査の為に六ヶ月間禁酒しており乾杯出来ていないのが、今一、満足出来ません。

夏の電話リレー

平成22（2010）年11月

長嶋茂雄《ながしましげお》
（読売巨人軍終身名誉監督）

今季は月に二回ぐらいのペースで東京ドームに通った。それが酷暑の八月から残暑どころか猛暑の九月初めにかけては三回になった。セ、パともに近年まれにみる大激戦。二ゲーム、三ゲームの間に三チームが入ってもみ合ったから、順位は日替わり、圧力窯で煮詰められているようだった。

我が巨人の夏場の投手陣は気温の暑さと戦いの熱さで溶けてしまった。観るのは辛いが、観ないわけにはいきません。と言って球場観戦は限られるから、テレビ観戦が日課になった。現場で観るより客観的に状況がつかめて岡目八目、画面に向かって「おい、もう投手交代だろう」などと声をかけてしまう。ところが巨人が遠征に出るとテレビ観戦ができない日があった。試合中継がない。やっていても東京に電波が流されない（のだと思う）。

仕掛けは分からないけれど、テレビには、地上波、BS、CSと色々あってアナログからデジタルに移って多チャンネル時代だそうだ。ならば、とリモコンを押しまくってみたがダメでした。そこで私の秘書役の球団のT君に電話する。「どうなっている。経過を知らせてくれ」。T君は新聞社の速報などを携帯画面で調べ（るのだと思う）、コールバックしてくる。自分でやればよかろう、などと言ってくださるな。私どもの年齢になるとＩＴ機器の操作はたとえ携帯電話でも面倒、困難なのを告白する。だいたい年寄り向きに作られていないから、と脱線しそうになるので話を戻します。巨人ベンチに電話すれば早いだろう、と言う人もいるだろうが、試合中のベンチ、ロッカーは外部との連絡は遮断、ベンチ内に電子機器の持ち込みは禁止されている。スパイ行為禁止のためなのだ。

電話リレーの繰り返し、疲れましたね。

世界中の出来事が瞬時に映像で見られる二十一世紀に、声のリレーで試合経過を知ろうとは思わなかった。テレビが野球と疎遠になってしまった理由はなんだろう。試合時間の長さなのか、視聴率が下がったためなのか。球場で感じる空気では野球人気が落ちているとは思えないが、テレビ側のビジネス・デシジョンだから、どうしようもない。

大リーグではどうなのか。日本より中継事情がいいのは想像していたが、想像のはるか上でした。全三十球団が出資して立ちあげたテレビ局が大リーグ機構のウェブサイト内にあって、全試合の中継配信をやっているそうだ。年間千七百円ほどで全試合が日本はもちろん世界中のファンのパソコンや携帯に届くらしい。大リーグの〝商業主義〟には時々げんなりさせられるが、我が理想とする「野球をファンの手に」がどうやら実現しているらしい。ただ、日本のファンが日本の試合が観られず、大リーグの全試合はいつでも携帯から取り出せる、という状況は何となく面白くありませんね。「携帯のあの豆画面で野球を観てどうなのだ」と憎まれ口をたたきたくなってくる。

とまれ、テレビ中継は野球をファンの身近に届けてくれることで大切だ。特に子供のファンには影響が大きい。少年時代、ラジオの実況中継を真似ながらプレーをしていた自分を振り返ってもそう思う。テレビで知った選手のプレーを真似する、家族や友達と話題にする、そうして野球が当たり前のように日常生活に溶け込む……その野球が大リーグの試合では、と複雑な思いになる。

夏の電話リレーのドタバタは、私にこんなことを考えさせた。プレーの実力は大リーグに接近したが、ビジネスのスケールが違う、ビジネスへの積極性が違う、セールス力が違う、情報発信力が違う。

「野球はスポーツと言うにはビジネスでありすぎ、ビジネスと言うにはスポーツでありすぎる」と言うそうだが、スポーツとこんなビジネスのトータルが「野球＝ベースボール」というなら、日本野球は大リーグとはまだ差があるのを痛感する。柄にもなくシリアスになりましたが、日本野球が良くなることを望んでいるので、点数は辛くなってしまう。

ところで、クライマックス・シリーズと日本シリーズ、まさか電話リレーをするようなことにはならないでしょうな。

氏家斉一郎君と私の人生

平成23（2011）年6月

渡邉《わたなべ》恒雄《つねお》
（読売新聞グループ本社代表取締役会長・主筆）

八十四歳の生を閉じた氏家君とは、六十六年間、不離一体の仲だった。旧制東京高校、東大、共産党体験を経て、読売に入社、ついに彼はNTVの会長、私は読売新聞の会長と、いわばマスコミの頂点に登りつめた。この間、相互の有形無形の絆が働いていなければ、二人とも六十歳前に定年退職し、市井の隅にいて退屈をかこっていただろう。

二人は、まさに家族、兄弟の如くして成長した。彼は深夜泥酔して拙宅に泊まり、風呂に一緒に入って、陰部の毛もかくさない関係だった。八歳で母子家庭となった私と違って、氏家夫人の眞子さんの実家は裕福で、眞子夫人の両親は本当にやさしく、私は家族の一員としてもてなされ、よく彼女の実家に泊まって一家でポーカーを楽しんだ。

東大時代、ある日氏家君が拙宅に来て、「三木清の『構想力の論理』を貸してくれ」と言う。「お前も哲学書を読むようになったか」と喜んで貸した。

その後、私の創立した東大唯物論研究会の代表として、東京女子大に呼ばれ、集会所でアリストテレスからマルクスまでの私なりの哲学史の講演をしたことがあった。満員の集会所の最後列にすごい美人がいるのに心を奪われた。心の中で彼女をものにしたいと邪心を持った。講演を終えると、何とその美女が私のところにつかつかと寄って来た。しめたと思ったら、「構想力の論理」を差し出し「お返しします」という。

実は氏家君は自分が読むためでなく、恋人に頼まれて私から借りていったのだ。瞬間、「先を越されたか」と悔しく思った。その美女が、卒業後新劇女優となり、俳優座に入り、分派独立した「青年座」に移った。「青年座」は西田敏行、山岡久乃、東恵美子らの新鋭がいた。眞子夫人はNHKラジオや映画などにも出演していた。その頃氏家君の妻となった。氏家君は、しばしば私を彼女の出演する舞台に連れて行き、楽屋に花を持ち込んだりした。彼女に献身する彼の姿には、まことに健気なものがあった。

私の方も、十人余の女性と次々に恋愛の末、今の妻と結婚した。彼女は共産党系の「新協劇団」に属していたが、結核で吐血し、商業写真モデルで食いつないでいた。

大学時代、私は宮本顕治氏を議長とする査問委員会で共産党を除名された。私のマルクスとカントを融合させるという新カント派修正主義は、荒正人、花田清輝、真下信一、高桑純夫らを巻き込んだ文学、哲学界の「主体性論争」とも連動したので、私が共産党から「右翼日和見主義」として除名されるのは当然だった。私が入党を勧誘した氏家君は、私に続いて脱党した。

やがて、両夫妻四人で毎月食事するようになったが、妻同士は、昔同じ仕事をしていたこともあってか姉妹の仲になった。私の妻は両親がなかったので、結婚式の親代わりは氏家夫人の両親がやってくれた。

読売新聞では、私は解説部長、政治部長、氏家君は経済部長となった。新聞記者として私は政治、彼は経済の面で特ダネを競い、特賞受賞回数でトップ争いをした。彼の世紀の特ダネは、ベトナム戦争中、ハノイに乗り込み、ホーチミン死去の第一報を世界に発信したことだ。これを報じたAP電の末尾に「氏家斉一郎記者発」のクレジットがついていたのを今でも覚えている。

彼はその頃、思想的には保守派だったが、キューバのカストロと生年が一緒ということもあったのか、しばしばキューバに行き、カストロと単独会見をしているうちにその信頼を得て、カストロからホーチミンへの紹介状を貰い、戦時のハノイへの入国に成功したのだった。

ところで、当時の読売は、派閥抗争が激しかった。事の次第は省くが、私は解説部長時代、務台光雄社長に辞表を提出、二週間自宅に蟄居した。その間、毎夜氏家君は拙宅を訪れ、務台社長との秘密のパイプ役をしてくれていた。務台社長は氏家君を連れて拙宅の近くの料亭に来てくれ、復職して編集局次長兼政治部長への昇格を提示した。自ら驚いたが、それが暗から明への人生の岐路だった。氏家君のおかげでこの派閥抗争に勝った私は超スピードで論説委員長、取締役半期一年で常務、そして専務、副社長、主筆と昇格した。

一方、常務広告局長となっていた氏家君は、あるライバル役員の陰謀にかかり、務台さんの逆鱗に触れて退社するハメになった。その後、浪人生活は六年半に及んだ。その間も、毎月夫妻四人の月例夕食会は続いた。

私にとって大恩人の務台さんの死去後、一周忌の時、その霊前に許しを乞うて、私は氏家君をNTVの社長に復帰させた。

両社の社長、会長と互いに昇りつめつつ、鉄の団結は一層固まり、政、財、官、言論界に共通の人脈を広げていった。

原子核を構成する陽子と中性子の強力な結合力よりも強いと思っていた二人のその片方が消え去った。危篤の床で私は泣いた。奈落の底に落ち込むような気持ちだった。

再び、天空か地の底で再会するまで、私は彼の残してくれた業績を守り、息絶えるまで経営の鬼となろうと覚悟している。

嘘をつく才能

平成24（2012）年2月

浅田《あさだ》次郎《じろう》
（作家）

　ほんの子供のころ、学級担任の教師から「君は嘘つきだから、小説家にでもなればいい」と言われた。

　前後の記憶はまるでないが、「嘘つき」という辛辣な言葉から察するに、先生はよほど腹に据えかねていたのであろう。

　しかし今も昔も何だって悪いふうには考えぬ性格の私は、まさか敬愛する先生に叱責されているとは思わず、真剣に将来を示して下さったのだと考えた。それは実に、私が小説家になろうと決心した瞬間であった。

　自分が嘘つきであるという自覚はなかった。ただし、事実を都合よく解釈し、かつそう思いこむふしはあった。また、ひとつの見聞を他者に伝えるとき、面白おかしく修飾を施して話を膨らませるふしもあった。

　クラブ活動は新聞部で、壁新聞の制作に情熱を傾けていた。小学校の高学年では、他の部員に一行一句も譲ろうとせぬ「主筆」であった。もしかしたら教師のさきの感想は、事実を我流に脚色する私の記事に対しての、警告であったのかもしれぬ。

そののち、めでたく小説家になってから気付いたのだが、べつだん同業者のみなさんが総じて嘘つきというわけではない。むしろ評伝やノンフィクションを得意とする作家は、根っから正直者で誠実な性格の人物ばかりに思える。一方、純然たるフィクションを書く作家は、嘘つきとは言わぬまでも、まあ私と同類の、少くともジャーナリストとしては不向きの性格であろう。

物語という「嘘」の世界で生きてゆくためには、これが才能であり武器である。しかし厄介なことに、才能であるからには天賦のものなのであって、これればかりは努力で身につきはしない。要するに小学校の教室で、面白おかしい話を開陳して人気を博しているような子供は、明らかに小説家としての才能に恵まれているのである。そしてさらに厄介なことに、この才能と学問ことに国語の成績とは、まったく関係がない。それどころか多くの場合、論理的で明晰な頭脳を持つか不断の努力を惜しまない優秀な子供らは、この「嘘」の才能に恵まれていないのである。

たとえば、芥川龍之介という雛型がある。おそらく類い稀な頭脳の持ち主で、それに恥じぬ努力を惜しまなかった彼は、虚構を生み出す才能をまるで持たなかった。あれほどの名文章家であり、偉大なディレッタントでありながら、古典説話を脚色するか暗欝に内向するほかに、ほとんど嘘をつくすべを知らなかった。

この作家的宿命を後年さらにスケールアップしたのは三島由紀夫で、やはり名文章家であり偉大なディレッタントでありながら、ストーリー性の豊かな作品は、ほとんどが社会的事件のノベライズであった。

要するに、教室のホラ話に耳も貸さず黙々と勉強をしている子供が小説家を志すと、たいそう苦労をするのである。

こうしたタイプの作家は枚挙にいとまないが、それら先人たちの中にあって、谷崎潤一郎の溢るるがごときダイナミックな大嘘つきぶりは、まさに神を見るようである。おそらく彼は明治の小学校の教室を、いつも賑わせていた子供だったのであろう。

事実を曲げたり、責任を回避するための嘘はあってはならないが、想像力を表現する手段の嘘を寛容しなければ、世の中は貧しくなる。

「君は嘘つきだから、小説家にでもなればいい」

たしかにそう言われた。しかし改って考えるに、「小説家に、でも」は私の脚色で、実のところは「小説家に」であったのかもしれぬ。

てのひらの淡雪

平成26（2014）年2月

小池《こいけ》真理子《まりこ》（作家）

昔のこと……とりわけ子供時代のことを思い出すのが好きだ。趣味、と言ってもいい。そんなふうに言うと、「それはあなたが幸せな子供時代を過ごしたからだ。そうでない人は過去など思い出したくもないだろう」などと言ってくる人がいる。そういう考え方こそが不幸なこと、と私は思う。

通り過ぎてきた時間は儚くて、てのひらに載せるとすぐに溶けてしまう淡雪のようなものかもしれない。だが私たちは、淡雪がてのひらに載った時の、そのつめたくて気持ちのいい感触だけは終生、忘れないのである。におい、色、気配、そのすべてを覚えているのである。幸福な記憶、というのはそういうことを言うのだろう。

両親が年中行事を大切にする人だったため、幼いころの私は、毎年欠かさず、正月、雛祭り、七夕、お月見、クリスマスを楽しんだ。当時住んでいたのは、まさに「ウサギ小屋」そのものの、東京都内の小さな社宅。猫の額ほどの庭に面した縁側の、窓の曇りガラスには半円形にヒビが入っていて、母は桃色の千代紙を花びらの形に切り、ヒビに沿って貼りつけては、ごまかしていたものだった。

十二月、不二家の小さなクリスマスケーキを父が会社帰りに買ってきて、両親、妹と共に食卓を囲み、黄ばんだ畳の上に飾ったクリスマスツリーを前に家族で写真をとる、というクリスマス行事を終えれば、次の行事は年末の大掃除になる。狭くて小さな家だから、すぐ終わりそうなものなのに、天井の煤払いはむろんのこと、畳をあげて干したり、窓ガラスをすべて拭いたりするものだから、ひどく時間がかかる。家の大掃除のために家族総出で丸三日かける、というのは当時、ふつうだったように思う。

舞い上がる埃の中、父が頭に手拭いをまき、くわえ煙草で庭に干した畳を叩いている間、母は台所でおせち料理作りに取りかかる。餅屋がつきたての餅を届けに来る。まだ生温かく、十分に柔らかい。このままでも美味しいから、と言い、母はいつも、端っこのほうを指で小さくちぎって醬油をつけ、私たち子供に食べさせてくれた。

近所の金持ちの家には植木屋が来て、気がつけば見事な門松が立っている。隣のおばさんがパーマ屋で日本髪を結ってもらい、首から上は和風、首から下は洋装、というおかしな格好のまま、駆け戻って来る。うろうろしていると邪魔になるだけの子供たちは、早くも外に出て羽根つきなどして遊び始める。

そうして日暮れが近づき、寒くなって家に戻ると、家の中は外に負けず劣らず冷えきっている。昼間、大掃除のため、窓を開け放していたせいだ。

靴下をはいた足の裏に、廊下の冷たさがしみわたる。指先が凍え、毎年、冬になるたびにできるしもやけが、また痒くなってくる。

茶の間には灯りが灯され、すでに母が活けた正月用の花が飾られているものの、まだ炬燵に火の気はない。代わりに家中に、だしのにおい、甘辛い醬油のにおいが漂っている。割烹着をつけた母は、忙しそうに台所で立ち働き、父は何やらごそごそ、家の中の片付けを続けている。

清潔になった家に外の冷気がたちこめていて、見慣れた家具やぬいぐるみまでもが、他人行儀に感じられてくる。温まっているのは、台所だけだ。たちこめる湯気の中、母がいそいそと鍋に菜箸を差し入れ、里芋の煮え具合を確かめている。

そして一夜明ければ、前日、あんなに働いていた両親は私たち子供よりもずっと早く起き出しており、母はふだん着ない着物を着て、背筋を伸ばしながら、手作りのおせち料理を運んでくる。近づくと、母の身体からは白粉のにおいと共に、樟脳のにおいが嗅ぎとれる。母が少し遠い人になったような気がして、悲しいような、怖いような、それでいて誇らしいような、落ち着かない気分にかられる。

あのころは、東京にもよく雪が降った。雪が積もるたびに、母は外に出て、私や妹のために雪うさぎを作ってくれた。作った雪うさぎは古くなった丸盆に載せ、しばらくの間、玄関先に飾られた。

うさぎの両の眼は、どこの家の庭先にもあった赤い南天の実。耳は寒椿の葉。いずれ溶けてしまう雪うさぎがかわいそうで、私はそばでじっと、辛抱強く見守っていた。うさぎは少しずつ小さく縮まっていき、最後には水びたしになった丸盆の中、赤い南天の実と椿の葉だけが残された。

そんな埒もないことばかりが、とめどなく思い出されてくる。きりがない。

母は昨年……二〇一三年の夏、九十年の生涯を閉じた。

夢

平成27(2015)年2月

立《たて》川《かわ》談《だん》春《しゅん》
(落語家)

夢の話をします。落語家が夢の話なんというと「どうせまた芝浜だろ」と思う方もいるかもしれないが、まったく係わりが無いので御心配なく。因みに「芝浜」とは三遊亭円朝作の古典落語の名作で、飲んだくれの亭主が女房の機転のきいた嘘によって改心してゆく物語。その嘘が「夢だった」というもの。師匠立川談志の十八番中の十八番と亡くなってから頓《とみ》に言われるようになったが、それはあまり談志並びに落語を聞いたことのないマスコミが風評を活字にしただけのこと。談志の本質は他にもある。ならば「芝浜」は良くないのかと問われたら無論そんなことはない。私だって十五のときに芝浜を聞いて談志の弟子になると決めた経緯がある。要するに素人騙すにゃもってこいの根多だ。こんな言い方をすることが立川流の美学なのであるって、それは言い過ぎ。せいぜいポーズだ。しかし立川談志、やはり「芝浜」は大事にしていた。歌舞伎座での親子会で私が芝浜を演ったら「あの野郎、俺の前で芝浜を演りやがった」と怒って途中で帰っちゃったくらいだ。

世の中には自分の見たい夢を自由自在に見ることができる人がいるそうな。猛者になると一度目が覚めてから寝直して夢の続きを見る、と豪語していた。ほんとうなら実にうらやましい限りだ。私は逢いたい人が夢に出てきたことがない。可愛いがってくれた祖父は二十五年間で一度だけだし、昨年亡くなった父は一度だけ夢に現われ全力で怒っていた。まさしく鬼の形相で、あんまり怒っているのが馬鹿馬鹿しくて笑ってしまったほどだ。師匠との夢での対面も異様だった。少し生生しすぎたのだが事実だから仕様が無い。談志が仰向けに寝ている。それを覗きこんでいるのだから私は談志に馬乗りになっているのだろうが自分の姿は見えない。見えるのは目を閉じて苦しげな表情を浮かべている談志の顔だけである。「何でこんなに苦しそうな顔をしているのだろう」とよくよく見ると、なんと私が私の両手で談志の首を絞めている。更に私は首を絞めながら叫んでいる。「師匠、もういいよね！　もう充分だよね」。この問いに対しての答えなのか談志の唇が微かに動く。私は耳を談志の唇に当《あ》て行《が》う。「生・き・た・い」。一音節ずつはっきりと区切って呟いた。私は驚く。本当に驚く。もう一度耳を唇に当て行う。談志は同じように呟く。「生きたい」。病いと戦っていたときそのままの擦れ声で。私は絶叫し、号泣しながら首を絞めている両手に力を込める。談志の顔色が見る見る変わってゆく。そこで細く微かに自分の泣き声が自分の耳に届きはじめた。あれっ、俺、泣いているぞ、もしかして、これ夢か……。目を開けたら顔が涙でグシャグシャだった。泣くと、涙を流すとストレス解消になると聞いたことがあったが、確かに物凄くさっぱりして近年にない爽やかな目覚めだった。よく出来た話だが事実だ。なんで師匠の首を絞めなきゃならないんだろう。一体なにを断ち切りたくてあんな夢を見たのだろうと考え続けながら気づいた。その日は明けて十一月二十一日談志のはじめての命日だった。本当によく出来た話だ。私は、うーん、とひとつ唸ってからその夢について考えるのをやめた。

二度目に夢に出てきてくれたときの談志は上機嫌のときに見せる笑顔、談志の好む表現を使えば蕩けるような笑顔で私を見つめながら「いいんだよ。お前はそれでいいんだ。どんどん行け」と言ってくれた。その夜は初めて音楽バラエティ番組に出演し黒紋付姿で歌を歌う収録を終えたばかりで、終わったことなのに「大丈夫か、俺」と考えていたところだった。そしたら談志が救いの神になってくれた。この夢ではっきりわかった。人間の脳ってものは凄いもんだ。夢なんて自己安定の為に何かの因果関係のうえで見るものなんだなと思った。だからなんだ、と言われても困るがとにかくそれがわかっただけで私は救われた。亡くなってまで師匠に救われている。

私の夜明けまえ

平成27（2015）年5月

宮城谷昌光《みやぎたにまさみつ》（作家）

夜明けまえがもっとも暗い、とはよくいったものである。

私の小説が本のかたちになり、出版社の名が付けられて、書店に置かれるまえの年ほど暗い年はなかった。

まず生活面で苦境に立たされていた。私は三十代になると英語塾をひらき、妻もその狭い教室をつかって子どもたちに習字を教えた。それから十数年が経《た》って、めっきり生徒が減《へ》った。

——これでは、生きてゆけない。

私は深刻に現状をみつめた。二十代の後半に勤めていた雑誌社を辞めるとき、二度と会社勤めはしないと心に誓った。その決心を二十年ちかくつらぬいてきたのだが、ついにその誓いを破らないと死ぬしかないのではないか、とおもうようになった。妻は私が小説を書くことに理解を示し、精神的にも支えてくれた。妻と結婚するまえに「春潮《しゅんちょう》（のち「春《はる》の潮《うしお》」と改題）」「天《てん》の華園《かえん》」「秋浦《しゅうほ》」などの現代小説を書いた。それらは恋愛小説に属するかもしれない。しかしながら男女の恋愛をもっとも浄化すると、死のかたちに収斂《しゅうれん》せざるをえないことに不満をおぼえた。たとえ死を避けても、虚無に落ちるのが恋愛であるとすれば、なんと非生産的なことか。私は豊かな恋愛小説はないものか、と捜してみた。ひとつ、あった。アンデルセンの『即興詩人』である。そういう小説がよい、とおもったものの、それは日本の文学的風土にいかにも適《あ》わない。そう考えているうちに、恋愛小説がもっている不合理にも、いやけがさした。私自身の実感として、日本女性は洋装より和装のほうがはるかに美しい。すると和装の女性を佳《よ》い風景のまえに立たせたくなる。が、それだけでも、むりが生ずる。いまや、ふだん着として和装でいる女性はすくなく、しかもそういう女性が景勝地を歩くとなると、どうしても現実ばなれした設定が必要となってくる。いわば妄《うそ》を積み重ねてゆかないと美の理想形に近づけないのである。

——妄は、やめた。

と、おもい、真実を求める形を小説に駁《おさ》える作業をはじめた。自分にとって真実であるとおもったことばを、原稿用紙に書く。それが一日に一語（一文字）しかなかったら、四百字詰原稿用紙を盈《み》たすのに、四百日かかる。だが、実際は、一週間で一枚。つまり一か月に四枚ほどのペースで書いたものが『無限花序《むげんかじょ》』と『石壁《せきへき》の線《せん》より』である。これは詩でも小説でもないが、リアリズムの窮極を表したつもりである。それをやり終えたとおもった私は、中国の古代史を独りで学びはじめた。この独学によって、

——ようやく人がわかった。

と、おもった。日本と欧米の文学作品をどれほど読んでもみえなかったものが、みえたのである。とたんに、小説を書く筆が自在になった。関心のうすかった歴史小説を書いてみたくなり、歴史・時

代小説を読みなおして、諸作家の文体を研究した。それから書いたのが『王家《おうけ》の風日《ふうじつ》』である。この小説をどうしても本にしたくなり、妻に相談したところ、金を工面してくれた。自費で出版したのである。だが、自費出版の本ひとつで作家デビューさせてくれるほど出版界は甘くなく、私は落胆した。それでもつぎの小説に着手し、千枚以上の小説を書きあげた。『天空《てんくう》の舟《ふね》』である。が、この原稿は、押し入れにしまうしかなかった。

どれほど書いても、読んでくれる人はおらず、前途は暗くなるばかりであるとすれば、もう小説を書く筆を折って、勤め人になろうとおもいつめた。たぶんそのころ、私の顔には精神的な暗黒がそのままでていたであろう。

「小説に未練はないのか」

この自問は切実であり、私はほんとうに未練がないように、「発見者」と「買われた宰相」を書いた。前者は現代小説、後者は歴史小説である。それらの原稿も押し入れにしまったあと、

「名古屋へ引っ越そうか」

と、妻にいった。郷里にいるより、名古屋へ行ったほうが、勤め口がみつけやすそうにおもわれた。が、妻は弱く首をふった。

「引っ越す金もないのよ」

すると、ここで妻とともに滅んでゆくしかない。それもしかたあるまい、と私は自嘲した。

晩冬《ばんとう》のある日、帰宅した妻が、

「来年、いいことがある、と先生にいわれたわ」

と、いった。その先生とは、妻の書道の先生で、四柱推命《しちゅうすいめい》に通じているとのことであった。来年、

なにがあるのか。私にはおもいあたることがなく、暗さに沈むようにその年を終えた。それから数か月後には、押し入れの原稿が飛びだしていったのであるから、世の中にはふしぎなことがある。

版画と紙

平成27（2015）年5月

山《やま》本《もと》容《よう》子《こ》
（銅版画家）

昨日、画材屋から連絡があり、長年注文してきたフランス製のグレー色の版画紙が、製造中止になったという。またかと思いながら、在庫の四十一枚の紙をすぐに買った。五年前には、別の会社のフランス製のクリーム色の紙が製造中止になるというので、日本の輸入代理店を通して、大げさに言えば、世界中の取引き先と連絡をとってもらい、四百枚の紙を手に入れたことがあった。私の制作している銅版画は、様々な技法を使い、また多くの材料の特性を生かして表現しなければ成立しない。銅板、紙、インクそして腐蝕液である硝酸、ベンジン、防蝕剤。いずれもどこかの職人が作ってくれる材料だ。代役を立てる、あるいは自分で成分を研究して作り出すことも可能なものもあるけれど、紙となっては大問題になる。十年前に、フランス製の銅版画インクのビストル色（濃い茶色）がなくなるというので、インクの買い占めをしたが、昨年には使い果たし、今は混色をしてビストル色を作り出し表現を続けている。また手に入らない紙については、白紙を染色したり、和紙に刷ったりして、イメージに合わせる工夫をしている。

ひと口に紙といっても、デッサン用、水彩用、版画用といった用途の違いによって、質感、厚さ、表面の表情、色の違いがあり、それらの要素は、絵の具と同じ役割を持ち、イメージの定着に大きな力を発揮する。

銅版画作品を鑑賞する時、表現されたイメージを際だたせる紙の美しさに惚れぼれすることが多いが、これは、余白の多い書の作品の鑑賞と比べると解りやすいかもしれない。目の前にひろがるイメージと書の文字。銅版に圧力をかけて刷り出されたインクの輝きと、墨のにじみや緩急のある筆致。微妙な白からクリーム色へ、あるいは薄いグレー色へとイメージに合わせて選ばれた紙の色。表面のザラついた肌触わり。その上に塗布された糊の分量がわかる紙の目。描かれ、書かれた作品の表面を眼がなでまわして、作品世界と実感をもって交歓する時間。この贅沢な鑑賞という時間は、作品の制作過程を、眼がまるで手になり、鼻となり、舌となり、五感全体が揺さぶられて誕生する、人間の時間だと言える。デジタル化された図像とは結べない関係だと思う。

銅版画は、十六世紀前半のドイツの画家、デューラーを祖としているので、まだ五百年位の歴史しかないわけだから、その間に様々な素材や紙が改良されてきたと考えると、紙質の変化について驚くことはないのかもしれない。しかし、それが衰退への方向を見せているのは事実で（衰退とは言いすぎなら均一化としても良いが）、職人の技が発揮出来なくなる世の変化を、グレー色やクリーム色の紙のなくなる現状として体験してみると、これでは意味が失なわれてしまうという恐怖を肌身に感じる。というのは、十九世紀から二十世紀の画家たち――ミロ、シャガール、ピカソ、マチス――が熱狂して制作した版画作品は、未だに我々を魅了し続けているのだから。そしてその背景には、十七世紀に本に挿画をはさんで出版された、自然科学書、宗教書、博物図鑑の印刷の歴史がある。また十八世紀のイギリスの画家、詩人のウィリアム・ブレイクは、版画技法も表現の一つと捉え、実験を繰り返して新たな技法を生み出した。この技法が精神性の高い表現を可能にし、それがミロ、シャガールといった二十世紀の画家へと受けつがれた事実も含めて考えると、たかだか紙質の変化とは言っていられない。

シャガールは銅版画技法を工房の職人から学んでいた。彼が工房で制作している様子を捉えた白黒のスナップ写真は、様々な感情を届けてくれる。銅版画の技法の多様性に熱狂する心。ウィリアム・ブレイクの技法を学ぶ生々しい心。詩や物語から感じた世界を創造する精神。画家はまた職人でもあるということ。そうして製版された銅版が刷りとられる美しい紙。これらの過程の大切さを想像出来なくなるとは、紙の市場の変化は、文化の後退なのだと改めて思う。

日本人の「あの世」観

平成27(2015)年6月

梅原《うめはら》猛《たけし》
(哲学者)

私はさる三月二十日に満九十歳を迎えた。子どものころは身体が弱く、「この子はとても大人になれまい」といわれていた私が元気に九十歳を迎えられたのはまことに不思議であるが、しかし九十といえば、死が近いことは疑いない。とすれば、哲学者として私は自らのためにも、日本人が死をどう考えてきたかを明らかにする必要があろう。

日本人は縄文時代からつい最近まで、人間が死ぬと、その魂は身体から抜け出て、ひと足先に行った父母や祖父母が暮らしているあの世へ行くと信じてきた。あの世は西の空の一角にあり、あの世の人たちはこの世とほぼ同じ生活をしている。ただ異なるのは、この世とあの世は万事あべこべであることである。この世の昼はあの世の夜、この世の夏はあの世の冬という具合である。

この世とあの世は通信網で結ばれていて、この世の子孫の女性が子を宿すとあの世に知らせが届き、あの世で家族会議が開かれ、祖先のなかから誰をこの世に還すかが決められる。そこで選ばれた祖先の霊がこの世の妊婦の胎児に乗り移り、赤子が生まれてくると、「おじいさんにそっくりだ。おじいさんの生まれ変わりにちがいない」などといわれる。

ところが、この世で人を殺したり盗みをしたりしたような人間はあの世で受け入れられず、この世に送り返されるが、この世でもそのような人間は受け入れられないので、怨霊となる。

アイヌの人たちがもつ「あの世」観には縄文時代の「あの世」観が如実に表われている。たとえば、岡本太郎を驚嘆せしめた縄文時代の土偶はすべて妊婦をかたどったものであり、その腹部には縦一文字の傷がある。アイヌ社会では、妊婦が死ぬと、胎児は腹の中に閉じ込められてあの世へ行けないと考えられたために、妊婦がいったん埋葬された後に老女がその墓を掘り返し、妊婦の腹を裂いて取り出した胎児を母親に抱かせて改めて葬ったという。死んだ妊婦と胎児とともに葬られた土偶は必ず壊されているが、この世で不完全なものはあの世で完全であり、この世で完全なものはあの世で不完全であるという思想によろう。遮光器土偶といわれる固くつむった目と巨大な眼窩をもつ土偶があるが、目のある死体は再生可能であるという信仰によって作られたものであろう。

日本では、天武天皇によって飛鳥浄御原宮《きよみはらのみや》が作られるまで恒久的な宮殿は存在しなかった。それは、亡き先帝の宮殿を焼いて、その死後の住居として捧げられたためであろう。

このような「あの世」観を最近まで日本人は信じていたと思われる。今でも、葬儀において死者は着物を左前に着せられ、死者に供えるものは必ず壊される。私は子どものころそそっかしく、よく着物を左前に着たり、水に熱いお茶を足したりして、母から「タケシ、また死人の真似をしている」といって叱られたものである。

このような「あの世」観は人類の原初的な「あの世」観であり、普遍的なものであったと思われる。人類は農耕文化、都市文化の発展によってそのような「あの世」観を喪失してしまったが、日本にはごく原初的な「あの世」観が残ったのであろう。

六世紀に日本に仏教が伝来し、蘇我氏の時代に伝統的神道と仏教の宗教戦争が起こったが、やがて東大寺建立に貢献した行基によって始められた神仏習合が、空海の真言密教によって完成された。そしてこのような仏教国になった日本でもっとも栄えたのが、法然と親鸞によって完成された浄土教であろう。ここで重視すべきは、インドや中国では浄土教は仏教の主流にならず、日本で初めて仏教の主流になったことである。

浄土教は、念仏を唱えれば阿弥陀仏のおかげで死後は極楽浄土へ行くことができるという思想であると考えられているが、それは法然や親鸞の浄土教の一面にすぎない。彼らは「二種回向」を説いたのである。それは、念仏を唱えれば阿弥陀仏のおかげで必ず極楽浄土へ行ける（これを「往相《おうそう》回向」という）が、仏教は利他の教えであるため、念仏者は永遠に極楽浄土にとどまることはできず、阿弥陀仏のおかげで極楽の門を出て、苦しむ人を救うためにこの世へ還らねばならない（これを「還相《げんそう》回向」という）とする思想である。

法然は生前、自分は一度目はインドに生まれ、「大無量寿経」を説く釈迦の説法の聴衆の一人となり、二度目は善導として中国に生まれ、三度目に法然になったと語った。親鸞は自己を、妻帯した仏教者である聖徳太子の生まれ変わりと考えていたのではないかと私は想像する。

日本にはこのような「あの世」観があったからこそ、浄土教が広く受け入れられたのであろう。

そしてこのような生まれ変わりを説くことによって、「あの世」観は科学性をもつのではなかろうか。遠い昔から繰り返されてきた遺伝子の生死は、魂の生まれ変わりの思想を象徴するものである。

人間はそのような無限の過去から受け継がれてきた遺伝子をもっている。その意味で私の中に過去の永遠が存在するのである。そしてその遺伝子の未来における発展は計り知れない。私は自己のなかに過去の永遠と未来の永遠という二つの永遠を宿しているのである。

この伝統的な日本人の「あの世」観、及び浄土教における浄土観はまさに科学的であり、そのような永遠に回帰する遺伝子のリレーの走者として人間は己の人生を精一杯生き、そして次の走者にバトンを渡すべきであると私は思う。

九十歳になった今、私は法然や親鸞の浄土観を信じ、死を受け入れる準備が一応できたと思っている。

脱税を追っていた私

平成29（2017）年12月

山村《やまむら》紅葉《もみじ》（女優）

じつは私、かつて国税局の調査官でした。

きっかけは大学三年生のときに偶然目にした、国税庁が一年間で摘発した脱税総額のニュースでした。その額の多さに驚いた私は、子どもの貧困や教育の機会均等といった社会問題に関心を抱いていたこともあって「みんなにきちんと納税してもらえれば、そのお金を教育や福祉に回すことができるはずだ」と考えました。そこで国税庁の国税専門官試験に挑戦し合格、無事採用されました。

国税調査官の仕事をするにあたって、私には有利な点が二つありました。一つは、母・山村美紗譲りの推理力。脱税の疑いがある会社では、経理を握っているのは誰か、単独犯か組織ぐるみか――これを、社内の人間関係を観察しながら推理していくのです。「あの女性は経理担当というけれど、あんなに長い爪で電卓が叩けるはずがない」、「食品を扱う会社で、こんな香水をつけて来るだろうか」、そんな些細なことも推理の発端になりました。

もう一つは、学生時代に経験を積んでいた女優業で培った演技力です。「カップルのふりをしてほしい」と内偵に駆り出されることもたびたびでした。内偵先では、何も知らない女の子だと思って相手も油断するのか、興味深いお話を私だけコッソリ聞くこともありました。

ただ、こんな失敗も経験しました。パチンコ店の内偵をしていた先輩に「恋人役として一緒に来てほしい」と頼まれたときのこと。私はパチンコが初めてだったのですが、先輩は「その方が都合がいい。『これは何?』『景品はどこで替えるの?』と言いながら、店内をあちこち見て回れるから」と言う。そうして無事に目的を達成した私たちは、最後に軽く打って、自然に引き上げようとしました。

ところが、私が目の前のパチンコ台を動かした途端、突然大当たりが起こり、玉がジャラジャラと吐き出されました。パチンコ初体験の私は、どうしたら止められるのか分からずオロオロ。そうしている間にも玉は出続け、箱から溢れて通路を転がっていきます。終いには、異変を察知した店員さんが「どうしました?」と駆け寄ってくる始末。顔を見られてはまずいと先輩はそそくさと逃げてしまい、私は「恋人に置いて行かれた世間知らずの女」の演技をするしかありませんでした。

国税の調査を歓迎する人はあまりいません。むしろ、どちらかと言えば嫌われることのほうが多い。だけど調査官には、いわゆる「マルサ」と呼ばれる査察官と違い、強制調査の権限がありません。われわれの調査には相手の協力が必要不可欠です。だからこそ私たちは、脱税行為そのものを責めても、相手の人格や会社全体を否定してはいけないと、厳しく教えられました。

調査の際には、食事をご馳走になってはいけません。そこで「カバンの中のお弁当が傾くと嫌なので、出させてもらいますね」と弁当持参をアピールしたり、昼休みには職場に戻ることを伝えておいたりする。それでも食事を出されてしまったら、対価をその場できっちり支払うのです。

ビギナーズラックだったのか、脱税を発見することも多く、国税の仕事は天職と思っていました。

それでも退職したのは、結婚を機に専業主婦になろうと決意したためでした。ところが「ピンチヒッターに」と後輩の女優に頼まれて出たサスペンスドラマを契機に、女優の仕事がたくさん舞い込むようになって、いまに至ります。

ただ、いまでも抜けない当時の習慣があります。電話では自分からは名乗らないし、レストランやバーでは、テーブル数や回転数、キープされたボトルの銘柄などから、客単価を計算してしまう。時間厳守の癖も染みついてしまって、遠方ロケの際、二時間も早く現場に到着してしまうこともよくあります。

国税時代の同期とはいまでも仲良しで、舞台を観に来てくれることもあります。彼らとは、配属前に三カ月間、研修合宿で同じ釜の飯を食べた仲。しかも、みんな職業柄、絶対的に口が堅い。当時の思い出話や内緒の話ができる昔の仲間は、私の活力です。

もてなされる品格

令和3（2021）年1月

イモトアヤコ
（タレント）

イッテQに出始め十三年。こんなに日本にいる事は初めてだ。時差もなく長時間の飛行機移動もない。現地で一か八かで虫を食すこともない。もちろん身体的には楽だし時間にも余裕が出来た。けれどそれはそれで不安になったり複雑なのである。一時は「このまま一生海外ロケ出来ないんじゃないか」とか「お仕事がなくなるんじゃないか」と気を揉んだ。けれど、どんだけ考えたところでどうしようもなく、状況に身を委ねるしかない。

この時期、ちょうど結婚したこともあり、今まで一ミリもやってこなかった料理を始めた。これまでは「時間がない」ことを理由に外食三昧に出前三昧。インタビューなどでも「イモトさんって料理されるんですか？」「いやぁ全くしないですね」「そりゃあんだけ海外に行かれてたら家でご飯作る時間ないですよね」「そうなんです、まあアマゾンのピラルクはさばけるんですけどね（笑）」

こんな感じで乗りきってきた。しかし、実は料理する時間は全然あったのだ。単に面倒くさかっただけだ。ただ食べるのはとても好きで、友達に作ってもらったり外食したりで満足していた。

それが今回、莫大にある「お家時間」を持て余し、ようやく家庭料理という未知のジャンルに足を突っ込んだのだ。

まずレシピ本を買い漁り、料理アプリをダウンロードし、料理動画を何度も再生。いざ料理をしてみると「理科の実験」のようで、とても楽しかった。何回かに一度美味いものが出来ると「自分はもしや天才なんじゃないか！」とキッチンで小躍りした。カレーに関してはルーでは飽き足らずスパイスにまで手を出し、ついには御徒町までスパイスを求め、スリランカ人のお店に足を運んだ。お目当てのスパイスを購入し、店を出る時に「ダンニャバード（ありがとう）」と自然に発した自分に驚いた。

日々スーパーに行くのも楽しみになった。始めは「生姜焼き」と決めたら一式を買っていたが、段々と「いま冷蔵庫にあるものプラス」の部分をスーパーで買い足すという高度な技も身につけ始めた。以前、一人分のすき焼きを作ろうとスーパーに行き、レジで「六千円」と言われた時には「二度と自炊はしない」と心に決めたのだが、あの時の自分に言ってやりたい。「お前は数年後、冷蔵庫の残りもので二品作れるようになるのだよ」

自炊を始めて良かったことが二つある。

一つは、自分の好みの味付けと夫の好みの違いが確認できたこと。ドレッシング一つとっても好みは違う。相手の好きな味を知るということは、その人を知る上でとても大切なことなのかもしれない。

もう一つは、先日お家である方をおもてなしした時に気づいたこと。

こういう状況なので人と外で会食する機会は減った。その代わりにお家にお呼ばれしたり、お呼びする機会がふえた。

その日、二人をお呼びするにあたり、料理もおもてなしも初心者の私は慌てふためいた。数日前から何を作ろうか考え、以前その方が「家で串揚げができたら楽しそうだ」と言っていたのを思い出し、早速Amazonで卓上串揚げ機をポチ。前日に袋詰めを店員さんがやってくれる高級スーパーにて食材を調達し、当日は朝から下準備。串揚げの他に、前菜などを四品。自分で言うのもなんだが結構頑張った。

いざお客様が来訪。夫も含めて四人で乾杯し、串揚げでワイワイし、それはそれはとても楽しい時間。その時、感動したのは、来てくれたお客さんが料理の一つ一つに感動してその手間に気づいてくれたこと。「これは下準備が大変だったでしょ」「一回揚げてから漬けるのは時間かかるよね」「こんな大きなホタテ見たことない」きっと普段料理をしているからこそ気付ける言葉に、その方の「おもてなしされる品格」を感じた。

以前の私は、食べて美味しければいいと思っていたが、もしかしたら、作ってくれた方の愛情を感じるために自分が料理をするのかもしれない。そしてそれに気づくこと、感動することは、作ってくれた方に対する何よりの愛情表現なのかもしれないと思った。それは家庭料理でも外食でも同じで、作ってくれた人の一手間に気付ける、それをさらっと伝えられる大人になりたいと思った。これがコロナ禍で自炊を始めて一番良かったことだ。

将棋短歌

令和3(2021)年5月

先崎《せんざき》学《まなぶ》
(棋士)

なにかできないかな、と思った。今年のお正月過ぎのことである。東京はコロナ患者の急増で緊急事態宣言の再発令が決っており、暗いムードにつつまれていた。

別に面倒なことをしなくてもよいのだが、おりからの将棋ブームで、ファンは情報を欲している。対局以外の活動はほぼ止っている。棋士としてできることは……SNSでできることは……。私が女流アイドル棋士のように、ニッコリ笑ったり、作った料理の写真を発信したりしても仕方がない。私の武器はやはりことばだ。ことばを使って、さて何をしよう——。

長風呂をしながら私は考えた。我が家の風呂にはちいさな本棚がある。読んでいる最中にお湯のなかに本をよく落として妻に怒られるのだが、それはさておき、そこに「万葉集」が置いてあったのである。即座に私はひらめいた。そうだ、短歌だ!

断っておくが、私は歌心ゼロ、俳句を含めて歌というものは五十年の人生で一回も作ったことがない。だが、直感的に三十一文字が、やりがいがあると感じた。

かくして「先崎歌壇笑」は世に出たのだった。笑とつけたのは、さすがに恥ずかしかったからである。

はじめのころは、あれこれ悩んで、またノートに書いて推敲したりしていた。真面目だったのである。だが、そのうちに気がついた。なにがよい短歌か分らないのに推敲しても仕方がないのである。万葉集を目指したって土台無理なのである。

ある時、親しい女流棋士をからかってみた。

わーひどい　投げた直後に　奇声だす　それは渡部　ほかにいるかよ

北海道出身の渡部愛というのは、奇声を出すくせがあって、ファンの間でもよく知られている。本人から苦情がきた。「もはや歌ではないです、先生」

さよか、というので、今度はおだててあげた。

精進を　かさねるきみの　たましいは　北の大地と　盤駒のなか

参りました、というような返事があった。

そうだ。無理によい短歌でなくったっていいんだ。三十一文字で人々を笑わせればいいんだ、と気がついたのはここらあたりからだった。

そして、次の歌?が生れた。

連盟を　動かすそれは　やすみつじゃ　なくて名古屋の　あの室田伊緒

やすみつというのは佐藤康光日本将棋連盟会長、室田伊緒というのは愛知出身の女流棋士で、「女帝」とのニックネームがある。もちろん室田が権力を持っているわけではない（当り前である）。

ところで、ツイッターには文字数制限がある。百四十字である。三十一文字と先崎歌壇笑で三十六字、残りの百字余りに文章をはめ込んだ。これは楽しかった。絵文字や（笑）！？などを入れることにより、ニュアンスがより伝わりやすくなったり、すこしアブナイ短歌がやわらぐものとなる。たとえば室田の短歌の前には陰謀論１０００パーセントと書いて、笑い転げる絵文字をつけた。これだけでもずい分印象が違う。

もちろん、女流棋士をからかってばかりではアホなので、短歌っぽいのも作った。恥ずかしながら披露します。

例会日　踊り場下の　靴音で　ひとりの夢の　敗れしを知る

例会日とはプロの養成機関である奨励会の対局日のことである。四人に三人はプロになれない世界なのだ。

途中で一度、短歌の専門誌を読んだ時は倒れそうになった。む、難しすぎる。実に奥が深い世界なんだなあ、と感心しつつ、丁重に無視することに決めたのだった。

様々な後輩をからかったが、藤井聡太君だけはからかえなかった。炎上が恐かったからである。私にとってはひとりの後輩に過ぎないが、ファンのなかには神格化している人もいるはずで、地雷を踏むのが恐いのだ。ここらあたりが「読者が自由に感想を書ける」ＳＮＳの恐いところである。

将棋は遊びで、人の笑顔をつくるためにある。笑いが消えたこの時期、風呂場になぜかあった万葉集、何らかのご縁があったのかもしれない。

最後に一首。

人の世に　活気を余暇に　くつろぎを　なにもつくらぬ　棋士の役目は

第二部

名物連載の第一回

芥川龍之介（明治25〈1892〉年3月1日～昭和2〈1927〉年7月24日）と菊池寛は第一高等学校（現東京大学教養学部）以来の親友。「侏儒の言葉」は、「文藝春秋」創刊号である大正12（1923）年1月号から大正14年11月号まで、ほぼ毎月、巻頭に連載された芥川晩年の傑作である。芥川の自死した昭和2年の9月号に遺稿が掲載され、それまでの原稿と合わせて12月に単行本として出版されている。

侏儒の言葉

大正12（1923）年1月～大正14（1925）年11月

芥《あくた》川《がわ》龍《りゅう》之《の》介《すけ》

一　星

太陽の下に新しきことなしとは古人の道破した言葉である。しかし新しいことのないのは獨り太陽の下ばかりではない。

天文學者の説によれば、ヘラクレス星群を發した光は我々の地球へ達するのに三萬六千年を要するさうである。がヘラクレス星群と雖も、永久に輝いてゐることは出來ない。何時か一度は冷灰のやうに、美しい光を失つてしまふ。のみならず死は何處へ行つても常に生を孕んでゐる。光を失つたヘラクレス星群も無邊の天をさまよふた上、都合の好い機會を得さへすれば、一團の星雲と變化するであらう。さうすれば又新しい星は續々と其處に生まれるのである。

宇宙の大に比べれば、太陽も一點の燐火に過ぎない。況や我々の地球をやである。しかし遠い宇宙の極、銀河のほとりに起つてゐることも、實はこの泥團の上に起つてゐることと變りはない。生死は運動の方則のもとに、絶えず循環してゐるのである。

さう云ふことを考へると、天上に散在する無數の星にも多少の同情を禁じ得ない。いや、明滅する星の光は我々と同じ感情を表はしてゐるやうにも思はれるのである。この點でも詩人は何ものよりも先に高々と眞理をうたひ上げた。

眞砂なす數なき星のその中に吾に向ひて光る星あり

しかし星も我々のやうに流轉を閲すると云ふことは――兎に角退屈でないことはあるまい。

（以下毎號續出の豫定）

小泉信三（明治21〈1888〉年5月4日～昭和41〈1966〉年5月11日）は、東宮御教育常時参与として、皇太子明仁（現上皇）の教育にあたり、美智子妃（現上皇后）誕生に大きく関与したことで知られる。父が福沢諭吉の門下生だったことから福沢に可愛がられ、「慶應の麒麟児」と呼ばれた。大学では経済学を論じ、自由主義の立場から共産主義、マルクス経済学を批判した。昭和8年から22年まで慶應義塾大学の塾長を務める。

座談おぼえ書き　一　大学の自由

昭和38(1963)年9月～昭和42(1967)年7月

小《こ》泉《いずみ》信《しん》三《ぞう》
（元慶應義塾長・東宮職参与）

先頃大学の自由の問題を論ずる機会に、私は大学の自由を外に対して護ることも大切だが、内に対して護ることも大切だ、といったことがある。

内に対して自由を護るとは、万一にも大学の内部で勢力ある教授、または教授のグループ等々によって異説が圧迫されて、討論、発表の自由が妨げられるようなことのないようにというのであった。そんな心配は無用だ、というか。私は必ずしもそう思わない。私の経験したところでもチョットそんな例がある。

もう十数年前のことで、多分時効にかかっているから、人の氏名を記して差支あるまい。昭和二十年の春、帝国学士院（今の日本学士院）の例会の席上、はからずも私は院長の理学博士長岡半太郎氏といい合いをしてしまったことがある。

その時もう戦局は切迫して居り、学士院も会場を何か政府の必要のため接収（という言葉はまだなかったが）されて、月々の例会は東京大学図書館の一室で開かれたのであったが、その日の議題は年々恒例の学士院授賞式を今年はどうするか、ということであった。

長岡院長は、戦局の現情では危険だから、今年の授賞式は取り止めにすべきだと発議したのである。それに対して私は反対意見をのべた。日本学界の多年来の行事が戦争の為めに妨げられるということは、即ち学問が戦争に譲歩するということで遺憾の次第であるから、たとい困難があっても授賞式は例年通り挙行すべきだと思うというのが主意であった。

これに対して院長の議論は頗ると高圧的で、新参の会員が、小癪《しゃく》にも何を申すか、という風であった。そんなことをして、若しも当日空襲を受け、日本の学者がみな全滅してしまったらどうするつもりだ、と大きな声でいった。（これが有名な長岡博士のカミナリだなと思いつく）、私も、当日もし空襲があれば、警報をきいてそのとき退避すればよいので、何も予めその日必ず危険があるものとして今から多年来の仕来りを変えるには及ばないと答えた。

長岡博士の論鋒はいよいよ高熱のものとなり、一体全体学問のことでこんな儀式をするというのはコロニアルな趣味だ、という。コロニアルという意味はよく分らなかったが、私は英米その他の国の大学で卒業式その他の儀式を鄭重《ていちょう》にする実例を挙げ、儀式は決してコロニアルとは思わぬ、といったので、博士はいよいよ不満の意を表した。

考えて見ると、何分慶応義塾には、福沢諭吉が慶応四年五月十五日、あの上野戦争のその日、遠方に砲声をききながらウェーランドの経済書を講じて日課をかえなかったという故事が語り伝えられているので、ツイ私も自論を固執したのであったろうと、今日では回想される。

とうとうその日は問題は決せず、そのまま散会ということになってしまった。

ここに記して置きたいのは、私が博士の議論に少しも不快を感じなかったことである。それはたしかに高飛車的ではあるが、直線的開放的で、少しも陰湿の感を与えなかったことを、特にいって置きたい。

けれども、この調子でカミナリを落とされると、自由な学問上の議論はしにくいことになりはせぬか。私自身は専攻の学問もちがい、出身学校もちがったから、ただ年長の科学者という以外、何の遠慮も感じなかったけれども、これが同じ物理学や専攻の後輩で、しかも地位もその下僚というようなものであったら、学問上の討論も自由にはしにくいであろう。学問の自由に対する障害はこの辺にもあり得る。

当時の博士ほどではなくとも、一の大学に於てこのような大御所的存在が——或はそれの小型のものが——自由なる研究、発表を妨げることは十分あり得ることだ、と、その時感じたのは事実である。

これは後日の又聴きであるが、或るとき物理学者の会合で、故寺田寅彦博士が長岡博士の意見に反対しなければならぬことになり、意を決して反対説を述べたが、その時寺田は、緊張のため顔面蒼白になっていたという。寺田にして然りとすれば、もっと若輩のものにとってはそれはもっと困難なことであったろうと察せられる。

大学或は研究所に於て後進者或は孤立者が学説上勢力ある教授またはグループを憚《はばか》るというようなこと、或は多数者が異説者を排斥するというようなことは、心配ないと見て好いかどうか。心配なければ何よりであるが、ただ、それについて予め自他を戒めることは決して無用でないと思う。

図らず人の名を出してしまったが、その人を指して批判することは私の本意ではない。私は長岡博士とは久しく共々日本学術振興会というものの理事としてたびたび同席して、「面白いジイさんだ」と思っていた。

会議の席上傍若無人に人の批評をする。「へん、××××の物理学などとは笑止千万な代物で」などと大きな声でいう。××博士は当時の日本で超一流の科学者なのである。また「数学教育のことを澤柳政太郎（当時有名な教育行政家）にいくらいっても分らない。四則の鶴亀算なんぞで子供の頭をなやますよりは、その代りに早く代数の初歩を教えてしまえと、何度いっても分らない」などという。かと思うと、或る人がサムマータイムの採用を提議すると、突如、「以ての外だ」と怒号したりする。

それ等の場合、私はいわば局外者として興味を以て話をきいていたのであったが、さて互に反対の立場に立つとやはりいけない。意見の交換ではなく、すぐ半落雷ということになってしまったのである。

序でに記すと、学士院では、結局私の説が通って、授賞式は六月十二日、東京帝国大学で行われた。ところが、私自身は、五月二十五日夜の空襲に三田の自宅で負傷して、慶応病院へかつぎ込まれ、そこで半年寝てしまうことになった。入院後幾日かの或る日、見舞客の名刺を見ていると、その中に「帝国学士院長長岡半太郎」と太い字で印刷した大型の一枚があった。

高橋誠一郎〈明治17〈1884〉年5月9日〜昭和57〈1982〉年2月9日〉は、慶應義塾大学で教鞭を執った経済学者。福沢諭吉の薫陶を受けた最後の弟子のひとり。小泉信三が東京大空襲で大やけどを負い、戦後もしばらく療養していた頃、塾長代理を務めている。戦後は、第一次吉田茂改造内閣の文部大臣に就任し、教育基本法などの制定に関わる。その後、日本芸術院院長、東京国立博物館館長、国立劇場会長などを歴任。戦後の文化振興の中心にいた。

顔

昭和41(1966)年9月〜昭和42(1967)年7月

高橋《たかはし》誠一郎《せいいちろう》
（日本芸術院院長）

今年四月、永田町の尾崎行雄記念館に招かれて、お粗末な講演をしたさい、はなはだ不用意ではあったが、遠い記憶をたどって、次のようなことを初めにしゃべった。

「尾崎さんが慶応義塾に学ばれたのは非常にお若いころと伺っておりますが、この学校は相当深い影響を先生に与えたことと存じます。在塾中に先生の思想がかわったということも、むろんあったでしょうが、容貌までも変化したと先生みずから申しておられたことを、今、思いだしました。慶応義塾にはいるまでは、先生はまことに醜悪な容貌の持ち主だったということです。ご承知のように先生はじつに立派な容貌の方《かた》ですが、以前はとてもまずい顔で、鼻がまるで上を向いており、雨の降る日に傘をささずに歩いていると、雨が鼻からのどに伝わって実に気持が悪かったということです。ところが、慶応義塾に入学しますと、自分の隣に惚れ惚れするような好男子がおりました。尾崎さんは教師の講釈にはあまり耳を傾けず、ひたすら、この隣席の好男子の顔を見つめて、それにならって、しじゅう自分の顔をいじくっておられた。その効果はいちじるしく、上を向いていた鼻はだんだん下を向くようになり、今ではどうやら、この通り見られる顔になった、これは全く慶応義塾で机を並べた美貌の友人のおかげだというのです。これは、もちろん、冗談まじりでしょうが、尾崎さんは、例の厳粛な口調で、こんなことを申しておられました」

私はそのあとに附け加えていった。

「いくら尾崎さんが、隣席の美男子の顔を手本にして、自分の鼻をいじくっても、隆鼻術でもしない限り、低い鼻が高くなり、醜男子が美男子に変るわけは先ずあるまいと存じますが、これはおそらく、尾崎先生が自由主義的な慶応義塾に学ばれ、福沢諭吉先生の偉大な人格に接し、立派な独立自尊の人におなりになったがために、内部の美点がおのずと外貌に現れて、ああいう気品あり、威厳ある容貌風采の方におなりになったのであろうと、私は推察しております」

容貌は精神の像である、と言ったのは、たしかキケロだったと記憶する。

それにつけて思い出されるのは、今は亡き小泉信三君が何度となく引用した、「人間、四十歳以上にもなれば、自分の顔に責任がある」というエーブラハム・リンカンの言葉である。

大統領リンカンが内閣閣僚の人選を行っていたとき、ある友人がある人物を大臣候補として推薦した。しかし、リンカンはその人物を採用しなかった。彼は後に、その推薦者に向って、自分が彼を採用しなかったのは、その顔が気に入らなかったからだ、と告げた。相手が、これに対して、それは無理ではないか、顔は当人の責任じゃない、というと、リンカンは〝マン・オーバー・フォーティ・イズ・レスポンシブル・フォー・ヒズ・フェイス〟と答えたということである。

小泉君はこの話が余程気に入ったと見えて、「まことに味わうべき言葉である」と称讃し、さらに森鷗外の言葉を附け加えている。

鷗外のいわく、「人間生まれたままの顔で死ぬのは恥ずべきことだ」、人間は顔を自分でつくらなければならぬというのである。

小泉君がこれらの言葉に共鳴しだしたのはいつのことであったか判らないが、同君がしきりにこの話を講演の材料に使うようになったのは、同君が昭和二十年五月の大空襲で大やけどをして、その顔の相好がいちじるしく変ったのちのことである。

大火傷前の小泉君が、たぐい稀れな美男子だったことは、ここにいうまでもあるまい。それだけに、君の顔面の大火傷は、いっそう痛ましかった。負傷後の君の顔を初めて見たときは胸迫る思いがした。しかし、君の容貌は、慶応病院形成外科の力によって、しだいに醜さを失った。いや、見様によっては、昔の秀麗さは永久に消えてしまったが、立派さは以前に増すものがあるようになった。

私はあるときこんなことを小泉君にいった。

「私は若いころの君の顔をじつに美しいと見た。しかし、世の中が戦時色を帯びるようになると、精神的動揺によってか、栄養不足のためか、それとも、単に年のせいか、君の頬の筋肉がだんだん垂れさがってくるのを感じた。あえて、老醜というところまではいくまいが、とにかく、君の秀麗な容貌は危機に際会していると思った。ところが、こんどの災難で、君の顔は、鏝《こて》でもかけたように、再びぱっつりと張り切って立派さを取り戻した。却っていい顔になった」

小泉君は、ただ「ウン」とだけいった。しかし、その無表情な顔に、いささか得意の色が浮んだような気がした。

小泉君は、退院後も、しばしば病院通いをしたらしい。「まだ傷がなおり切らないのか」と訊くと、

「いや、お化粧をしてもらいに行くのだ」

と答えた。小泉君は画家や彫刻家のように、形成外科の医師を助手に使い、自分の皮膚や筋肉や血液を材料に使って立派な自分の理想像を造り上げようと努めたのであろう。そうして、内から外から、どうやら責任を持つことのできる自分の顔を造り出したとき、一時は人前に顔を出すことを嫌がっていると噂された小泉君は、どんな会合にも欣《よろこ》んで出席し、杖こそついていたが、大股に、ノッシノッシと歩を進めたのである。

神の与えた一つの顔は消えて、自分みずからが造り上げた今一つの顔が残った。そうして、鷗外流の言葉でいえば、君は、生れながらの顔で死ぬ恥を免れたのである。

田中美知太郎（明治35〈1902〉年1月1日～昭和60〈1985〉年12月18日）は、京都大学で教鞭を執った哲学者。ソクラテス、プラトン研究の第一人者で、保守系の論客としても知られた。サンフランシスコ講和会議に際して、小泉信三と共に吉田茂の単独講和に賛成、論陣を張った。昭和43年、日本文化会議の設立に参画し、初代理事長を務めた。日本文化会議のメンバーは後に月刊誌「諸君！」の執筆メンバーとなる。

自由のきびしさ

昭和47（1972）年7月～昭和52（1977）年12月

田《た》中《なか》美《み》知《ち》太《た》郎《ろう》
（京都大学名誉教授）

なにごとにも予測できる面と予測できない面とがある。万全を期するといっても、それは予測できる範囲のことであろう。ところが、朝のテレビなどを見ていると、なにごとにも絶対安全性を求めて、それの保障を他人にせまるような議論を聞くことがある。絶対の安全性などというものは、人間だれも保障はできないように思う。アポロの月面到着に至るまでの計画など、まずはそういう安全対策の極点にあるものと言うことができるだろう。それらも不測の出来事があったりして、やはりはらはらさせられる。これは自然が相手だから、対処するための条件も固定できるものが比較的多いだろうから、まだ予測可能性が比較的多く、対策もいくらか楽なのかも知れない。

これが人間相手となると、条件も複雑になり、予測できない面が多くなるのではないかと思う。また従って、わたしたちの日常には危険が少なくない。しかしそうかといって、いつも絶対安全性ばかり求めていたら何もできないことになるだろう。わたしたちの生活には冒険がつきまとう。そして不幸な結果が出てくる場合も少なくない。そういう場合、どこまでが自分の責任なのか。

すべてを他人の責任にしてしまう議論も不可能ではなく、いわゆる法廷弁論は、一応そういう立場で争われるものだと考えてもいいだろう。だから、その種の議論を常習とする人たちにかかると、窃盗や暴行が悪いのではなくて、そういうものを禁止している法律があるからいけないのだというような論調になってしまう。

いわゆる安楽死については、これを可とする説と不可とする説とに分れている。そして国によって法律上の取扱いもちがうかも知れない。恐らくわが国の法律ではそれは認められていないのではないか。そういう場合、医者の良心が問われるむずかしい問題が起ることがある。病人の苦しみを目前にし、家族の人たちからも「楽にする」ことを希望された場合、最後まで死と戦い生を持続させるのが医者の義務であると教えられているし、法律も安楽死を認めてはいないとすれば、患者や家族のわがままを叱って、その苦しみとつき合うのが、正しい医者のあり方だと考えられるだろう。そしてある意味では、そうする方が楽だとも言える。

病人の苦しみや家族の悲しみは他人事であり、そういうものには職業的に慣れているとも言えるからだ。しかし場合により医者によって、これでいいのかしらという疑問が起らないとは言えないだろう。そういう場合、外部的な合法性だけに安住できない心の動揺というものが経験されるのではないか。問題は法律や習慣、教えられた教条などで片づかないものになる。それはかれが個人的に自分で判断し、自分の責任で処理しなければならないような問題に変化するのである。そして安楽死の処置を決意するとしたら、かれはそれが法律にふれることになるかも知れないと覚悟するだろう。しかしそれでも決心を変えず、そのように行為することがあるだろう。

そうすると、この行為は合法的ではないが、道徳的には充分有意義な行為となる。むろんこれがすぐに道徳的に正しい行為と言えるかどうかはわからない。あとになってかれ自身、自分の判断が正しかったかどうかの疑惑になやまされるかも知れない。しかしそれはかれ自身の良心の問題なのであって、かりに誰か売名弁護士のような者がかれを殺人罪で告発するようなことがあった場合、法廷で争われるような問題とは別次元のものと言わなければならないだろう。

このように個人が自分で判断し、自分の責任で行為するということは、いまのと逆の場合にも充分考えられる。安楽死が法律や習慣によって一般に認められている場合にしても、ひとりの医者が自分の判断で、安易に安楽死の処置をとらず、できるだけ生命をのばすため、せまり来る死神と格闘するということもありうるだろう。この場合にも法律の制裁はないにしても、世間の嘲笑や非難を受けるようなことになるかも知れないのである。

ここでもむずかしい道徳問題が考えられる。つまりかれの行為は純粋な動機にもとづくものなのか、それとも万一の成功を当てにした功名心によるのかというような問題であり、これについてかれ自身が心のなかで迷い苦しまねばならないかも知れない。それが「許されている」とか、「自由」であるとか言われる場合は、ひとはそれをしてもいいわけであるが、しかしそれにはまた「しなくてもいい」という意味もあることを忘れてはならないだろう。

自由というのはそういう二義性をもっているのである。そして「する」か「しない」かの判断は、全く個人の自由に属し、同時に責任でもあるわけだ。そして「する」自由があるということは、必ずしも「する」ことが正しいという意味にはならないのである。むしろ「しない」方が正しい場合も多いのである。「する自由」は「する」ことの「正しさ」を保証するものではないということである。道徳的行為は自由を前提とするが、その自由は個人の選択と行為に絶対的な責任を負わせるものなのである。

かの法廷弁論家たちは自由の名において、法のきびしい制約にいつも反対しつづけているが、しかし自由における選択のきびしさに全く気づかないとしたら、その良心麻痺こそきびしく追及されなければならないだろう。実を言えば、法的規制のきびしさがゆるみ、何でも自由になってしまえば、弁護人の立場は全く楽なものとなり、有能な弁護士と無能な弁護士の区別もなくなるだろう。しかしすべては無能な者のためにあるというのが日本の戦後民主主義なのだから、このような風潮も怪しむに足りないわけであろう。

林健太郎（大正2〈1913〉年1月2日〜平成16〈2004〉年8月10日）は東京大学で教鞭を執った歴史学者。専攻はドイツ史。昭和43（1968）年の東大紛争時、文学部長であった林は、「団交」と称する全共闘の学生による強引な交渉に一切妥協せず、結果として8日間にわたって監禁されるが、最後まで学生の要求を拒否。その毅然とした態度は高く評価された。後に東大総長、参議院議員を務めた。

ものに即する心

昭和56（1981）年1月〜昭和57（1982）年12月

林健太郎《はやしけんたろう》
（国際交流基金理事長）

昨年から一九八〇年代というものが始まっている。物理的な時間を十年毎に区切って何十年代というような言い方をするのは、それを百年毎に区切って世紀と名づけるのと同様、人間の歴史にとってはいわば偶然的なことにすぎない。しかしこのような区切りがつけられると、それに応じて世の中の出来事にも何等かの変化が生じるというのはしばしば見られる歴史上の現象である。

そういう目で見ると、昨一九八〇年は世界の全般に亘って、一九七〇年代の趨勢とは異なった新しい波のようなものが現われた年であった。最近の出来事としてはアメリカ合衆国の大統領選挙におけるレーガン候補の地すべり的勝利がある。その四カ月前には日本の衆参両院同時選挙での自民党の圧勝があった。これらの出来事を前年イギリスで起った保守党の大勝、サッチャー政権の成立などと結びつけて、「保守化」とか「保守回帰」とか呼ぶのは表面的な事実としては当っているといえよう。しかしこれをただこれまでのありふれた「保守と革新」という図式的思考で解釈するのは事物の本態を正しく見ることにはならないのではないか。そこにはもっと根本的な、人々の心の変化があるように思われる。私はそれを「ものに即する心」の回復と呼びたい。

「ものに即する」とは「観念にふりまわされる」ということの逆である。人間がものを考える場合には観念のたすけを借りなければならないから、観念は人間にとってあくまで必要なものである。しかしここで「観念にふりまわされる」というのは特定の観念複合によって固定したイメージがつくり出され、それを通じてしかものごとを見たり考えたりすることができなくなる状態のことである。

人間は考える葦であるといわれるが、考えるというのは実はなかなかむずかしいことである。従ってあり合わせの複合観念でものごとを解釈して済まそうとするのも人間の通有性であるといってよかろう。ただいつまでもそれを続けていると、やがてその固定観念があまりにも事実から背離してその説明に役立たなくなっていることに気づく。その時あらためて人は「もの」をありのままに見つめ、そこから新しい考えをひき出そうと努める。

二十世紀が丁度五分の四を過ぎた今日、我々がこれまで生きて来た近代という時代の基本原理とされていたものが、いずれも新しく問い直されなければならないことが急に我々の眼に見えて来たようである。この近代は今から二百年ほど前にヨーロッパで起った産業革命とフランス革命から始まり、ここで掲げられた自由と平等が近代の基本原理となった。前者から自由主義が、後者から民主主義が政治理念として発展する。ところがこの自由と平等とは元来必ずしも一致するものではない。自由からは不平等が生れ易く、平等は全体の名による専制に転化し易い。自由主義と民主主義を結びつけるのには相当の知恵が必要なのである。

百年ほど前から大衆社会と呼ばれる現象が先進工業国に現出すると、自由と平等の問題を解決するために社会主義というものが有効であるという観念が生れ、それが多くの人の心をとらえたことがあった。しかし一九八〇年はアフガニスタンやポーランドに起った事件によって、社会主義国と称する共産国家がいかに自由とも平等とも背馳《はいち》するものであるかを天下に明らかにした年であった。そして社会主義が共産主義のような過激な形をとらず、穏健な生活改善の運動として発展したイギリスにおいても、労働組合の階級的利己主義が「イギリス病」といわれる国民的淪落の危機を齎《もたら》したことが、サッチャー政権を生んだ原因であった。

今日「保守化現象」と呼ばれているものは決して昔に帰ろうというような傾向ではない。自由も平等も、そして社会主義の唱えた理想も、依然として今日の我々の心の中にある基本的な要求である。ただそれらがそれぞれ別箇に独自の観念体系をつくってしまったことが、現代の社会のあらゆる混乱のもとになっている。それが事実によって人々に切実に感ぜられるようになったのではないか。

人間の生活を抽象的な要素に分解し、その一側面だけを拡大するのが歴史の「科学的」見方だということほどばかげたことはない。自由も平等も、具体的な状況の下で、具体的な課題として生れたものので、その課題の解決のために人は何をしたか、それがいかに成功しいかに失敗したか、そういう人間の営みの姿をありのままに見て、それに即して考えることが、今日の自由と平等の問題に対して一番役立つのである。

近頃リンケージ（関連づけ）というような言葉が事新しく使われているが、そもそも歴史とは具体的なものごとの関連として成立しているのである。だから、これも百年近く前に、ドイツの歴史哲学者は人間生活の「構造連関」を知ることが歴史認識の根本だと言った。そして通俗的ながら、現在どこの国でも歴史ドラマがテレビの最大の人気番組となっているのはこれと無関係ではない。

竹山道雄（明治36〈1903〉年7月17日〜昭和59〈1984〉年6月15日）は、東京大学で教鞭を執ったドイツ文学者。小説『ビルマの竪琴』の著者としても有名。戦前、第一高等学校（現東大教養学部）教授であった竹山は多くの教え子を戦場に送ったことに心を痛めていた。そして戦後、戦地から帰還した教え子たちの話を聞いて、童話雑誌「赤とんぼ」に連載した小説が「ビルマの竪琴」であった。比較文学者の平川祐弘は竹山の娘婿。

カーター大統領のキス

昭和59（1984）年4月〜昭和59年8月

竹《たけ》山《やま》道《みち》雄《お》
（評論家）

アメリカの大統領は、世界情勢についてもっとも正確な情報を知っている一人のはずである。

一九七九年夏に、カーター氏がウィーンでブレジュネフ・ソ連書記長と会談した。戦略兵器制限交渉（ＳＡＬＴ）の話し合いはうまく行かなかったが、この談判の後に、二人そろって玄関に出た。そのときの光景がテレビに写された。カーターが善意にあふれた笑をうかべて、自分の左にいるブレジュネフの首をかかえて、その頰にキスをした。こちらはちょっと反応が無精だったが、やがて権力の権化のような太い眉をうごかし、ひろい唇をカーターの頰にあてた。

われわれは男同士のキスを見慣れていないからびっくりしたが、これはカーターが赤心を相手の腹中においたのだったろう。

この場面は後になって幾度も放映された。前と同じ順序ですすみ、前と同じようにキスする。どうも見ていて恥かしかった。ブレジュネフがよろけるとカーターが腕をかして助けてやる場面もあり、これは大変よかったが、キスをしたのはまずかった。

ずっと以前に、もっと気味のわるい場面を見たことがあった。一九三九年九月一日にドイツ軍がポーランドに攻めこんで世界戦争がはじまったが、その前、八月二十三日にドイツの外相リッベントロップがモスコーにモロトフ外相を訪問した。それまで両国は互いに悪口のかぎりを浴せあって、「血まみれの人殺し」と罵っていたが、にわかに和解して、今度は東西からポーランドを占領し分割した。この会見のときには、両外相はたがいに相手の目をみつめて固い握手をしていた。いかに騙《だま》し合いとはいえよくやるものだ（ソビエトとポーランドの間には不可侵条約もあったのだったが、にもかかわらず宣戦した理屈などもじつに面白い）。

カーターがブレジュネフにキスしたその半年後に、ソ連はアフガニスタンに侵入した。カーターは非常に驚いて、「自分のソ連についての意見はドラスチックに変った」と言った。アメリカの大統領といえども、このような不安定な世界像しかもっていなかったとみえる。

かつてルーズベルトはヤルタで、死相を浮べて、東欧をスターリンに呉れてやった。あの頃はまだ社会主義と共産主義の区別がはっきりせず、ルーズベルトは進歩主義だったから、平和をいそぐあまりあのような大失策をしたのだろう。しかしその後、ポーランド、東独、ハンガリー、チェコとさまざまな事件がおこった。あれだけのことがあったのにカーターはまだ甘く考えて、ブレジュネフの頰にキスした。

カーターは在任末期には非常に評判がわるかった。アメリカの雑誌にすら、「フランスのジスカール・デスタンとドイツのシュミットはカーターに対して個人的軽蔑を抱いている」とか、カーター夫人は閣議に出てノートをとる、ファースト・レーディのすることをとめることができないとか、カーターは会議の途中で夫人に電話をかけてその意見で決めるとか、さんざんだった。あまりスレていない人なのだろう。

世の中の大部分の人々は善人である。善意の人である。ただ、残念ながら安きにつく。なるべく面倒がなくむつかしくないように、いやなことは考えないようにする。つい「かくあればよい」と願うことを「かくある」と思ってしまう。できたら平和も頰にキスして手に入れたい。まさか半年後に裏切られることはないだろう——。

ふしぎでならないことだが、ソ連は戦後は侵略をつづけて大膨張をした。それがどうして平和の本尊のように思われているのだろう？ 今年は一九八四年だから、それで「戦争は平和である」ということになったのだろうか。

去年の反核運動なども妙だった。大軍国が自分の軍事力はふやしながら平和攻勢をかけてくる。そのネライがどこにあるかはちょっと考えれば分ることだのに、インテリが主唱して八千万だかの署名を集めたそうである。進歩主義者は消えたが、進歩主義的考え方は軌道となった。核＝戦争＝アメリカという図式ができあがっているので、それで反核＝平和＝反米ということになる。こうして、外からの威嚇《いかく》と内からの掘り崩しという心理工作に踊らされている。ソ連のすることはそれなりにちゃんと終始一貫した条《すじ》がとおっているので、世界の実情は苛烈で邪悪なものであることに悲しまざるをえない。

生きていることは苦しいことである。むかしから古今の叙情詩はその歎きにみちている。「飛びたちかねつ鳥にしあらねば」の類である。この一般的不満から救われようとして、それで人情は現実を否定して、救済を約束するものに安易にとびつくのであるが、うっかりそれをするともっと苦しくなる。

司馬遼太郎（大正12〈1923〉年8月7日〜平成8〈1996〉年2月12日）は、国民作家と呼ばれた小説家。連載のタイトルは当初「この土のかたち」で、「土」に「くに」とルビを振る予定であったという。当時、日本はバブル経済の真っただ中で、地価が異常な高騰を見せていたことに司馬は危機感を覚えていた。連載は司馬の急逝で終了するまで十年続いた。

この国のかたち

昭和61（1986）年3月〜平成8（1996）年4月

司馬遼太郎《しばりょうたろう》（作家）

――日本人は、いつも思想はそとからくるものだとおもっている。

と、私が尊敬する友人がどこかに書いていた。（正確に引用したいのだが、どの本にあったのか、記憶にない。だから著者名もさしひかえざるをえない。）

この場合の思想とは、他の文化圏に入りこみうる――つまり普遍的な――思想をさす。古くは仏教や儒教、あるいはカトリシズム、回教、あたらしくはマルクシズムや実存主義などを念頭においていい。

むろん、かつての日本がそういうものを生み出さなかったというのは、べつにはずかしいことではない。普遍的な思想がうまれるには、文明上の地理的もしくは歴史的条件が要る。たとえば、多様な文化をもつグループ群が一つの地域でひしめきあい、ときに殺しあうという条件のもとで歴史が熟する（あいまいなことばだが）と、グループ群を超えた普遍的思想が出てくる。それらが取捨されて、やがて一つの普遍的思想のもとにひとびとが服することによって秩序の安定を得る。

中国でいうと、春秋戦国の諸子百家の思想群が、やがて儒教の勝利になり、国教化した、といったようなものである。

あるいは、古代中国の土俗の中で息づいていた家族主義が、孔子によって、大陸内部の諸民族のレベルを越えた普遍性をあたえられた、という例を思いえがいてもいい。

ともかくも、日本では、その種のものは自前で展開しなかった。

「そうでもないでしょう」

と、十年ばかり前、右の引用のことばと似たようなことを日本びいきのドイツ人に言ったとき、かれは美学的なことに置きかえてなぐさめてくれた。

いま世界的な傾向として、建築や室内装飾、あるいは家具に、日本人の好みがべつな形に翻訳されて普遍性をもっている、というのである。

「日本人が気づいていないだけです」

かれがいうのは、木材の生地《きじ》の高雅さを生かした白木《しらき》の多用などを指しているらしい。また数寄屋建築の聚楽《じらく》の壁をおもわせるような平明な壁面、もしくは家具彫刻のわずらわしさをすて、簡潔な形のなかに品格を見出そうとする傾向なども、日本の影響といえば言えなくはない。

しかし、その程度のことなら、たいていの民族が、世界の造形思想に影響をあたえてきている。

たとえば、古代の西アジアのひとびとが考えだした楽器が世界の楽器に影響をあたえたし、また十九世紀には浮世絵が印象派の画家たちに影響をあたえ、さらにはアフリカの民俗的な造形がピカソとかれ以後の芸術家たちを刺激した。

しかし、ここではそういうことを言おうとしているのではなく、人間や国家のなりたちにかかわる思想と日本的な原形について考えている。

話がすこしかわるが、日本の古代というのは、じつにわかりにくい。

どうして大和政権が、古代日本の代表的な勢力になったかについても、わからないのである。四、五世紀でさえ、大和政権は比較の上での大きさであって、絶対的な存在ではなかった。六世紀ごろでもなお独立性をうしなわない諸氏族や族長もいたとみるほうが、自然である。

私どもは、そのことよりも、七世紀になって様相が一変したというほうにおどろきを持ってゆかねばならない。あっというまに、大和政権による統一性の高い国家ができてしまうのである。この間、戦国乱世ふうの大規模な攻伐があったようにはおもえず、キツネにつままれたような印象をうける。

もっとも、この奇現象は、近代においても経験している。一八六九年（明治二年）の版籍奉還がそれである。一夜にして統一国家ができてしまった。

七世紀の面妖さについての説明は〝外圧〟という補助線を引いてみると、わかりやすい。一衣帯水の中国大陸にあっては、それまで四分五裂していて、おかげで周辺諸国は安穏だった。

それが、五世紀以来、隋という統一帝国が勃興することによって、衝撃波がひろがった。

日本の場合、この衝撃波は、大小の古墳を築造する族長たちに対外恐怖心を共有させ、これによって、にわかに群小が大（この場合、大和政権）を盟主にしてこれに従うという、ほとんど力学的な現象をひきおこさせることになった。

ついでながら、七世紀のこの〝外圧〟といっても、隋の煬帝《ようだい》が高句麗を攻める（六一一〜六一三年）というふうな具体的な外圧ではなく、日本にやってきたのは、多分に情報としてのものだった。情報による想像が、恐怖になり、共有の感情をつくらせた。この点、十九世紀、帝国主義的な列強についての情報と、それによって侵略されるという想像と恐怖の共有が明治維新をおこさせたということと似ている。

まことに過敏というほかないが、統一国家のつくりかたのほうも、手早い。（むろん、日本だけではない。洋の東西を問わず、統一国家ができるときは、古代以来、近代にいたるまで他の先進国家の体制が模倣されてきた。）

さて、六、七世紀の統一国家のつくり方についてである。当時の大和の政治家や吏僚が、国家をつくるについてのしんとして考えたのは、

「律・令・格・式」

というものだった。これさえ導入すれば、浅茅《あさじ》ヶ原に組立式の野小屋でも建てるようにばたばたと国家ができると思ったのである。目のつけどころに感心せざるをえない。

蛇足ながら律とは刑法で、令は行政法的なものをさす。格は律と令の補足とか例外的な法規であり、式は律令を施行するにあたっての細則のことである。「律令格式」とひとことでよばれるものは、近代法でないながら、四者は相関し、法体系といってもいい。

律令格式は、古い歴史がありながらも、隋唐のとき、新品のような光沢をおびて、いわば完成した。

六、七世紀の日本は、その大部分を導入した。実情にあわぬところは、多少修正された。隋唐の律令制による土地制度は、王土王民制だった。土地も人民も皇帝ひとりの所有である、という思想である。

この思想は、儒教から出たものらしい。『詩経』にいう「普天《ふてん》ノ下《もと》、王土ニ非ザルハ莫《な》ク、率土《そつと》ノ浜《ひん》、王臣ニ非ザルハ莫シ」ということばは、当時の中国では慣用句のようなものになっていた。（降って十四世紀に成立した日本の『太平記』にもこの慣用句が引用されている。）

すでにふれたように、六世紀でもなお、こんにち全国の大古墳に眠っている族長たちや氏族の長たちのいくばくかは、なお土地・人民を私有して独立の伝統と気勢を保っていたが、土地制度をふくむ外来の律令制が導入されると、奇術か魔法にかかったように、それらを手放してしまった。日本史がもつふしぎなはかなさである。（ついでながら、国造《くにのみやつこ》などとよばれた地方の族長たちは、新官制による郡司に任命された。）

このようにして、隋唐の官制を導入しながらも、もっともユーラシア大陸的な宦官は入れず、また隋唐の帝政の基本ともいうべき科挙の制も入れなかった。この二つをもし入れていれば、当時の日本は、中国そのものになっていたろう。（とくに科挙の試験の制度を採用すれば、日本語までが中国語に近いものになってしまったにちがいない。）

さらに大きなことは、面としての儒教を入れなかったことである。

こういえば誤解をまねくかもしれない。

念のために面としての儒教などという自分勝手な概念に定義をくっつけると、学問としての儒教ではなく民衆のなかに溶けこんだ孝を中心とする血族（疑似血族をもふくむ）的な宗教意識をいう。ここから、祭祀や葬礼の仕方や、同姓不婚といった儀礼や禁忌などもうまれる。それら儒教のいっさいをシステムぐるみ入れたとすれば、日本は中国社会そのものになったにちがいない。

結局、日本における儒教は多分に学問——つまりは書物——であって、民衆を飼い馴らす能力をもつ普遍的思想（儒教だけでなくキリスト教、回教など）として展開することなくおわった。

ここで仏教について触れる必要がある。その影響は大きかったから、わずかな紙数で尽せそうにない。後日にゆずりたい。

わずかにふれるとすると、六、七世紀の日本に入った仏教は、インドからみるとふしぎなものだった。隋唐で成立した鎮護国家の仏教であって、あくまでも王朝や氏族を守護する効能《ききめ》としてのものだった。

平安初期の新仏教である天台・真言も、この点ではかわりがない。奈良仏教とちがい、いわば救済の体系という面をもちつつも、隋唐的な鎮護国家の系譜から離れてはいなかった。

つまり、民衆個々を骨の髄まで思想化してしまうという意味での作用はもたなかった。このことについては、インドにおけるヒンズー教に漬けこまれた民衆というゆゆしい大現象を例として考えれば、わかりやすい。

ついでながら、日本仏教における民衆とのかかわりについては鎌倉仏教という特異なものがあり、とくに浄土真宗に妙好人《みょうこうにん》という精神的な事象があるため、右のように一概にはいいにくい。しかし一概に言いきってしまったところで、さほど大きな誤差は出ない。

——日本人は、いつも思想はそとからくるものだと思っている。

とはまことに名言である。ともかくも日本の場合、たとえばヨーロッパや中近東、インド、あるいは中国のように、ひとびとのすべてが思想化されてしまったというような歴史をついにもたなかった。これは幸運といえるのではあるまいか。

そのくせ、思想へのあこがれがある。

日本の場合、思想は多分に書物のかたちをとってきた。

奈良朝から平安初期にかけて、命を賭して唐とのあいだを往来した遣唐使船の目的が、主として経巻書物を入れるためだったことを思うと、痛ましいほどの思いがする。

また平安末期、貿易政権ともいうべき平家の場合も、さかんに宋学に関する本などを輸入した。さらには室町期における官貿易や私貿易（倭寇貿易）の場合も同様だった。

要するに、歴世、輸入の第一品目は書物でありつづけた。思想とは本来、血肉になって社会化さるべきものである。日本にあってはそれは好まれない。そのくせに思想書を読むのが大好き、なのである。こういう奇妙な——得手勝手な——民族が、もしこの島々以外にも地球上に存在するようなら、ぜひ訪ねて行って、その在りようを知りたい。

（つづく）

阿川弘之（大正9〈1920〉年12月24日～平成27〈2015〉年8月3日）は、『山本五十六』、『米内光政』、『井上成美』の海軍軍人を描いた三部作などで知られる小説家。志賀直哉の最後の弟子。東京帝国大学国文科を繰り上げ卒業し、昭和17（1942）年に海軍予備学生。終戦時に海軍大尉。この経験が数多くの作品に結実した。慶應義塾大学名誉教授の阿川尚之は長男、エッセイストの阿川佐和子は長女。

葭の髄から・一　大使の姿勢

平成9（1997）年5月～平成22（2014）年9月

阿《あ》川《がわ》弘《ひろ》之《ゆき》（作家）

ペルーの日本大使公邸占拠事件が起つて、テレビで経過を見守つてゐるうち、一昨年亡くなつた旧友のことを思ひ出した。

戦争中、学徒出身海軍士官の私のクラスに、外交官の卵が三人ゐた。生き永らへて終戦を迎へ、復員と同時に外務省へ復帰して、のち、それぞれ大使になつた。世界九十何ケ国かへ大使の派遣される時代が来て、昔ほどの威厳は無くなり、「俺たち小使《しょうし》だよ」と言つてゐたが、それでも赴任の際は皇居へ上つて天皇にお眼にかかる。相手国の国王なり大統領なりによろしくとの、陛下の一と言を頂戴した上で出て行くのださうだ。

思ひ出したのはその一人加川隆明、今から十九年前彼がスペイン大使の時、私は北杜夫夫婦と一緒にマドリッドを訪れて、会ふなり、「実は此の間大変なことがあつたんだ」と聞かされた。日本赤軍派の某がスペインへ潜入したとの情報を得て、その後消息不明だつたところ、突然当人と名のる者より電話が掛り、大使館事務所に爆弾を仕掛けたと言ふ。

「スペイン人の女性交換手が電話を受けたんだが、さうなるとその子、顔をまつ赤にしてぶるぶる震へてゐるだけで、口がきけない、ちやんとした説明が出来ない。それを何とか事情聞き出して、俺はすぐ討死の覚悟をしたよ。艦隊勤務で言へば、もう甲板士官の中尉ぢやない。艦長か戦隊司令官の立場だもんな。戸棚や金庫に鍵かけろ。持つて出るのは重要書類のみ。総員外へ、急げ。私のことはよろしい。私は全部の処置がすんでゐるか、全職員来館者全員避難したか、確認した上で最後に退館する。――偽電話らしくて、結局何も無くて助かつたけど」

だから文士の相手なんかして遊んぢやゐられないんだと言ひながら、北杜夫が「大使、どうかもう」と恐縮するくらゐよくしてくれたが、国費を使つて普段贅沢に華かに見える大使の職、いざの時はやはり大変な覚悟の要るものだと、初めて私はさう思つた。

今度のリマの事件で、青木盛久大使がその面影を見せてゐる。占拠されてすぐ、犯人グループに、「此処にゐる人たちは皆私の招待客だ。女性も老人も多い。撃つな。手を出すな。人質は自分一人でいい」と叫び、NHKの電話取材に対しては、「自分の一身に代へて、出来るだけ多くの人を釈放させたい」と語り、又「此処を出る時は私が最後に出る」意志を明示した等々、新聞雑誌が断片的に伝へる大使語録だが、姿勢態度のおほよそはよく分る。調停役として度々公邸内へ入るカナダのビンセント駐ペルー大使が、「青木大使の非常に毅然とした冷静な対応ぶりがゲリラ側に一定の影響を及ぼしてゐる」、さういふ意味のことを述べたとの報道も、これはごく最近眼についた。

それに引き換へ、事件発生直後リマへ飛んだ池田外務大臣の姿勢ははつきりしない。大臣語録らしい語録も聞えて来ない。滞在六十数時間、クリスマス前にとんぼ返りで帰国して、結局何をしに行つたのか分らなかつた。公表出来ぬ部分もあるのだらうが、不審且つ甚だ残念に感じた。折角外務大臣が現地へ飛ぶなら、要請や相談もさることながら、災厄転じてプラスとなし、日本のイメージを一挙好転させる劇的な機会だつたのではないかと思ふからである。

日本はこんな時「人命尊重」しか言はない、而も人質或は犠牲者のうち「邦人何名」が最大の関心事らしい、人質一人の命の重さと地球全体の運命とを比較するなら地球なんかどうでもいいと考へる傾向があると、どうやらさう見てゐる世界の人々に、いいえ違ひます、今の日本国政府は大新聞の十年一日の如き論調に迎合なぞしませんし、テロに一方的に屈することもしませんと、「毅然」として訴へかける好い機会であつた。

池田外相が天皇のメッセージを携へてゐてテロリストたちに直接呼びかける場面も、私は空想した。国際法上日本国の領土である大使公邸内で、御自分の誕生日祝ひに来てくれた諸外国の客人たちが大勢抑留されたことを、陛下は特に憂慮され、先づ外国の使臣賓客だけ全員解放してくれるやう切望してをられる。これを呑むか呑まないかが、日本側としては交渉開始の前提条件だ。その代り、諸君が陛下の御要望を受け入れて速かにその措置をとるなら、日本国外務大臣の私は、公邸内へ入つて青木大使らと共に諸君の抑留下に置かれることを辞さない——。事はそんな風に運ばなかつたし、かういふのはやはり、小説家の無責任な芝居仕立てであらうか。

青木大使は、明治二十年代山縣有朋内閣の外務大臣をつとめた青木周蔵の孫ださうである。とすれば「白樺」同人三浦直介さんの親戚すぢにあたるはずで、個人的面識は無いけれど、「白樺」ゆかりの此の大使も「最後」に無事出て来て、事件が落着するといいと思つてゐる。しかし、発生から三ケ月経つた今（平成九年三月二十五日）、あと一歩といふところで未だ解決を見てゐない。

青木盛久さんの約二十年先輩にあたる吾が亡友加川隆明大使のことは、書けば色々エピソードがあつて、新聞社カメラマンの脚立に海軍流アメリカン・フットボールの体当りを食はせて負傷させ、以来「脚立」と言へば外務省で知らぬ者の無いニックネームになつた話なぞ、紹介したい気もするけれど、又別の機会に。

立花隆（昭和15〈１９４０〉年５月28日〜令和３〈２０２１〉年４月30日）は「知の巨人」と呼ばれたジャーナリスト、ノンフィクション作家。昭和49（１９７４）年、「文藝春秋」に発表した「田中角栄研究　その金脈と人脈」が有名だが、その関心と執筆対象は森羅万象に及んだ。立花隆ワールドの案内書としては、令和２（２０２０）年に出版された『知の旅は終わらない　僕が３万冊を読み１００冊を書いて考えてきたこと』（文春新書）が面白い。

日本再生・一　ＰＴＧ第二世代へ

平成23（２０１１）年５月〜令和元（２０１９）年５月

立《たち》花《ばな》隆《たかし》
（評論家）

九十六歳になる母が、昨年末から体調をくずして都内の病院に入院している。あの地震のときは熟睡していたそうで、信じ難いことだが、何も記憶していない。病院では寝ている患者をわざわざ起すまでもないと判断して（「知らないですめばそのほうが幸せ」）、事後的に伝えることもしなかった。一週間くらいしてから、当時の新聞を広げて、大見出しと現地の惨状の写真を示した。大ざっぱなことを伝えると、「アラー」と驚いて、「戦争みたい」といった。

まさしくあの惨状は、戦争の跡を思わせる。津波になぎ倒されて、何もかもが失われた町々の光景は、原爆投下後のヒロシマ、ナガサキを思わせた。

エネルギー計算をすると、マグニチュード九・〇の地震は、ヒロシマ原爆（十五キロトン）の三万二千発分にあたる。四百八十メガトン級ということだ。史上最大の水爆は、一九六一年にソ連が実験的に作ったツァーリ・ボンバ。五十メガトンだったがあまりに巨大すぎて実用化されなかった。今回の津波はその十発分ということだから水爆でもありえない破壊力だったのだ。水爆戦争は現実には行われなかったが、もし行われていたら、米ソ各一万発以上持っていた(今もその五〇％以上を保持)わけだから、今回の惨状が世界全体に広がっていたことになる。

いま津波と原発事故合わせて、三十万人以上の人が避難所暮しをつづけている。千人単位の巨大避難所の暮しが報道されるたびに、頭の中をよぎるのは、自分自身の子供時代の体験だ。戦争が終ったとき、一家は北京にいた。父親が北京市立高級中学校(北京大学への一番の進学校)の教員だったからだ。戦争が終っても、北京の日本人はすぐには帰れず、何回にもわけて集団帰国した。四五年十月に北京市郊外の西苑にあった旧日本軍駐屯地の広大な兵舎に集められ(第三次帰国集団だけで二千名)、そこに四カ月半収容されていた。その収容所生活を子供ながらに記憶しているが、ダダッ広い空間に、家族ごとに寄り集って、なけなしの家財道具のそばでふとんと毛布にくるまった。ときどき支給される貧しい食事をパクつく以外することもなく、延々と帰国許可が出る日を待った。その時の光景は、今回の被災地の避難所生活と重なり合う。避難所は日本の国内にあり、日本中から物心両面の応援が届いているが、当時の収容所は、敵国の中にあり、いつ帰国できるかわからず、そもそも本当に帰国できるのかすらあやしいという不安な状態に置かれていた。西苑を出発したのは、四六年の二月で、向ったのは約百五十キロ離れた天津の塘沽という港だった。移動の手段もまともになく、約一カ月かけて、ときにトラックや列車(ほとんど貨物車、一度だけ客車)にも乗せられたが、相当部分をひたすら歩かされた。塘沽に着いても、すぐに船に乗れたわけではなく、約三週間の間、もう一度収容所に入れられて、船待ちをした。そこの生活もほとんど西苑の収容所と同じだった。

というわけで、収容所生活が、私の原体験（最初の記憶）になっているから、避難所生活のニュース映像を見たとき、直観的に「ああ、あの頃とそっくり」と思った。福島第一原発の双葉町の町民たちが、最初入った「さいたまスーパーアリーナ」に落着くことができず、すぐ加須市の廃校に移動させられる光景が、北京の収容所から塘沽の収容所に移動させられた自分たちの姿に重なった。

「あの頃そっくりですよ。みんな逃げまどっている」

と母にいうと、「沢山死んだでしょうね」という。あの頃母は三十一歳。父は三十六歳。二歳の乳児までかかえて一家五人、よくぞ焼野原の中を突っ切って数千キロ離れた故郷まで帰りついたものだ。子供のときにこういう不安定な「ディアスポラ生活」（流浪民生活）を原体験としてしまうと、どこかに腰を落ち着ける普通の人の普通の生活がなかなかできなくなってしまう。私の青年期は、ほとんど毎年のように引越しをする、風来坊生活がむしろ常態だった。

私の同年輩の人間には引揚体験者が少くない。彼らの多くが独特の空気を漂わせていた。根なし草的デラシネ状態のほうがむしろ心理的に安定した状態になれる人といってもいいし、世の中にどんな大変動が起きても、ちっともびっくりしないどころか、むしろ喜んでしまうような人だ。だからか意外にジャーナリストになった人が多い。

あの引揚体験は客観的には大変な苦難の体験であったはずなのに、いま思い返すと、みんな楽しかったというといいすぎかもしれないが、なんともいえず面白かった体験として記憶されている。子供時代の体験は、なんでも毎日が面白いのである。先日ＴＶを見ていたら、阪神淡路大震災のときに小学生で、いま大学生の人たちが集って思い出を語り合う番組があった。子供のときに体験したあの苦難の日々を「苦難」ととらえている人はほとんどいない。むしろ、いい思い出にしている人が大部分だった。ああ、やっぱりと思った。その座談会に参加していた「識者」が「いやあ、これはすごい。これぞ『ポスト・トラウマティク・グロウス』の典型だ」といった。子供のときに心的外傷を受けると、心理的にその傷からなかなか脱け出せなくなる「心的外傷後ストレス障害（ＰＴＳＤ）」の話はよく聞くが、そのようなトラウマ体験をしたあとで、むしろそのような体験をしたことがその人の人格形成にプラスに働いて人間的に大きく成長させる「外傷後成長（ＰＴＧ）」という現象が、最近世界的に注目されているのだという。何をもって外傷後ストレスというか、人によってさまざまだが、震災のように突然理由もなく人を襲いむごい大量死をもたらす大災害は、確実にその一つなのである。

私の世代にとっての引揚体験も、その一つなら、私の同世代にとっての、大空襲体験も、ヒロシマ・ナガサキ体験も、あるいはオキナワ体験もみなそうだろう。

我々の世代は、みな訳がわからない理不尽な苦難体験、むごい大量死が周囲に起るのを見聞する体験、トラウマ体験をもって人生をはじめた。だが、そのトラウマ体験に押しひしがれるのではなく、むしろそれを糧として成長をとげる「ＰＴＧ」世代として生きてきた。それが戦後日本の繁栄を導いたともいえる。

だが、その後につづく世代の中にいささか怪しげな心情の持主が多くなってきたので、この先日本はどうなるのかと心配していたときに、この大震災が起きた。

このあとしばらくは、日本に苦難の日々がつづくだろう。しかし、もっともっとひどいドン底状態の日本を人生のスタート時点で見てきた我々ＰＴＧ第一世代の先輩として、いまの若者たちにいいたいのは、「この程度の被害どうってことない。きみらポストツナミのＰＴＧ第二世代がきっと日本を再生させてくれるにちがいないと信じている」ということだ。

藤原正彦（昭和18〈1943〉年7月9日〜）は、お茶の水女子大学で教鞭をとった数学者、エッセイスト。父は直木賞作家の新田次郎、母はベストセラー『流れる星は生きている』の作者、藤原てい。昭和52（1977）年、アメリカ留学時代の想い出を記した『若き数学者のアメリカ』で日本エッセイスト・クラブ賞を受賞。平成17（2005）年に発表した『国家の品格』（新潮新書）は二百万部を超えるベストセラーになった。

古風堂々・一　AIは死なない

令和元（2019）年6月〜

藤《ふじ》原《わら》正《まさ》彦《ひこ》
（作家・数学者）

将棋が得意だった私は、大学一年生の秋に学内将棋大会で準優勝した。自信を持った私は腕試しに千駄ヶ谷の将棋会館を訪れた。係に二段と告げたら小学校四年生くらいの男の子との対局を指示された。「ムッ」とした。坊ちゃん刈りは慣れた手つきで箱から駒を五枚取り出すと、「それでは振らせていただきます」と言った。先手を決めるということで対等の勝負ということだ。ますます「ムッ」とした。駒を並べた後、坊ちゃん刈りが深々と頭を下げた。とことん「ムッ」とした。一気に潰そうとしたら反撃され木端微塵にやられた。プロの卵だった。

子供にひねられる程度の才能、と大好きだった将棋に見切りをつけた。好きな碁とマージャンも断ち数学への邁進を決意した。ついでに女も断った。最後のものについては頓珍漢な女房が「モテなかったたけでしょ」と言う。

頭脳ゲームから離れていた一九九五年、ケンブリッジ大学での同僚からメールが届いた。「正彦の教えていたクイーンズ・コレッジにデミス・ハサビスという十九歳の学生がいる。十三歳でチェスのマスターとなった神童で、十七歳の時にはテーマパークというゲームソフトを開発し億万長者となった。現在数学と碁における私の弟子だが、近々東京に行くから会ってくれないか」。

Tシャツにジーンズの小柄なハサビスは、いたずらっ子のような風貌でお茶大の研究室に現れた。「ゲームソフトで才能を発揮したのになぜ大学で数学やコンピュータ科学を」「学問を深めて大きな仕事をしたい」「大きな仕事」「実は世界最強プロを負かす囲碁ソフトを作りたい」。

将棋ソフトなら、研究の進まない時のウサ晴らしに、世界最強というふれこみのものを時折コテンパンにやっつけていたから、弱さを知っていた。将棋でもそのレベルだから桁違いに複雑な囲碁では絶望的、と思ったが教師の役割は学生を励ますことだ。「きわめて難しい。でも野心的で面白い。将棋の谷川名人は、ほとんどの局面で一手しか頭に浮かばない、と言った。別の対談では米長名人がこうまで言ったよ、百手のうち九十五手は五秒以内に浮かんだ一手で、二手浮かぶ者は名人になれない、とね。五秒以内ということは論理的思考のはずがないから感覚的なものに違いない」。ハサビスは目を輝かせて聞いていた。私は「脳の機能を研究してみては。数学では類推が最重要のことを考えると、類推の仕組みの研究とかね」と、いい加減なことを付け加えた。

ハサビスはケンブリッジを最優等で卒業し、数年間AI企業で働いてから、脳を学びにロンドン大学の大学院に入学した。画期的論文を書いた後、数年間の学究生活にピリオドを打ちAI関連の会社を作った。そして二〇一六年、彼が深層学習（AIに人間の脳のように自己学習や類推をさせること）の手法により作ったアルファ碁というソフトは、世界最強プロを破った。

チェス、将棋、囲碁のすべてでＡＩが人類を超えたことや深層学習の威力などを見て、野村総研やグーグルやオックスフォード大の研究者などは、今後十年から二十年で現在の仕事の大半がＡＩにとって代わられる、とセンセーショナルな報告を出した。

人間とＡＩの最大の違いは肉体か機械かだ。人体は三十七兆という膨大な数の細胞からなり、それらは複雑な機序で統制され、死んだり生まれたり（代謝）をくり返しながら生命が維持されている。そして無数のバリエーションをもつ体験を重ね、惻隠、孤独、懐かしさ、別れの悲しみ、寂寥、憂愁、もののあわれなど深い情緒を有するに至る。

大事なことはこれら情緒がすべて、人間が有限な時間の後に朽ち果てる、という絶対的宿命に起因していることだ。人間に死がないのなら、失恋も失意も別れの悲しみもほぼなくなる。女に一万回ふられれば一万一回目のアタックをすればよいし、東大に一万回落ちたらもう一度受ければよい。美意識だって深い所で死に結びついている。死がなければすべての深い情緒は希薄になるか消滅する。

死のないＡＩは文学や芸術を創作できない。俳句や短歌なら一時間にそれらしきものを一万個も作ることができようが、その中から人の胸を打つものを選び出すのは至難だ。詩人のポール・ヴァレリーはかつて「詩作に不可欠なのはいくつものアイデアを出すこと、そしてその中から最高のものを選び出すことだ。どちらがより大切かと言うと後者だ」と言った。ＡＩはその能力に欠ける。

数学や自然科学においては美意識が最も大切だから、ＡＩに計算や分析や証明はできたとしても発見はできまい。三角形の内角の和が一八〇度という小学生の知る性質すら永遠に発見できまい。人間は死により、ＡＩに対して絶対的優位に立っているのだ。

高度な創造ばかりか、ウェイトレスのような単純労働にも不向きだ。彼女達は店内の細々としたことすべてに臨機応変の対処をし、客のイチャモンをいなし、子供に椅子やおもちゃを持って来たり、おじさんジョークにも愛想笑いをする。時には沖縄で通いつめた食堂のルナちゃんのように、私の異常な魅力に気づき惚れたりもする。たとえウェイトレスの真似事をこなすＡＩロボットができても、誰がそんな店に行くだろうか。

ＡＩが恐るべき能力を発揮する分野は多いが、人間を凌駕する分野は限られている。若山牧水の「白鳥《しらとり》は哀しからずや　空の青　海のあをにも染まずただよふ」に涙さえ流せないからである。

第三部

昭和の名随筆　昭和三十八年〜平成四年

旅情

昭和38（1963）年10月

木《き》下《した》惠《けい》介《すけ》
（映画監督）

北海道川湯温泉のMホテルは二度目である。

前に行ったのは四年前の四月、まだ雪で美幌《びほろ》峠も阿寒《あかん》も自動車が不通なので、私達は札幌からヘリコプターをチャーターして空から旅館の真横に着陸した。私達というのは一緒に仕事をしている友人Tと私と二人である。

今年、五月の末、私は再びロケーション・ハンティングのためMホテルに泊ることになった。「この前来たとき僕の部屋づきだったおねえさん、いまでも居ますか?」

夕食のとき部屋の女中さんに訊いてみた。その女中さんは前に来たときはいなかった人である。

「三十五六の、キチンとした、一寸品のある人で――」

お帳場で聞いてみます、と言って下がった女中さんが、「まだ居ります。いま外の部屋を持っていますから後で伺います。多分あの人だと思います」と言った。私はその人に会えることが待遠しく楽しかった。

あの日、まだ冬の寒さであった。夕食の部屋には火鉢の火が赤く燃え、鉄瓶はゴトゴトと鳴っていた。私とTと、松尾さんというヘリコプターの操縦士と、その助手さんの四人。お客は私達の他には居なかった。

「私の父が木下さんに手紙を出したことがあるんですよ」

松尾さんがそう言ったので私はびっくりした。松尾さんは戦時中航空隊にいた。お父さんという方も軍人気質の人の様であった。その人が私に手紙を書いたのは、私が「二十四の瞳」を作った後、辻政信氏と週刊朝日の誌上でつまらない喧嘩をしたときである。つまらない喧嘩はおよしなさい、という手紙であった。そんな話から生命を託して空を飛んでいる信頼感も手伝い、私達は十年も前からの友人の様に話し合った。それに偶然というものはおかしなもので、私が子の歳《ね》で、Tも松尾さんも一廻り下の子の歳であった。そして又、Tも松尾さんも子供がなかった。独身の私だけが三つの時から十二年間育てて来た養子があったが、まあ本当の意味では無いようなものである。

「妹の子供を一人貰おうかと思っているんです」と松尾さんは言った。Tも子供のない淋しさを酒の酔いと共に語り始めた。

「木下さん、どうでしょう？　貰った子供を育てるということは――？」

二人は私の顔を見た。私は即座に言った。

「およしなさい、苦労を背負うようなもんです。子供だって貰われなければ義理の親子の苦労を知らないで済みます。籍の上で親子にならなくたって、誰でもいい、赤の他人だっていい、可愛いと思う人を子供のように愛すれば、それでいいですよ」

二人は不満であった。そのとき、さっきから黙って坐っていた女中さんが、「私もそう思います」

と、初めて話の真中に口をはさんだ。「私は一年前までは、この旅館にお客さんとして泊りに来た身分だったのです。主人は営林署に勤め、一月も二月も山の奥に出張することが多かったのです。気の優しい本当にいい人でした。それなのに魔がさしたと言うのでしょうか、変だと気がついたとき、主人には愛している女が出来ていました。出張のとき滞在した宿の女中さんでした。仕方がありません。どうしてもその女と一緒になりたいと言われれば、私は別れるしかありませんでした。それはいいんです。それは仕方のないことだと諦めています。私がいまこの宿の女中をしておりますのも、自分の気持に納得《なっとく》がいく様に、一体、宿の女中さんというものはどういう女なのか、それが知りたくて勤めてみたのが始まりです。そして主人の気持が解りました。一月も二月も身の廻りの世話をされていれば、男として情が移るのはあたり前です。女だって情が移ります。主人が私から去って行った気持、私、無理はないと思います。ただ、どうしても、未だに後悔していることは——、私達夫婦は子供に恵まれませんでしたので、別れます一年前、新潟の兄の子供を貰ったのです。女の子でございました。翌年小学校に上りましたから五つの時でございます。ですが、子供も五つにもなれば、なかなか恥かしがって〝お父さん〟〝お母さん〟とは呼んでくれません。それを私達はどうかしてそう呼ばせようと……」

やっと呼ぶ様になったとき夫婦別れをしてしまったのである。子供は自活して行くのに困るので新潟へ返した。

「無理にお父さん、お母さんと呼ばしてしまったあの子に済《す》まなくって、今でも気持がとがめるんです。自分達が淋しいからって、罪のない子供に悲しみを背負わせるようなことをしてしまったんですから」

しばらくして「ごめん下さい」と入って来た人は、あの夜のその人ではなく、年寄りの女中さんであった。

珍友

昭和41（1966）年4月

瀬戸内晴美《せとうちはるみ》（作家）

手許の辞書をひいてみても珍優とか沈勇とかいう語はあるが「珍友」というのは無い。にも拘らず、私は遠藤周作氏を思い浮べる時、このことばしか出て来ない。私にとって遠藤氏は誠に奇々怪々《チイチイカイカイ》たる珍友としか呼びようを知らない。今日も今日とて遠藤氏から電話があった。

「瀬戸内さん、ごめんなさい。見た？　あの座談会の記事。ひどいね、全く、あんなのありますか。ぼカアね、絶対あんなこといいませんよ。ボク、こう見えてもことばに神経質なんですよ。あれは編集部の重大なミスですよ。ぼカアあんなこと書かれて瀬戸内さんに何の顔《かんばせ》あってか見《まみ》えんといって、さっき厳重にあの雑誌へ抗議しときましたからね。来月号にぼくの訂正文が二頁にわたりのりますから、どうかカンベンして下さい。怒らないで下さい」

遠藤氏がのっけから平あやまりにあやまっている問題の記事は、ある雑誌の、美女で有名な女優さんが次々当代の美男と対談するという企画で、今月号はわが遠藤周作先生に白羽の矢が立ったのである。その中に、遠藤「瀬戸内さんの郷里の阿波の徳島へいったらね、土産物屋に晴美人形とか晴美手拭いというのを売っておってね。瀬戸内さんを描いた手拭を湯につけると下半身がストリップになるというしかけだ」

女優「まあ、ひどいものですわね」

遠藤「ウン、本人も大いに怒っとった。訴えるといっていたよ」

という条《くだり》がある。遠藤さんはその座談会がテープもとらず速記もとらなかったので、そんな重大な「本人も」などという過ちをしたのだとカンカンに怒っている次第らしい。私は遠藤さんの電話をもらう十分前に、当の雑誌の編集長から電話をもらい、その「本人」の件で遠藤先生に大層御叱りを蒙りましたと平あやまりに恐縮されたばかりだった。私はその編集長に答えたものだ。

「あなた、あの手拭いの話を本当だと思っていらっしゃるの？」

「えっ、あれ、ウソなんですか」

「みんな遠藤さんの創作ですよ。アホラシ。そんな人形や、手拭い売ってるものですか。遠藤さんが当代一のウソの名人だって御存じないんですか」

「ヒェッ、あれ、みんなウソですか。でもあの時大変真面目な深刻なお顔で遠藤先生は……」

電話口で私はふき出してしまった。遠藤さんの空想の中の「晴美手拭い」は、最初顔だけだったのが、いつか胴がつき、脚がつき、最後はストリップと発展していったので、座談会に使われる毎に手がこんできたものである。おそらくお値段も次第に高価になっていたことであろう。

編集者でさえ、かく信じこむ遠藤さんのウソ芸は、素直で善良な読者をタブラカすくらいいと易しいと見える。私の所へ、近頃、人形や手拭いの注文が舞いこんで始末に困るのである。活字の力は全く恐ろしい。

「本人でも御本人でもいいけれど、ホントにそんな手拭いが売り出されたらどうしてくれるの、遠藤さん」

「いや、そんなことは許さん、あれはボクの発明だもの、目下新案特許申請中だ。ボクに挨拶なしに売り出すことは絶対出来んよ。それよりね、瀬戸内さん、失礼のおわびに明日いいとこへ御招待するよ。来ない？　四時から六時まで××ホテルで待ってるから」

「何を御馳走してくれるの」

「御馳走するなんていってないよ。食いしん坊だなあ。明日そこでね、催眠術大会があるんだよ。日本一の催眠術の先生がね、この間ボクを呼んでくれてね。その時ボクはガールフレンドを八人つれていったんだ。行く前、もしかからなかったら千円ずつやるっていったら、女って、欲が深いね、浅ましい動物だね、呆れましたよ。八人の中誰一人かからないんだ。ボクはその大先生に同情したね。おかげでボク、八千円も大損したよ。八千円だよ。家へ帰ったら、催眠術の中先生から電話がかかってきてね。あの大先生は、もう術が古くさいから今時のエレキ族の御婦人には効かなくなっている。私の研究した方法はより科学的で新しいから是非試してみてくれというんだよ。それでいよいよ明日の四時から、その中先生の実験があるというわけなんです。瀬戸内さん、かかってみてよ」

「ダメだったら、幾らくれる？」

「よしっ、お姉さまだもの、二万円！　何を笑ってるの、本当だよ、誓うよ、二万円！」

「今、遠藤さんに催眠術につれていかれたK社のS嬢が見えているのよ。行ったのはSさんとOさんの二人で、もらったのは百円ずつですって。そして大先生の催眠術は女にはかからなかったけれど、遠藤さんにかかってしまって、裸踊りしたんですってね」
奇怪な悲鳴と共に電話が向うからきれてしまった。

息子と娘たち

昭和42（1967）年6月

吉《よし》行《ゆき》あぐり
（美容師）

長男の淳之介は幼い頃からたいへんな照れ屋で、目立つことは一切きらいで人目につくことはむしろ恐ろしいことのようにみうけられました。

父兄会には私は短い髪をきっちりとつめ、つけまげをつけて地味な着物を着こみ、もっとも母親らしい母親として出かけました。教室では小さい人たちは大きな声をはりあげて、ハイ、ハイと精一杯に手を高くあげていますのに、彼はひっそりと静まっていますので、わからないのかな、と心配になりましたくらいです。

大人になったら電車の車掌さんになると心に決めていました。箱の中で周囲にへだてられ、前ばかりむいて、チンチンと動いているのが、何とも素敵な仕事だと考えていたようです。

高校受験の頃、彼の机の上の少年倶楽部を、この子はまだこんなものしか読まないのか、と取りあげましたところ、きれいな女の子の写真が落ちてきました。私は始終十四、五人もの若い娘さんを手元に、いっしょに仕事をしてきました。いつも年上のこの人たちの中に、たった一人の男の子として育ちました彼、もう中学を卒業しようとしている息子の成長に気のつかぬ母親のうかつさを、あとになって彼にすまなく思いました。

長女の和子は四歳の頃から、ぜんそくの発作を起すようになり、ふとんの上とそのまわりだけが彼女の生活の大部分の場となってしまいました。エミという名の猫が慰めの相手で、猫の毛は病気に悪いからときかせましても、どうしても手放すことが出来ません。はじめて小学校へ行った日に、大勢の同級生の中のエミちゃんというお嬢さんの名前だけはちゃんと覚えて帰りました。

病と闘いながら、やっとの思いでともかくも高校を卒える頃になりましたが、これから先どうして生きてゆくのか、幸い、手先が器用だから編物でもしながら小さな小間物屋の店番でもして暮させることになるのかなどと、子供たちの将来のことなど考えたことのないのんきな母親でさえ、長女のことは心にかかりました。

次女の理恵は大そう活潑な明るい子でした。

いつもお友達を沢山集めて外で遊びくらしていました。戦争もいよいよ末期になり、子供たちは甘いお菓子に不自由をしていた頃です。彼女は一瓶のビオフェルミンの錠剤を小さな仲間に公平に配分してしまいました。

淳之介は静岡高校へ入学してから、彼の将来の道を歩き始めたようです。当時美しい抒情詩の掌篇を私にみせてくれましたが、戦争前後のたいへんな時期を、お互いに苦しく生きていて、長い間そのことを忘れてしまっていました。

和子は高校卒業間際になって、突然、劇団民芸の研究所の試験にパスしたと告げ、私と当時清瀬病院に入院中の兄を驚かせました。

引込み思案で人前では話も出来ない、歌をうたったこともなければ、体操も運動会にも参加したことのない彼女が俳優になるというのですからまったく意外でした。

理恵は何時の頃からか静かになり、目立たないことを念願としているようで、部屋にとじこもっています。ある日、詩集を出したいと申し出ました。私にとってこれもまた突然でした。長い間、大学ノートに何冊も詩を書きためて大切にあたためていました。第一詩集の「青い部屋」と「幻影」の二冊の詩集が彼女の財産です。

息子と娘たちは、私にとっては本当に意外な人たちばかりです。

貴女は女の子が二人もあるのに、どうして自分の仕事を手伝わせないのか、と今迄何人もの人から度々きかされましたが、私はこの人たちに一度も自分の仕事をうけついで貰いたいと考えてみたことがなかったので、このことに関してはまったく意外ではありませんでした。

魚は那須にかぎる

昭和44（1969）年2月

海《かい》音《おん》寺《じ》潮《ちょう》五《ご》郎《ろう》（作家）

徳川家康が関東の主となって江戸に来た頃、江戸湾には魚介類が実に豊富であったと、慶長見聞集に出ている。そうだろう、当時、利根川はこの湾に打出していたが、そのほかに荒川も、隅田川も、六郷川もあって、これらが上流からそれぞれ豊富なえさを運んで来たのだから、魚共がうじゃうじゃいたはずである。

ところが、この豊富な魚を、「関東の海士、取ることを知らず、磯辺の魚を小網、釣りを垂れてとるばかりなり」であったという。漁法も原始的であったわけだが、人口が少いのだから沢山獲る必要もなかったろう。

江戸城は、家康の来るまでは、小田原北条氏の被官遠山氏の守っている出城にすぎなかった。道灌築城の頃から百五十年も経って、この頃は城というより、砦《とりで》か陣屋くらいのものになっていて、附近の人家もごく少く、江戸は奥州街道沿いの一寒駅にすぎなかったが、家康が来て居城とすると、急速ににぎやかになった。家康が天下人《びと》となり、天下の覇府となると、さらに急速だ。諸大名の屋敷がおかれ、労働者が集まり、商人が集まり、遊楽機関が発達し、忽ち大都会となった。

摂津の西成郡佃村の庄屋で、森孫右衛門という男がいた。天正年中に家康が上洛した時――本能寺事変の直前に信長に招かれて上洛した時か、秀吉の妹婿になって上洛した時か、いずれこの頃のことであろう、家康は清和源氏の祖である多田満仲の墓と住吉明神にお詣りしたが、孫右衛門さんはその船ご用をうけたまわった。森という名字も、孫右衛門さんの家の庭に老松が三本あるのを見て、家康がつけたので、それまでは「見一《けんいち》」という名字だったという。以後、上方で徳川家が船のいる時は、森家がうけたまわり、大坂役の時には特に働いて、いつも魚など献上したという。

この孫右衛門が、江戸の繁昌を人づてに聞いたか、自ら下って来て見たか、多分、自ら来て、繁昌を見、江戸湾の豊富な魚を見て、上方の進んだ漁法をもってすれば、利益十分と判断したのだろう、佃村の漁民三十四人をひきいて来て、前からのゆかりを申立て、江戸で渡世することを、幕府に願い出た。

幕府はそれを許し、鉄砲洲の東の干潟百間四方の地を居住地としてあたえた。それが後に佃島となる。もっとも、ただでは許さない。幕府で入用の魚介類は全部献納せよという条件をつけた。幕府が毎日入用となる魚介類といえば、おびただしいものだが、それを献納しても、なお十分の利益のある見きわめがついたのだろう、孫右衛門らは承諾した。

この漁民らが毎日の漁獲物を売ったのが、魚河岸のおこりである。はじめ日本橋の本小田原町にあり、江戸の発展とともに附近の町々にひろがり、いく変転しながらも江戸時代をずっと繁昌し、東京となってなお栄え、大正大震災のあと、今の築地の中央市場となった。

ところで、ぼくはよく那須の山小屋に出かける。数年前から膠原病《こうげん》という奇妙な病気になったので、一層出かける。

「あなたの年頃になると、病気でなくても、時々転地する必要がある。この病気だからなおさらだ。欲をいえば週に一両日、少くとも月に両三日は東京から離れて、空気のよいところへ行くべきだ。それだけでも血圧が下ります」

と、医者もすすめるのである。だから、せっせと出かける。夏期には二月くらいは居流すのだが、那須のよさは、空気の清澄さと、人情の醇朴《じゅんぼく》さと、食料品の値段の安いことである。前二者は当然としても、食料品の安いのにはおどろいた。野菜が新鮮で安いのは不思議はないが、魚介類が新鮮で、しかも安いのにはおどろいた。平均して、東京の半値くらいである。

うっかり安いなどというと、商人らの根性を悪くし、値段をつり上げさせるから、決してそれは言ってならないと女房に厳命しているが、女房も新鮮であることはほめないではいられない。ある日、魚屋で、

「どうしてこんなに新しいのでしょう、東京よりずっと新しくて、おいしいですよ」

と、ほめたところ、魚屋のおやじは、

「そりゃそうだっぺ、地のだけ」

といったそうだ。

女房はおどろいた。栃木県は海のない県だと思っていたけど、海があったかしらと、いそがしく思い返していると、おやじは、

「ここは水戸の那珂湊まで真直ぐに道があるので、トラックで四時間半あれば往復出来る。仙台の石巻からも、汽車で五時間でつく。新しいはずである」

という意味のことを言ったという。「地の」とは、産地直輸送のものという意味であったのである。この話を女房から聞いて、ぼくは笑ったが、それとども油然《ゆうぜん》として湧いた疑問は、「なぜ東京では値段が二倍もするのだろう」ということであった。

今の東京湾では魚は獲れない。東京湾で釣った魚は食えない、煮ても、焼いても、何ともいえず異様な悪臭があって、とうてい食えないと、釣人が口をそろえて言っている。だから、東京で市販されている魚は、すべて各地の漁港から送られて来たものである。その点は那須と同じである。電気機具、たとえば扇風機、たとえば電気洗濯機、たとえば電気掃除機、たとえば電気冷蔵庫など、大都市やその周辺のメーカーによって造られ、輸送されて各地で売られるが、東京で買っても、鹿児島市で買っても、ほとんど値段にかわりはないのに、魚は東京と那須でこんなにも値段にひらきがある、不思議であると思った。「市場の機構に問題がある」と思わないわけに行かなかった。

東京にかえって、友人にその話をしたところ、友人は、

「その通りだ。東京の中央市場は権現様以来の特権がある。明治以来、それはいく変りもしたが、本質のものは動かない。ここにメスを入れなければ、東京の物価は下らない。東京の物価が下らなければ、日本全体のそれも下らない。日本は徹底して中央集権が行われているせいだろう、全国、なにごとでも東京へ右へならえだからね。しかし、今の日本でそれの出来る人はいないだろうね」

と答えた。

「もし佐藤さんが、首相をやめた後、東京都知事になってやったらどうだろう」

「佐藤はがらでないよ。第一、彼にはそんな気はないだろう」

「仮にそれがあるとしてだよ」

「だめだろうね、彼には貫禄がない。勇気がない」

「そんなものがいるのかね」

「大要り。この仕事は大貫禄と、いのちがけの勇気と、徹底した無私の心がなければならんのだ。もし、終戦後の政治家でやれる人をもとめるなら、吉田爺さんだったろうね。吉田爺さんならやれたかも知れない。爺さんが首相をやめた後、東京都知事に打って出て、末期の仕事にこれをやって行くよと言って、この問題を解決したら、爺さんの名は日本歴史上第一に指を屈せられるべき大政治家として、後世に伝えられたろう」

「なるほど、なるほど。では、当分、魚は那須にかぎるわけだね」

と、ぼくは笑ったことであった。

ラスクの顔

昭和44（1969）年5月

宮沢喜一《みやざわきいち》
（自民党代議士）

一九六一年に当時の池田首相がケネディ米大統領とワシントンで行なったヨット会談で、両国の経済閣僚が毎年交替で往来して定期協議をやることがきまった。

第一回の会議はその年の秋箱根で開かれ、米国からラスク国務長官以下が訪日し、翌年はこちらから行った。今年は夏頃にわが国で開かれる予定のようだが、今までに欠けた年が二回ある。

ケネディ大統領がテキサスで暗殺された時、ラスク国務長官一行はこの会議に出席するため飛行機で東京へ向っており、ホノルルを過ぎたところで急報を聞き、そのままワシントンに帰ったのでその年の会議は流れた。一九六三年十一月のことである。副大統領（ジョンソン）は大統領と同行の旅先におり、国務長官以下の主要閣僚は太平洋上、首府ワシントンは十時間以上カラッポであった。〝押しボタン戦争時代〟だからもし相手にその気があれば、アメリカはこの十時間のあいだに全滅したかも知れないと言われる。

この会議が次に欠けた年は昨年で、これは先方が大統領選挙、当方が自民党の総裁公選の年という事情からであった。

過去六回の会議に皆出席はラスク国務長官だけで、ラスク夫妻は会議が米国で開かれる時には準備にずいぶん気をくばっていた。ことにラスク夫人は、昭和のはじめカリフォルニヤのミルス・カレッジの学生の時、日米学生会議というのに出席するため日本に来たことがあり、ラスクは当時その学校の先生で、後に二人が結ばれたといういきさつがあるから、何となく感傷も手伝ったらしく、この会議に際してのラスク夫人の気のつかいようは女学生が学芸会の準備をするようなところがあった。

だから、一昨年九月、ワシントンで会議が開かれた時、ラスク夫人は欠席、という噂を聞いて私は不思議に思った。米国政府の飛行機にサンフランシスコから同乗した国務省の高官が私にフトそれを洩らしたのだが、理由は当人も知らないらしかった。案の定ワシントンに着いた時、ほかの閣僚は全部夫婦で迎えに出ていたのに、ラスク氏だけは独りであった。

宿に着いたら、ラスク夫人から私の女房宛《あて》に手紙が届いており、「せっかく楽しみにしていたが、自分はどうしてもカリフォルニヤに行かなければならないので、すまないが許してくれ」という意味が書いてあった。

きっと郷里の御老人が病気なのだろうと私どもは推測したので、私が翌日ラスクに「奥さんから家内に手紙を頂いたが、御心配なことでなければよいが」と見舞を述べたところ、ラスクはその時、月並みな返事をしたようだったし、私もあまり気にとめなかった。

会議は三日目の朝、予定を全部終り、共同声明の採択に入ろうとした時、労働長官のワーツが突然発言を求めた。

「この段階になって、しかも場違いの発言かも知れないが」と前提して、ワーツはこんなことを言った。

「両国の最高首脳がこうやって三日間協議をしたわけだが、アメリカに関する限り今や若い人達はわれわれ閣僚達——エスタブリッシュメントと言ってよいだろうが——を、ぜんぜん信用してくれない。自分の解釈では、若い人達が感じている人類愛や、世界平和のためにつくしたいという情熱に、われわれエスタブリッシュメントの側が答えるすべを知らないために、彼等を勝手な行動に追いやってしまったのだと思う。日本ではそういうことはないのかも知れないが、こういう大切な問題について、この会議では誰も一言もふれなかった。三日間、金銭登録機の音はやかましいほど聞こえたが、経済や貿易も結局の目的は人類の平和と幸福に貢献するためのものではないだろうか」

会議に出席していた両国の閣僚全部が、恐らくそれぞれに思い当る節はあったのであろうが、ワーツの発言があまりとっさのことであったので、一座はシンとしてしばらく物を言う者がなかった。

やがて議長であるラスクが、あたかも何事もなかったように、「それでは予定に従って共同声明案をおはかり致します」と宣言し、まもなく会議は終った。

アメリカ人でもラスクの嫌いな人は、あの顔は無表情で、ふだん何を考えているか分らない、ブッダ（仏陀）のようだ、と、よく言うが、いかにもその時のラスクは冷たく事務的で、ふだんラスクびいきの私自身も、もう少し何とかやり方があろうに、と感じた。

「ラスク国務長官の娘さんが、今日カリフォルニヤで黒人の青年と結婚式を挙げる。ラスク夫妻立会いのもとに」という報道がテレビと新聞を通じて突然全米に流れたのは、その日からわずか数日後であった。すべてのアメリカ人が一瞬息を呑み、ラスクは捲《ま》き起るであろう論争をおもんぱかって、同日大統領に進退を預けた。

エスタブリッシュメントの慣習に真正面から挑戦する娘の結婚式を数日後にひかえて、あの時ラスクはそっけないと思われるほど無表情にワーツの発言を聞き流したが、そういう心境にたどりつくまでに彼の心の中では長い間のたたかいがあったことであろう。

人の心の奥底は、はかりがたい。

カタキウチ

昭和46（1971）年7月

藤《ふじ》原《わら》てい
（評論家）

間もなく、「ロハの会」というものが発会するらしい。発起人は新田次郎（私の夫）である。同志を集めて、大いに飲み食い、女房の悪口を云い、そのあげくに、ツケは全部女房の方へ廻すというシクミだそうである。ことの起りは、私が最近本を出版して、多少の収入があるところから起ったものらしいが、新田がどのようなことをたくらんでも、私に関係のないことだと思っているから、黙って眺めているだけである。

「お前が原稿書きなどをするものだから、家中の者が犠牲になる」ということから一念発起したもので、つまりカタキウチから一念発起したもので、つまりカタキウチのつもりらしいが、私が、多少ものを書いたとしても、家族の者に迷惑をかけているとは決して思っていない。たまに深夜作業になることもあるが、そんな時にかぎって、翌朝は早くから、みそ汁を作ったり、洗濯機をまわしたり、大働きをする。

私は主婦なのだから深夜作業をしたことによって、家庭生活をおろそかにした、とおもわれたくないからである。だから、ものを書けば書くほど、家の中は整い、食事には心をこめ、シャツは清潔になるはずである。たのまれもしないのに、新田に紅茶を運んだり、息子の靴をみがいたりするのもそんな時である。それに加えて、私のフトコロがあたたかくなれば、セーターの一つも買って私自身若がえろうというのだから、別に新田に非難されるほど迷惑はかけていないはずである。

しかしわが家にはまだ伏兵がいた。兄も妹も結婚して家を出たのに、次男だけは、まだ独身でいる。彼は職業柄、書斎にこもっている日が多いのだが、

「おふくろはオレをモデルにしただろう。だから、二割の配当はよこすべきだな」

という。

「おふざけでない」

と、一蹴をするのだが、三度の食事に顔を合わせ、何遍もくりかえし云われているうちに、「本当にそうかな」などと、つい考えてしまったりする。その上彼は、たまに訪問する他の兄妹をそそのかして、共同戦線をはりたがる。

「お母さん、私、すてきな洋服を見つけたのよ、記念におごってね」

嫁に出した以上は、金銭的な援助はいっさいしないと言明してあるので、このようなかたちで請求して来る。

「二割とはケチだな、印税の収入は三等分して、子供達にわけるべきだな」

これは長男である。三十歳に手のとどいたヒゲヅラのおやじに云われれば、うす気味悪くさえなる。

「広太郎（彼の長男）のおもちゃぐらいなら買って上げるわよ」

「相変らずケチだなあ」

彼らはすべて、レッキ（？）とした職業人である。特別今日、生活に困っているという話も聞かない。そんな者に、なぜ、私のかせいだ金を分配しなくてはならないのか。

丁度旅人が北風に外套《がいとう》をうばわれまいと襟《えり》をかき合わせる話に似て、自分の姿がおかしくなるけれども、集団で来る外敵には、孤軍奮闘してでも身を守らなくてはならない。別に、その金が今必要ではない。ただ誰にもやるのがいやだから持っているだけである。あるいは、誰も奪おうとしなかったら、収入の全額をはたいて、いいおふくろ、いい女房になっていたかも知れないが、こうみんなにからかわれたのでは、いよいよ私は意地を張らなくては、恰好《かっこう》がつかなくなる。

しかし、ここで不思議なことに気がついた。いままで、新田には、私とは比較にならないほどの収入があったはずである。それなのに、このような現象は一度も起きていない。私は一度もカタキウチをするなどと、さわぎ立てたこともないし、息子も娘も、せびり取るようなことはしなかった。父親の収入は、ゴク当り前のことで、生計費に使われ、自分達が一人前の人間に育つのに役立てていた事実だけで、お互いに満足していたにちがいない。それなのに、なぜ私だけが、このように、からかわれるのだろうか。

私は今日まで、主婦として、母親としての仕事を一生懸命にして来たつもりである。朝早くから、夜、みんなが寝静まるまで、自分の自由な時間らしいものは殆んど持てずに、ひたすらに家族のために生きてきたと云ってもいい。

それはたしかに、金銭的に報われるようなものではなかったが、人間には、金銭では計算の出来ないような生活の部分があり、その部分を私が受け持っているのだと考えていた。だから、新田の収入の半分は、当然私の収入であると思っていたし、それをことごとに主張もしてきた。つまり、それは、新田と私、主人と主婦、父と母、男と女が同等の立場であるということであった。

　しかし今のわが家の現象を見て、私の考えてきたことは、ひとりよがりの自己満足だけであって、誰も本気になって聞いていてはくれなかったことに気がついた。だからこそ、たまに収入でもあれば、それは副収入、あるいはタナボタぐらいに考えて、やんやとからかうのだろう。

　こうなった以上、私は意地でも、家族共のためには一銭もつかうものかと、りきんでいる。夫と妻、男と女とは同等の立場であると主張する意味においても、負けてはいられないのである。

女（中）難

昭和47（1972）年4月

遠藤《えんどう》周作《しゅうさく》（作家）

二年ほどいてくれたお手伝さんが実家の事情で帰ることになった。二年も一緒だとたがいに情もうつり、別れがたいが仕方がない。あたらしいお手伝さんを探すため、今度もまた新聞に広告を出した。

新聞に広告を出すと、二、三十通は応募の返事がくる。「わたしは無芸大食ですが、力だけは自信があります」などと書いた手紙をもらうと林檎《りんご》のように赤い頰をした雪国の少女の顔が眼にうかんでくる。

眼にうかんでくるからと言ってすぐ来てくださいと承知するわけにはいかない。これまでの三、四度の経験から、こういう手紙の書き手の半分は両親の許可なくただ東京に行きたい一心で自分一人で応募していることがわかっているからだ。その一つ一つに御両親の承諾を得ておられますかという手紙を書いて送ると、これら二、三十通の大半は急に音沙汰なくなり、わずか七、八通ぐらいが返事をくれるのである。

そういう事情をまだ知らなかった頃、鹿児島からこちらの送った旅費で上京してきた女の子が我が

家につくなり、

「東京だ、東京だと言ってきたら、ここうちと同じ田舎じゃないですか」

と不服そうに言った。わが家は東京都下だが、新宿から電車で一時間ちかい場所で周りには丘陵と雑木林とが多く、華やかなネオン、高層ビルに憬《あこが》れてきた彼女はすっかりガッカリしたのである。

「しかし、風呂場を見たまえ。窓から山がみえる。林がみえる」

当時、新築した家に誇るべきものが一つもないから、それだけ自慢していた大山、丹沢のみえる風呂場につれていくと、

「うちのお風呂からは海が見えるよ。山だけじゃないよ。温泉がわくだよ」

彼女の故郷が鹿児島県の温泉、イブスキだとは私はうっかり忘れていたのである。五日もしないうちに東京見物をすませた彼女は鞄《かばん》をもって帰ってしまった。何のことはない、東京見物の片道旅費を用立たせて頂いたようなものである。

幸か不幸か、私は遠藤という姓のため地方には作曲家の遠藤実氏と混同する女の子がいて、時々、「歌を教えてください」などという手紙が舞いこんで、私をびっくりさせることがある。むかし、やはり新聞広告でわが家に来た富山県の女の子は第二の美空ひばりを志していて、どうしても夜は歌謡曲を習わしてくれとせがまれ往生した。もちろんお花や洋裁、英会話なら私も悦《よろこ》んで習いにいかせるが、縦からみても横から見てもこの子が流行歌手になれるとはシロウトの私には思えず、さりとて故郷のノド自慢で二等をとったという彼女の自尊心を傷つけるわけにもいかず、そういう点も年頃にちかい娘をあずかる家ではつらいところなのである。

平塚から来たお手伝さんは可愛い子だったが、何を習いたいかとたずねると、自動車運転をやりた

いという。いつも女房に運転してもらって恥ずかしい私は、ちょうど暇ができた頃だったので彼女と一緒に教習所に申し込みにいった。

ところがこっちは中ぶる男。向うは二十歳前の若い娘。カンのちがいか若さのせいか、私が教習員に叱られながら前進でモタモタしている間に向うはもうエス字型など習ってござる。もしこの調子で試験に私が落第などすれば、一家の主人としても雇用主としても面目を失うことおびただしい。

そこで女房と相談してこのお手伝さんが寝てしまってから、夫婦で足音をしのばせて家を出、音のしないように車庫から車を出し、近所の玉川大学の構内で毎晩、練習をする。もちろん教師は女房で、一時間、彼女に叱られながらまた足音しのばせて家に入るという始末だった。こういう点でも雇用主として大いに苦労した次第である。

数年前、愚妻が実家に病人ができて一週間ほど留守をしたことがあった。小学生の息子と遊んでくれていたお手伝さんが急におナカが痛いと言いはじめた。

医者をよぼうとすると医者はイヤだという。そこへ、私のかかりつけの按摩《あんま》さんが偶然やってきた。腹痛ならハリでピタリと治してみせると言う。私はそのお手伝さんにハリをうたせた。

翌々日、彼女はやっぱりお医者に見てもらうと言って家を出たきり、もう戻ってこなかった。

何が不満だったのかと帰宅した愚妻と話をしている矢先、お手伝さんの母親から電話がかかってきた。

「実は……」

その母親は電話口に出た愚妻に言った。

「うちの娘……、赤ん坊ができまして」

瞬間、愚妻の脳裏にはチチオヤはウチのオッサンという文字がひらめいたそうである。しかし幸いなことに私の無実が、その母親の口からすぐ語られ、相手は前から休み日に交際していた青年で、近く結婚してくれると向うも言っていることがわかった。

「まあ、おめでたいわ。原因と結果が入れかわっただけですもの」

と女房は笑いながら言ったが、私は実に情けなかった。

ポエター

昭和48（1973）年6月

田村隆一《たむらりゅういち》（詩人）

もう二十年以上になる。

たしか、昭和二十六年の夏、ぼくは大蔵省のある外郭団体の出版社に入った。その社は、国税庁の五階にオフィスがあって、税務関係の本や雑誌を発行していた。当時、子どもの本を出していた銀座の小さな出版社で、ぼくはいつも二日酔で働いていたのだが、ある日、突然、社長が借金を残したまま逐電してしまったので、ぼくは家でブラブラしていた。やることがないので、詩の仲間と相談して、ぼくらのアンソロジーを編集して出版した。「荒地詩集一九五一年」がこれである。三千部刷ったら、またたくまに売れたので、ぼくらは大いに気をよくしたが、いくらなんでも「詩」では生活して行けない。ある日、新聞の募集欄を見ていたら、「詩」とはまったく対極にある、国税庁の五階にある税務関係の出版社が「人」を求めているではないか。

むろん、ぼくは、経済や税務関係の仕事とは、まったく無縁だったが、家のものにそそのかされて試験を受けてみた。大の男がブラブラしていてはからだに悪いというのである。どういうわけか、二百人も応募者があった。試験にパスして、国税庁の五階に通うことになった。ぼくと一緒に入ったのは、東大の教育学部を卒業して、「夫婦生活」というエロ本の編集をしていた男、それに京大を出て、ある新聞社の週刊誌にいたマラリヤ持ちの男、それから女子大の英文科を卒業したばかりの可愛い女の子。この三人がぼくの同期の桜だったが、かれらのキャリアをきいても、ぼく同様、まったく「税金」とは関係がないのだから、びっくりした。いったい、どういう基準で、ぼくらを入社させたのか？　入社した本人が首をかしげているのだから、不思議な会社もあるものである。

「夫婦生活」は、金沢の四高で柔道の選手をしていたというのが唯一の自慢で、「マラリヤ」は、学徒出陣でフィリッピンの山の中を逃げまわり、あげくのはてに「マラリヤ」と仲よくなったいきさつをとうとうと弁じ、「女子大」は、せっせと小説を書いては、社員の長老格であるNさんに見てもらっていた。Nさんは、菊池寛が創刊した「文藝春秋」の初期同人の一人で、古い小説家であった。

それから、一週間もしないうちに、社の様子がだんだんわかってきた。ぼくの机のまえに坐っている青年が自己紹介かたがた、妙ちくりんなリストを見せてくれたのである。そのリストは、入社しては、たちまちやめて行った人たちの名簿で、ぼくの名前と入社の月日も末尾にすでに記入されていて、ただ、退社の年月日のところだけが空欄になっていた。青年は、東大の農学部出身と名乗り、おじいさんは小説家だと云った。

「おじいさんに、どういう作品があるの？」とぼくがたずねたら、「澀江抽斎」という答がかえってきた。そして「農学部」は編集スタッフのキャリアを、いちいちぼくに説明してくれた。

「編集局長のAさんは、綜合雑誌『K』のもと編集長だったんですよ、戦争末期には横浜事件に連坐しているんです。そのAさんだって、二カ月まえに、わが社へ入ってきたばかりの新米なんですからね。営業部長のSさん、この人は陸大出の関東軍参謀少佐。田村さんの直属上司のMさんは、マッカーサー指令による『A新聞』のレッド・パージ第一号。ほら、あの背の高い女性、あのひとは、有名な陶芸家のお嬢さん。あの青年は、戦争中、皇道主義をとなえた右翼の生き残りですよ、すごく快活な人物でね、きっと田村さんとなら話があいますよ」

「じゃ、みんな、『税』と関係がないじゃないの」

「そうなんですよ、ボスは、主税局出身で、こんど衆議院に出るFの子分だから専門家だけど、ほかには、群馬県の税務署の係長だった人が、唯一の働き手なんでね」

「そんなんで、よくやって行けるな」

「そこが外郭団体のゆえんたるところですよ。午後になると、医者が来ますからね、『パリ会』の幹事で、みんなにビタミン注射をうって歩くんです。生産性をあげるためにね」

　ぼくの仕事は、「ファイナンス・ダイジェスト」という月刊雑誌の編集だった。編集といったって、目次はボスのところで出来上っていて、大蔵省や日銀や国税庁をまわって、若手の係官から原稿をもらい、割付をして印刷所にまわすだけの仕事だった。

　その印刷所は、田村町にあって、ここの社長も大蔵省の古手の官僚で、宝くじ関係の仕事がめしのタネのようであった。戦前の漫画の主人公「ガラマサどん」を思わせる、その社長は、なかなか風格のある人物で、ぼくのような若造をつかまえて無駄話をするのが、唯一の仕事なのである。ある日、ぼくが印刷所で追いこみの校正をしていると、ガラマサどんがやってきて、ぼくの肩をたたいた。

「きみは詩を書いているそうじゃないか」

「はあ?」

「いや、感心だ、一度、ぼくにもきみの詩を読ませてくれたまえ、そうか、きみは、ポエターか」

ガラマサどんは、教養がありすぎてpoetにerをつけてしまったのである。そして、以来、ひそかにぼくは、自分のことを、ポエターと呼びつづけている。去年、「夫婦生活」に会ったら、すでに「恍惚の人」一歩手前で、「ターザン」の翻訳をしているとのこと。「マラリヤ」の消息は不明。可愛い「女子大」は、大年増の女流作家になり、「恍惚の人」という本を書いた。

外人女房

昭和48（1973）年7月

吉増《よします》剛造《ごうぞう》（詩人）

外人女房をもらって一年半あまり、ときおり、これは途方もないことをしたという気持になることがある。

彼女マリリアの仕事がモデルであるせいもあって、彼女は当然のようにややハデなかっこうをする。そして夜の電車のなかで酔漢にからまれたりすると、こちらはどうにも情けない仕儀となる。幸いにしてまだ暴力ざたまではゆかないが、〝こいつは空手か柔道でも習っとくんだった〟とおもうことがしばしばある。

彼女が危険なのではなくて、こちらが危険なのだ。〝あんなモヤシ野郎にもったいない話だぜ〟など数人の酔漢にはやしたてられては、なんとも口惜しいことおびただしい。〝モヤシ野郎〟も本当だ。しかしながらいまさら外交官や商社マンにもなれっこないし、渋谷や新宿のかわりに赤坂、青山へゆく財力もなし、折角ドレスアップしたマリリアをつれて焼鳥屋に入ってゆくことになる。なんともアンバランスな話で、じつに毎日が胃にこたえる。しかし、世の中のほうを変えるわけにもゆかず、たとえ革命が日本に起ったとしても人情という奴は変えるわけにもゆかないだろうから、このアンバランスに耐える他はないと覚悟している。

さらに始末が悪いのは、西欧風では夫婦が一緒に外出するのが一種の不文律で、私もリベラルな考えかたをするはずの芸術家のはしくれだから、それを拒否するわけにはゆかない。だから外出のたびに〝その靴はハデだからはくな〟〝コートはもっと地味なのにしろ〟というと、当然ケンカになるのだ。

オシャレをして悪いわけはない。これは打ち破りがたい女の論理で、下世話に翻訳すれば〝なにさ、あんた世間体ばっかり気にして……〟ということになるのだろう、完全な論理的敗北である。

アリストパネスの喜劇ではないが、もしこの世が女の論理で支配されたら、相当すっきりした世界になるだろうことは想像がつく。ことに日本の社会は、いつからなのか、女の論理が通らなくなったようだ。

もっと女の論理を尊重しなければいけないとおもう。オシャレ一つとってみても、オシャレとはとてつもなくアナーキーなものだ。

私などすっかり貧乏根性が沁《し》みついてしまっていて、オシャレなど罪悪感が先に立ってとてもではないがしたくともできない。反省しても、生れ育った時代が時代だから（といっても私も戦争を知らない、いわゆる戦後っ子なのだが）せいぜい髪を長髪にするぐらいのものなのだ。

マリリアはなんとも情けないという顔をする。そこで牽強付会、これはいわば禅の精神のあらわれなんだと、無理矢理に説明するが、活気のない哲学なんぞはたちまち打破される。いや江戸時代には日本にも文化があったから、つまりは明治以来の西欧化がすべてを破壊してしまったんだというと、日本の文化的植民地化を認めたことになる。

朝食をとるテーブルにいるときから、寝るまで、考えてみれば毎日が文化戦争のようなものだ。そんなとき、ふと〝早く老人になりたいものだ〟と不思議な感想があたまのどこかをよぎってゆくことがある。若いということは、自分では手におえない始末の悪いこと。

「ヘンナ車ガキテルカラミテ！」

外から帰ったマリリアが飛びこんできて、そういうので出てみると、例のヴァキュームカーが来ていて、ホースをぶるぶるふるわせて作業をしている。

こっちは笑って日本の下水道は西欧都市のように完備していないんだからと説明して、彼女の反応をおもしろがっているのだが、彼女は呆然《ぼうぜん》としている。

しかし考えてみると、あのヴァキュームカーというのはじつに傑作だ。たしかに「車」にしては奇怪な姿をしているが、なぜか涙ぐましいような感情を起させる。

折角、車に生れたのに、あんな姿になっちゃって……。そんな子供っぽい感情移入である。

外人女房と一緒に住んで一年半あまり、自分の眼のほかにもうひとつの別の眼で、日本をみているようなことがあって、おもわぬ発見をすることもある。

彼女の眼のなかに、うつっている自分の姿をみているのかも知れない。下駄もウドンも富士山も一緒くたにうつっているのであろう、これは一種の鏡である。

〝女の鑑〟というのをもじっていえば、女性こそ人間の鏡である。別段、外人女房に限った話ではなく、女房は夫の鏡であるというほどの意味で……。

それにしても鏡をみがくのには、用心深さと大変な努力が必要である。しかし、すりきれるまで

（つまり老いるまで）おたがいにみがきあうほかに、夫妻の生きる道はないようである。

ただ原材料が輸入品というだけのこと。

人違い

昭和49（1974）年2月

井伏《いぶせ》鱒二《ますじ》（作家）

先月、銀座の吉井画廊で中川さんの絵を見ていると、横あいから、「奥村さん、しばらくでした」と声をかけられた。見ると、にこにこ顔の老人が「いや、これは失礼」と、間の悪そうな顔をした。年恰好と太り工合からして、奥村林暁画伯か奥村土牛画伯に間違われたらしい。林暁画伯なら一昨年五月に亡くなった。土牛画伯に間違われた公算が大きい。

私は自分の方で人違いしたことはたいてい忘れるが、人違いされたことは割合に覚えている。理由はいろいろあるようだ。

以前、阿部（真之助）さんが東京日日新聞の学芸部長をしていたことがある。そのころ学芸部の催しで、総勢八十何名、秩父の三峰山に登って山上の社殿と参籠堂に分宿した。大半は文筆業者で、他に映画監督や女優などもいた。にぎやかな遠足であった。往復とも電車だが、行きの電車で私がデッキに立っていると、藤森（成吉）さんがやって来て、「榊山君、僕は君の小説が大好きだ」と云った。「いえ、どう致しまして」と私は答えた。藤森さんと私が会話を交したのは、今までにそれが一回きり、それだけである。

阿部さんが学芸部長のころは、私はときどき旅行に誘われた。三十人あまりで木曾川下りに行く途中、浜名湖のほとりの割烹旅館に泊った。その夜、斎藤五百枝画伯が私を旅行の幹事と間違えて、宴会をこんなに早く切りあげるのは客に対して無礼だと云った。私は画伯が酔っているので黙っていたが、相手は私に毒づいた。

翌朝、私が庭のブランコに乗っていると、画伯は青い顔で浜本浩に「昨夜は失礼しました。すみません、すみません」頻りに詫びていた。浜本の方は何のことか知らないので「いや、こちらこそ、こちらこそ」と同じことを繰返した。

後で浜本にそのわけを話してやると、「お前と間違われるなんて不愉快だ」と云った。こちらも浜本と間違われるのは面白くなかった。当時、斎藤画伯は日日新聞に三上さんの連載していた「日蓮上人」の挿絵を描いていた。

たぶんその頃ではなかったかと思う。大阪ビルで催された出版記念会に少し後れて行くと、川路柳虹さんが靴音たかくやって来て「佐藤君、久しぶりだなあ」と私の肩に手を置いた。それもテーブルスピーチが進行中のことだから、こちらは小さな声で「今日、佐藤さんは出席されるんですか」と云った。すると柳虹さんは手を引込めて、靴音のしないように元の席に引返した。

隣の席にいた人（尾崎君か榊山君ではなかったかと思う）が、後で私の返辞は拙かったと云った。柳虹さんは私を佐藤惣之助さんと間違ったのだろうという。しかし惣之助さんと間違われるのは、風采上の問題では却って喜ぶべきであるそうだ。

ずっと以前、私は浪花節語りと間違えられたことがある。岩野（泡鳴）さんが亡くなって四年か五年かして、雑司ヶ谷の墓地に墓標を立てる供養の式があった。私は紋附の羽織を着てその式に参列し、帰りに早稲田鶴巻町の蕎麦屋に寄った。うどんかけを註文すると、お上が「楽屋へお届けしますか」と云った。「いや、ここで食べる」と云って、腑に落ちないまま、うどんを食べて外に出た。すると筋向いの寄席に浪花節語りの幟が立っていた。お上の云った意味が漸くわかった。

犯罪者と間違われたこともある。中川一政、尾崎士郎、中村地平、上泉秀信などと宮崎県に旅行して、県庁観光課長の案内で日向の古跡を見て廻った。帰って来て暫くすると、観光課の人が記念の写真帳を贈ってくれた。何月何日、どこで写したと、いちいち写真のわきに詳細に記入されてある。それを拡げて見ていると、杉並署の刑事がやって来て、最近、旅行したことはないかと云った。旅行したと答えると、何月何日、奥州白河へ行ったことはないかと云う。「白河には行かないが、その日は宮崎にいた」と記念の写真帳を見せた。

刑事は手帳を出して入念に写真の日附と照しあわせていたが、「いや、これで大体わかりました。白河の警察へは、そのように知らせましょう」「白河の警察がどうしたのです」「あなたが白河で、ちょっとした罪を犯したことになっています。宿帳に、あなたの名前を書いているのです」「どんなことをしたのです」と訊くと、刑事は「お邪魔しました」と座を立って、靴をはきながら「無銭飲食です」と云った。

一昨年の夏は、信州高森の駅前食堂で哲学者の唐木順三さんと間違われた。先日はおでん屋で独り飲んでいて骨董屋と間違われた。佐野乾山について話しかけて来るには弱ったが、哲学者に間違われるよりも気が楽であった。

生き形見

昭和49（1974）年3月

池《いけ》波《なみ》正《しょう》太《た》郎《ろう》（作家）

幼な友達の、植木屋の五郎こと〔植五郎《うえごろ》〕が先日やって来て、

「正ちゃん。いい物をやらぁ」

と、プレゼントをくれた。

いま流行の〔盗聴器〕である。

マッチ箱ほどの小さななそれを目ざすところへ隠しておき、こっちは、離れたところのラジオで盗聴するというものだ。

「こんなもので、何をするんだ?」

「つかいみちは多種多様さ。人生が豊かになるぜ」

「おれには用がねえな」

「ま、取っておけよ。お前さんの仕事にも役立つのじゃぁねえかな」

むりやりに、置いて行ってしまった。

説明書を読むと、

（おもしろくなく、も、ない）

と、おもった。

夜ふけて、老母も家内もねむりこんだのち、そっと階下へ下りて行き、件《くだん》の盗聴器を台所の一隅へしのばせておいた。

台所に畳一枚ほどのコーナーがあり、ここで母や家内、それに一日置きに家事を手つだいに来る姪《めい》が食事をしたり、茶のみばなしをしたりするのだ。

翌日の昼ごろ、目ざめたときは忘れていたが、散歩中におもい出し、飛んで帰って二階の仕事場へあがり、ラジオをセットする。

折しも台所では、母と家内の〔二人婆《ににんばばあ》〕が、せんべいをかじりつつ、語り合っている。

もしも私に万一の事あって、二人より先に死んでしまったら、どうするか……について語り合っているのだ。母が、

「死んだら（私が）あたしは、大阪へ行くよ」

と、いう。大阪には弟がいる。すると家内が「まあ、死んでも（私が）お母さんと二人ぐらいは、なんとか食べて行けるでしょうよ。ですから、いっしょに暮せばいい」と、こたえる。

「食べて行けるかねえ？」

「行けるでしょう」

「それなら、いいけど……」

そのうち、先日、四十そこそこで亡くなった家内の義妹のことに話題が移ってゆく。

義妹の〔形見分け〕が、数日前にすんだそうな。

「このごろ、考えたんだけど……」

「何です、お母さん」

「ちょいと、いっしょに小山の商店街へ行ってくれないかな」

「何で？」

「指輪を三つ、買いたいんだけど、見ておくれよ」

「指輪を、三つ……どうするんです？」

「生き形見《がたみ》を、いまのうちに、しておきたいから……」

「およしなさいよ、そんなこと」

「でもね……安いのでいいから……気はこころだから、ね。安いの……それでいいから、白金《はっきん》か何かのさ」

「だれに、あげるの？」

「一つは、あんた」

「まあ……よござんすよ、そんなこと」

「一つは、雄べえ（私の弟）の嫁と、もう一つは朝子さん（母の弟の嫁）に……だからさ。いっしょに行って、見ておくれでないか」

「それは、よござんすけど……」

とあって、しばらく、せんべいをかじる音が、異様に大きくきこえてくる。

「行ってくれる？」

「ええ、よござんすよ」

それから母の声が、階下から二階へ飛んで来る。

「二人で出て来ますからね、留守番をたのみますよ」

と、私に声をかける。

二人が出て行く。

私は盗聴器を取りもどして来る。

一時間後、二人が帰って来て玄関を開ける音が、階下の応接間でテレビを見ている私の耳にきこえる。

私は、すぐさま、玄関へ出て行き、いきなり、

「いい指輪が見つかったかい？」

と、いった。

二人は、きょとんとして顔を見合せた。

台所のはなしが、二階へ、きこえるはずがないからだ。

私が母に、

「生き形見をするとは、ちかごろ、いい覚悟だ。ほめてやる、ほめてやる」

といってやる。

母が、気味悪そうに家内を見る。

私が仕事場へあがり、ウイスキー・ソーダをのんでいると、家内があがって来て、白金の指輪を見せる。

「いくらした?」

「一つ、〇〇〇〇円です」

「おふくろの小づかいが大分に減ったろう」

「まだまだ、持ってますよ。でも、どうして、わかったんです?」

「千里眼」
二、三日、二人とも何やら気味悪そうであった。
この稿を書き終え、いま、私は盗聴器を屑籠《くずかご》へ捨てたところだ。

山本嘉次郎先生のこと

昭和49（1974）年12月

高《たか》峰《みね》秀《ひで》子《こ》（女優）

山本先生。私の思い出にある山本先生は、いつも若々しくハンサムでおしゃれ、私もまた若い少女だったころが思い出されます。

昭和十二年。松竹映画から東宝映画にひきぬかれてきたのは、私が十二歳のときでした。東宝での最初の仕事は、吉屋信子先生原作の「良人の貞操」前後編で、その演出をなさったのが、山本嘉次郎先生でした。その後、「綴方教室」「馬」など、何十本かの先生の作品に出していただいて、大人でもなく、子供でもない中途半端な年頃を「少女俳優の黄金時代」といわれるまでにして下さった山本先生は、私の生涯の恩人です。そして、仕事の上ばかりでなく、家庭的に恵まれなかった私を、「せめて女学校を卒業するまででも、親代りになって引き取りたい」とまで仰言って下さったことを、いまでも、ありがたく思っています。

山本先生は、「なんでもかじろう」とアダ名されるほどに多趣多芸な粋人で、「映画演出」の仕事だけにしがみついている、といった悲壮感は全く無く、いつも「映画も作っている」というような、余裕のある仕事ぶりでした。

　例えば、巨匠とか、映画芸術家とかいわれる人にありがちな「気むずかしさ」もなく、俳優のあつかいにしても、あくまでその俳優の持ち味を引き出す、という方法をとるので、撮影現場には、「冷気」や「殺気」どころか、いつも和気あいあいとした楽しい雰囲気があふれていて、山本先生のユーモアのある巧みな話術に、笑い声の絶える間もありませんでした。けれど「なんでもかじろう」は、かじるだけではなく、嚙んで、呑みこんで、とことんまで追求する、という執拗さは驚くばかりでした。そのことで思い出すのは、三船敏郎さんが、ニューフェイスの審査を受けたときのこと。たまたま私は「少女期をすぎてからの相手役、つまり恋人役になる人を、自分でみつけなさい」と言われて、審査員席に坐っていたのです。

　当時の三船さんは、若き狼といった精悍さと素晴しいスタイルで審査員を圧倒したものの、彼一流のテレかくしからか、その無礼ともいえるほどのブッキラ棒さに、審査員の先生がたは顰蹙《ひんしゅく》し、三船さんの客姿によだれを垂らしながら「落とす」ことに相談が決まりました。そのときです。山本先生がこう仰言ったのです。「はじめからダメと決めずに使ってみたらどうですか？　どんな才能がかくれているか、ためしてみなければ分らない、落とすのは何時でもできる」。その山本先生の一言が、今日の名優・三船敏郎を世に送り出したのでした。

　実を言えぱ、私は、五歳で映画界に入ったときから、俳優の仕事が嫌いでした。ヒマさえあれば「いつ、どうやって逃げ出そうか」と、そればかり考えていたのです。終戦の直前、山本先生の作品「アメリカようそろ」で館山へロケーション撮影に行ったときも、私は例によって、旅館の庭を目の前に、ぼんやりと「逃げる」ことを考えていました。そこへヒョイと山本先生が現れて、私と肩を並べて坐りました。「なに、考えてる？」「べつに」「つまんないかい？」「つまんない」「でもさ、あの松の木を見てごらん、あの木はなぜこっちへ向ってゆがんでいるんだろうねえ、たぶん、海の方から風が吹いてくるからだよね、……ねえ、でこ、なんでも興味を持って見てごらん、世の中、そんなにつまんなくもないヨ」。山本先生はそれだけ言うと、またヒョイと立ちあがって行ってしまいました。私はキツネが落ちたようにポカンと坐っていました。

「好きも嫌いも〝仕事〟と割切る。仕事であるからにはせい一杯の努力をする。逃げ出すことは、いつでも出来る」。私の胸の中で、とっぜんなにかがふっ切れる音を私は聞きました。眼のウロコが落ちる、とはあのときのようなことを言うのでしょうか。山本先生のあの一言がなかったら、俳優としての私の存在など、とうの昔に消えていたかもしれません。まさに、私を作って下すった一言でした。私は十九歳でした。

終戦後、山本先生は、あやしげなお酒とヒロポンの常用で、みるみるうちに元気をなくされたようでした。先生のやわらかな神経は、戦後の混乱に耐えきれず、むちゃな痛飲やヒロポンに走るより逃げみちがなかったのでしょうか？

最後にお目にかかったのは、昨年、テレビと雑誌、二度続けての対談でした。例の「松の木の話」をしたら、お忘れなのか、とぼけているのか、テレたのか、「そんなこと言ったかな？」と首をかしげられました。「相変らず、心身ともにおしゃれな先生だな」と私は思いました。

東宝の友人葬で胸に抱いた、先生のお骨はずっしりと重く、久し振りに山本先生と私の距離が近くなったのを感じました。四角い箱の中から「重いだろう？　でこ」という先生の声が聞こえたような気がしたのです。「逃げられた！」と、私は口の中で呟きました。

二日酔

昭和49（1974）年12月

金《かね》子《こ》兜《とう》太《た》
（俳人）

この九月に、約三十年間通っていた勤め先を定年退職したが、それから不思議に二日酔がなくなってしまった。

私は二日酔の常習犯で、三回に二回は翌朝胃がもたれて、すっきりするまでには半日かかった。頭が痛いとか重いとかいうことはないのだが、吐気がつきまとう。それも、四十代のときは胃のなかのものを吐いておさまったが、これは、日本酒が好きで、それに食べれば大丈夫とばかりに大食いしたせいである。明けがたからもたれてきて、朝いくどか吐き、吐ききるとおさまった。

五十の声をきいてからは、日本酒は極力控えて、ウイスキーの水割りかビールにして、食べるほうもできるだけ押えているが、そこは凡夫のあさましさで、思うとおりにはゆかない。ことに、日本酒とビールのちゃんぽんがまことに旨いのだ。喉がすこしべたついてきたらビールを飲んでスッキリする。そしてまた酒をいれると、味が元に戻っていて、じつに旨い。あまり食べないかわりに、いつか酒とビールで胃が満杯になってしまうから、これまた明けがたからもたれはじめる。しかもこんどは吐くものが碌《ろく》にないので、吐きもしない。

それほど大袈裟な吐き気ではないわけだが、それがかえって不愉快のきわみである。体を横にして、膝が胸のあたりにつくくらいに足を曲げていると、すこしは気持がよいが、すぐ疲れてしまう。仰向けになると、また不愉快になる。輾転して朝を迎え、無理をして出勤しても、半日は茫然としている。

ときには負け惜しみで、すっきりしたときの気持のよさが格別だから、二日酔はやめられないよ、と意気がってみせるが、年とともにそうすっきりもしなくなる。だから、出勤をやめて半日くらいは寝ているようになった。しかし、いつも寝ていたのでは勤務にならないから、酒の会は翌日が休みか、休めるときときめて、人との付きあいは涙をのんで昼飯中心ということにした。だいいち、飲みすぎとはわかっていても、そういつも二日酔では、体のどこかに故障があるのではないかと不安にもなる。

晩酌もひかえることにした。

晩酌をひかえて、週に一度か二度の酒宴に備えるわけである。しかし結果は眼にみえていて、砂漠に水よろしく、渇ききった胃袋に、酒と麦酒の二混か、ウイスキーまで加えた三混をガツガツと注入するから、たちまち翌日はダウンとなる。休日がかきいれどきの日曜俳人にとっては、これでは仕事にならない。

ついには、深夜、自転車もろとも溝川に転落する羽目とはなった。転落と同時にコンクリートの橋げたに前歯をぶつけて（俳句友だちにいわせると「嚙みついて」）折ってしまった。それ以来自転車をやめて、隣家の青年の自動車に乗せてもらっていたが、出費増嵩は避けられないところだ。泣き面に蜂というところか。

そんなこんなの二日酔が、退職以来ケロリとおさまってしまったのだから、これは驚きである。無論御多分に洩れず、退職前後というものは、よほど遠慮しても酒の席は重なるものだ。それが退職後は、スースー入って、翌朝もさっぱりしているのだから、狐につままれたような気持である。

思うに、出勤時間、いや出勤ということ自体から解放されたためであろう。ここ四、五年は、ずいぶん気軽に休んでいたのだが、それでもどこかで、出勤ということが気持の拘束になっていたのだろう。それは、なんともいえない自由な気分が、たとえば、朝陽のあたる縁側から、前の林にむかって深呼吸するときなど、ふうーと訪れてくることによってもわかる。

先日も、会社をやめて、その退職金でフランスに滞在している男から手紙があった。いまパリにいる。やめてすでに三カ月は経つのに、街を歩いているときなど、ふと、ああ今おれは自由なんだとおもって、笑いだしたくなるときがある、と書いていた。自由といっても、彼も私も、出勤から解放されたていどのことなのだが、それでもこんなにうれしくなるのだ。胃袋や肝臓までニコニコしはじめたらしい。

このあいだ、ぶらりと出て、赤城山のみえる方向へ、まったく無作為に歩いていった。歩くほどに稲田がひろがり、一望の稔りのなかから虫の音がきこえて、その静かな空気を吸いこみ吸いこみしているうちに、私は陽に酔ってしまった。畔《あぜ》の草にごろりと寝て、かれこれ二時間ぐらいは眠ったろうか。眼がさめたら、わずかに風が立っていて、そこで一気に三十句ほど俳句ができてしまったのである。

帰ると、おかみさんばかりでなく、犬や猫の顔まで新鮮にみえて、私は真赤に日焼けしていたらしい。

英雄像の今昔

昭和50（1975）年6月

高《たか》木《ぎ》俊《とし》朗《ろう》
（作家）

あれほど、暗く沈痛な表情をした人の写真はすくない。私には、そのことが長い間、気にかかっていた。

写真の人物は、太平洋戦争史上に不朽ともいえる名を残した、関行男・海軍大尉である。神風《しんぷう》特別攻撃隊の最初の隊長である。写真の関大尉は、飛行服の上に救命胴衣をつけ、白いマフラーをして、斜めに視線を向けている。

関大尉は《身をもって神風となり、皇国悠久の大義に生きる神鷲《かみわし》》とたたえられた、救国の英雄である。それが、苦渋にみちた表情を、ながく一枚の写真に残した。

私は最近、サンケイ新聞社の小野田政・出版局長に会った時、この写真の撮影者が同氏であることを聞き知った。戦後、まさに三十年目であった。

戦時中、海軍報道班員としてフィリピンのマニラにいた小野田・同盟通信記者は、偶然のことから、特攻隊が編成されることを聞きこんで、マバラカット海軍基地にかけつけた。昭和十九年十月二十日の早朝であった。

戦記『神風特別攻撃隊』によれば、二〇一空戦闘機隊の玉井副長が関大尉を呼んで、特攻隊長を受諾する意志を確かめると、

「是非、私にやらせてください」

と答えた。それは《少しの澱《よど》みのない、明瞭な口調であった》という。

このような記述によって、関大尉はさわやかな英雄像になっている。この本は、神風特攻隊編成の当事者の書いたもので、今では歴史的・世界的な文献となっている。

だが、小野田記者が関大尉に直接聞いたところでは、少し違っている。関大尉は、その答えをいう前に、

「少し考えさせてください」

といった。それから、しばらくの間、長髪をかきむしりながら、考えていたという。

この一言があると、関大尉は玉井副長の要請を快諾したことにならない。

小野田記者はマバラカット基地にかけつけると、まず関大尉の談話をとろうとして、その部屋に行くと、いきなり、どなりつけられた。

「お前はなんだ。こんなとこへきてはいかん」

関大尉が顔色を蒼白《そうはく》にし、けわしい表情でピストルをだして突きつけた。

小野田記者はおどろいたが、身分氏名をいうと、関大尉はピストルをおさめた。それにしても、異常な行動であった。関大尉は明らかに、気がたっていた。

その後は、関大尉はうちとけて、小野田記者に話をした。

「わしはニューマリ（海軍士官用語の、新婚）だよ。ケーエー（同じく、妻）はナイスだよ」

関大尉はうれしそうに語り、新婚の美しい妻の写真をだして見せた。

このような女への愛情を示すことは、当時の軍人としては、恥ずべき、めめしいふるまいとされていた。しかし、関大尉はそれを率直に語り、示した。のちの多くの特攻隊員のように、

「必ず空母をやります」

などと、型通りに気負ったことはいわなかった。

また関大尉は、自分の任務となった体当り攻撃について、はっきりと非難した。

「わしのような熟練した搭乗員を、体当りで死なせるのは、日本のために損だ。わしは爆弾を敵艦に命中させて、帰ってくる自信がある。だから、何度でも攻撃させたらいいんだ」

こうした関大尉の言葉の多くは、その胸中の苦悩を感じさせるものがあった。これは、戦記『神風特別攻撃隊』には書かれていない関大尉のなまの姿である。

戦記、戦史には、虚構、虚像が少なくない。ことに上級将校の著作には、本人の建前で書いていることが多い。それが修正されないでいると、虚像が実像に、建前が事実になってしまう。だが、命令される側の本心は別にある。

関大尉の敷島《しきしま》隊の最初の出撃は、昭和十九年十月二十一日であった。出撃の少し前に、関大尉は小野田記者にいった。

「小野田報道班員、わしは行くぞ。わしは天皇陛下のおんためとか、国のためとかで行くんじゃないぞ。わしは最愛のケーエーのために行くんだ。もし日本が負ければ、ケーエーがアメリカ兵にやられる。それをさせないために行くんだ」

小野田記者は、出撃まぎわの関大尉にカメラをむけた。それが歴史的な写真となった。その時のことを三十年目に、にが笑いをうかべて、私に語った。

「あわてていたんだね。ピントがあまいんだ」

しかし、ピンボケでもなんでも、あの暗い顔を写してくれてよかったと、私は思うのだ。この一枚が、神風特攻隊の虚構と建前の神話を否定するからだ。

それに、今日の泰平のご時世でも、虚構の英雄が作られるので、油断がならない。何しろ、密林に三十年近くひそんでいた男を、テレビの前で二度も降伏式をさせて英雄に作りあげる、優秀な演出者がいるのだから。

紙屑とおかしな男

昭和50（1975）年7月

鈴《すず》木《き》健《けん》二《じ》
（NHKアナウンサー）

明けがた近くまで飲んでいたカストリがこめかみのあたりに残って、ずきずきとうずいていたあの日のことを、もう二十七年もたったというのに、妙に私は覚えている。

場所は中央線三鷹駅、戦争が終って間もなくの頃であったから、電車はなかなか来ない。ホームから見える麦畑の青さが目にちかちかと痛かった。連れの男も一見して津軽の人間とわかるのっぺりとした鼻の長い顔をいつもより一層蒼白くさせて、ぼんやりと線路を見つめている。ひどく疲れているようだった。

この男と知り合ったのは昭和二十年の春だった。戦争のさなかに、どうせ名もなき戦場の草むらの陰で死ぬのなら、せめてそれまでは生きていたあかしをたてるために静かに本でも読んでいようと、生れ故郷の東京の下町を去って、ひとり弘前にあった旧制高校へ旅した直後、たまたま空襲で家を焼け出されて疎開してきた彼を、先輩として訪ねて以来のつきあいであった。

「あんな女とつきあうのはやめろよ」

先輩後輩の気楽さと酔った勢いで、ゆうべは随分言いたいだけのことを言った。隣りに坂口安吾さんがいたような記憶がかすかにある。

その頃私は高校を卒業し、大学へも行かずにぶらぶらと浪人していて、彼は黙ってカストリを口に運んでいた。先祖代々の江戸ッ子である私のべらんめえ調をひどく羨ましがったり、時には反感をむき出しにしたりした。津軽特有の冗談から尾を引いたような洒落《しゃれ》をよく言ったが、訛りの重さも気にしていた。でも私はこの男の夢、正しくは夢遊と言うべきだろうが、現実と抽象を簡単に往復してしまうおかしさが好きだった。

電車が来た。こういう時にはひどく愚図で要領の悪い私は一番最後に乗ったつもりであった。ベルが鳴った。振り返ると彼がホームにぼんやり立っている。

「何してんの。早く。次はまた来ないよ」

声をかけても虚ろな表情で足もとを見つめている。私はあわてて飛び降りた。ドアが閉り、電車はゴトゴトと走り去った。

「どうしたんですか、ぼやっとして」

私は少し語気を荒めた。

「うん、あの……白いものがね……」

視線の先に紙屑が一つ落ちていた。

「あれが電車が来て……みんながドアの方へ押しかけたら……くるくると……足の間で……踊ってるんだな……それがとても……綺麗でくるくる……くるくるって……」

こういう男なんだと私は溜め息が出た。

その頃、私は宗教を勉強しようか、それとも芸術学を学んでみようかと迷っていた。その悩みが解けないので、商売をして儲けた金をふところにして旅に出ることに決めた。

家を出て西武線に乗り、高田馬場駅で山手線に乗りかえようとした時、ばったり彼に会った。五月の陽が彼の顔に少し生気を与えているような気がした。

「どこへ」

「うん、東京にいてもつまらないから、何となく旅をしようと思ってね」

「津軽へ行くか」

「行く。あそこは私の第二の故郷だから」

彼はふふっと笑った。嬉しいようでもあり、また、どうしてあんな所がという表情でもあった。家へ寄る時間があったら行ってくれよと言うので、ああと生返事をして別れた。

降りたい駅で下車し、海辺を歩いて一日中岩の上にひっくり返って本を読んだり、山の中の細い道を歩いたり、安宿に泊まったりしているうちに、いつとはなしに懐かしい弘前に着いた。青春の情熱を傾けた土地へ来て、私は久しぶりに心を洗われる思いであった。

リンゴ園には花が咲き、その向うに青い山なみが連なり、岩木山がぽっかりと浮んでいて、郭公が落葉松《からまつ》の梢をなごやかでしかも鋭い声をあげて渡って行く風景の中に自分を置いてみると、あらためて生きている実感を味わうようであった。

二三日、私は津軽の野づらを歩いた。そしてそこで三年を過した旧制弘前高等学校の寄宿舎北溟寮に泊まり、夜を徹して後輩達と語りかつ飲み明かし、陽が昇りはじめたので校庭に出て新しい空気を吸おうと思って玄関を出た。

そこに配達された朝刊が置いてあった。まだよく開いていない目で新聞をめくった。そして三面記事に突き当った時、私は危く新聞を落しそうになった。思わず目をしばたたいた。そしてその記事を確かめると、今度は大きな笑いがこみ上げて来た。頭の中で感情の脈絡が切れて、一瞬、ばらばらに間違ってつなぎ合わされてしまったのだ。

彼があの女と川に飛び込んで死んだのだ。

普通の人間ならば、生きる道を歩いていて前の方に川が流れてそれが死を意味するなら、遠廻りしても安全な橋を渡ろうとするのに、この男は、それじゃあ、その川で、手を洗って口でもすすいで行くかと、川の中へじゃぶじゃぶと入って行ってしまったのだ。生きることと死ぬことに境目が無かったこの阿呆な男は、ペンネームを太宰治と言った。

下町育ち

昭和51（1976）年1月

小林《こばやし》信彦《のぶひこ》
（作家）

私の幼年時代（というのは、すなわち昭和十年代のことだが）の正月は、となり近所やお得意様のための餅をつく暗い工場の光景から始まるようだ。

いまでは米屋が主として引き受けているようだけれども、そのころ、〈賃餅〉は生菓子屋の仕事だった（とはいうものの、家の中にいて本ばかり読んでいた子供の言うことだから、あまり、あてにはならない。そのころでも、米屋がやっていたのかも知れない）。

餅つきの機械というのは、いまではポピュラーになってしまったが、当時は、まだ、もの珍しかった。私の祖父は、たいへんな新しがり屋で、震災後、すぐにモーターつきの機械を入れたらしい。歳末になると、よく人が見物にきていた。

一定の間隔を置いて、重い杵が垂直に落ちてくるあの機械は、正式には何というのか知らないが、もし、餅をこねる手が一瞬遅れたら、手首から先が粉砕されてしまうときいて、つくづくおそろしいと思った。

職人の中には、私をおどかすために、タイミングの狂った真似をする者がいた。歳末になると、この騒ぎで、家の中は戦場みたいになってしまう。私の弟は、そのとき生まれたので、区役所への届け出が翌年になった。

それらが全部終って、そばを食べ終ると夜が明けていた——というのも、親からきいた話である。私が体験したわけではない。

正月に生菓子を買う人がそういるとも思えないのだが、なんとなく、店をあけている。それは、今でもそうだけれども、わずかに残った餅も売っていたように記憶する。正月になって、餅が足りないことに気づくのは、まわりに多かった商家の何軒かであったろう（正月とは関係ないが、私の生まれた町にはゴハン屋というのがあって、炊きたての飯を売っていた）。

私の親や叔父叔母が夜遅くまで遊んでいたのは正月だけだったと思う。だいたい、百人一首と麻雀であった。私はそのころ麻雀を習ったが、もう、まったくおぼえていない。〈ももひきや　古びて破れてけつが出て　あんまり寒いのでちんちん縮まる〉と叔父の一人が百人一首のもじりを読んだ記憶だけ、妙になまなましい。

万歳、獅子舞などの印象がうすいのは、戦火が広まる一方だったせいだろう。昭和十七年一月二日、〈マニラ陥落〉の五文字を配した紙をウインドウに貼りつけた銀座千疋屋で魚のムニエルをたべた、とか、記憶は戦局にむすびつきがちである。町のお祭より、日本軍勝利の提灯行列の方が、どうも印象が強い。

しかしながら、正月の夜だけ遊んだ記憶が残っているのは、ほかの夜は、商家の人間がいかに早く寝ていたかという証拠だ。それと、家じゅうの者が、よくもまあ、あんなに働いていたものだとも考える。それでいて、ふだんの食事がつましかったのは、池波正太郎氏の言われる〈城下町の生活の倫理〉というやつであろうか。

　正月は空白、という感じが私にはある。

　家の中が忙しかったのに加えて、歳の市、羽子板市というのが、暮にある。とくに、薬研堀の羽子板市は、家のそばだったせいもあって、よく行った。歌舞伎役者などより、〈時の人〉の顔を描いたものが子供にもよくわかった。家の内外ともにあわただしくて、そのあわただしさが極点に達し、ぷつっと切れると、正月になる。従って、正月はなんにもないのである。

　その空白に、（商家だと）四日ぐらいから少しずつ色がつき始めて、七日くらいで、ふつうの忙しさに戻ったようである。暖房なんかありゃしないから、鏡餅は、そのころにはカチカチになっていて、金槌で叩かなければ、割れやしない。割れたって、カチカチなのだが、そういう、文字通りの〈おかちん〉を金網で焼いてたべるのが、私は好きであった。少しぐらい固い部分があっても、むりに飲み込んでしまう。

　歌ではうたっていたけれど、私は正月を待ち望む気持など、子供のときから、どうにも乏しかった。どうして正月がたのしいのか分らず、いまだによく分らない。凧を揚げたこともなく、独楽まわしもやったことがない。家の中と、町が、ちょっとしずかになるだけだという印象しか持っていない。もっとも、こういう感じ方は、〈旦那〉的であり、私がいまだに店をやっていたら、小僧や女中の吊し上げにあったにちがいない。

　父親が死んだら、翌年の正月は年賀の客が殆どこなくなり、私はまったく、ほっとした。つまり、私は〈旦那〉的でさえなかったわけで、どちらかというと、喜んで、市民社会の脱落者になったくちである。

それは昭和二十八年の正月で、その年、私は下町を離れた。旧日本橋区両国、いまでは中央区東日本橋とかいう名に変っている町のはなしである。

梅干

昭和51（1976）年 8月

芥川也寸志《あくたがわやすし》
（音楽家）

私は梅干が恐ろしくて嫌いです。よく旅先の宿などで、食卓に梅干がのっていたりすると、まず何かで隠してからでないと、御飯も喉を通らないのです。

まず、あの不吉な感じの赤い色がいやです。それから、妙になまめかしい、まるで生き物のような皺のある肌がもっといやです。とにかく、気味の悪いこと夥《おびただ》しく、梅干は私にとって、見るも恐ろしき存在なのです。

昔は別にどうということもなかった梅干を、これほどまで私が恐れるようになったのは、実は、外国でのある小さな出来事があって以来のことで、それはもう、二十年あまりも前のことになりました。

五月初旬のインドは、猛暑でよく知られています。乾季のため川まで干上ってしまい、橋が焼けた赤土の原の中にとり残されているような光景がよく見られます。

当時はニューデリーの一流ホテルでも、エアコンのついた部屋はごく限られていて、しかもそういういい部屋は、長期滞在者に占領されていましたので、私のような旅行者は、熱気を遮《さえぎ》るための二重窓を閉めきった、換気のほとんどないそれは暑い部屋で、じっと我慢しなければなりませんでした。うっかり窓でもあけようものなら、焼けた空気がどっと部屋に流れ込み、それこそどうしようもありません。よくこの季節に、寒い国から来た旅行者があまりの暑さに悲鳴をあげ、風にあたろうと戸外に飛び出し、火傷を負って病院に運ばれるという話を聞きました。耳や鼻などの皮膚の薄いところは、熱風に煽られて本当にひどい火傷になってしまうのです。

当然のことながら、何の準備もなくこんな環境に飛び込んだら、数日の間に身体の調子がおかしくなってきます。胃の腑が受けつけるのは、普段だったらとても我慢できないような、飛び上るほど辛いものばかりで、頭の中は何やらボワーッとふくれ上ったような感じになり、そのくせイライラと落ち着かず、とにかくひどく不安定な精神状態になってきます。

もう二十数年も前の出来事なのに、あの時の有様は、今でも昨日のことのように鮮明です。私はその夜、うす暗い洗面所でハンカチや肌着類の洗濯をしておりました。空気が異常に乾燥していますから、洗濯物はあっという間に乾いてしまいます。ハンカチ三枚を順番に洗って干していったとすれば、三枚目を吊るし終った頃には、もう一枚目はほとんど乾いています。

私は突如、なんだかひどく馬鹿馬鹿しい気持に襲われ、無性に腹が立ってきました。そしてただ訳もなく衝動的に、日本から持っていった梅干を一個、口の中に放り込みました。

恐るべき異変は、その直後からやってきました。あまりの酸っぱさに、思わずごくんと飲み込んでしまったのですが、その途端、物凄いショックが身体の中の方から伝わってきました。

これは数カ月後に、日本へ帰ってからの主治医の話で分ったことなのですが、この時の一粒の梅干によるショックは、私の誕生以来の体質を一変させてしまったのだそうです。全身に猛烈な蕁麻疹が現れたのは、数分もたたぬ内でした。

こんな苦しみは、それまでの私には全く経験のないことで、この病気を心配して恐る恐る寿司をつまんでいる光景がなんとも滑稽で、散々同僚をからかったりしたことが、ただただ悔やまれてなりませんでした。

散々苦しんだ挙句、翌朝街の薬屋へ転がり込み、和英辞典で覚えたジンマシン—nettle rash! と叫んだところ、店のおやじは怪訝《けげん》な顔をして、やおら見覚えのある壜を差し出すので、よく見ると、そこには Max Factor Cold Cream と書いてあるではありませんか。こりゃたまらんとホテルに駆け戻り、ぼられるのを覚悟で医者を呼んだところ、この国の人は滅多にこんなヘンな病気にはかからないとのこと、アドレナリンを注射され、今度はいつ心臓が爆発するかと思われるほどの大鼓動に真青になり、あれやこれや、すべて梅干のなせる業かと思うと憎らしく、はたまた恐ろしく、私はそれ以来、ウメボシと聞いただけで気分が悪くなり、時折、佃煮屋などでびっしり壜につめられた皺の入った梅干の大軍を目撃したりすると、たちまち、震えがきて止まらなくなるのであります。

ああ、いやだ。

若い散歩者たち

昭和53（1978）年2月

中村《なかむら》光夫《みつお》（作家）

鎌倉に若い散歩者の群が大挙してくるようになったのはいつごろからでしょうか。四、五年まえからのようでもあり、十年以上になる気もします。

明月院の紫陽花、瑞泉寺の梅などが、きっかけであったと記憶していますが、始めは限られた場所だけが、限られた季節にと思っているうちにこの異状な人出はいつでもどこでもという風になってきました。

日曜土曜だけだったのが、週日も混み合うし、鎌倉のなかの道という道は、朝から晩まで、彼らの姿を見ないことはなくなりました。

天気のよい日だけかと思うと、少々の雨なら、二人で一本の傘をさして、楽しそうに歩いている若者たちは、かなりの数に登ります。

年頃は十七八から二十二三までが一番多く、男だけ、あるいは女だけのグループもいますが、大体は男女の二人づれです。

申し合せたように男は長髪で、女と区別のつかない髪型をしています。双方とも細い青木綿のズボンのできるだけぴっちりしたのを穿いて肉体の線を誇示するのを粋と心得ているようです。襟付のポロシャツなどはだんだん減って、いわゆるTシャツに大きな字か絵を書いたのを印半纏のように着る者がふえています。

なかのひとりが必ず地図か案内書を片手に持って、そこに出ている名所か古蹟を実地に見付けようとします。そして近頃どの「古蹟」でも備えるようになった由来記の立札と案内書とよみくらべて、間違いないことをたしかめると、それで安心して、実物はろくに見ないで帰ってしまうのが多いようです。「名所」はたくさんあって、彼らにあたえられた時間はわずかしかないのです。それにこれらの「古蹟」は、実際に見ればあまり面白くないのは、彼らも経験から知っているのでしょう。

彼らにたいする批難はいろいろあります。第一目障りだ、交通の妨害になる、歴史の初歩も知らないで、古蹟めぐりは無意味な流行にすぎない。等々です。しかしこれは考えてみれば感情論にすぎません。古蹟から歴史の世界に導かれるのもよくあることです。彼らはみなおとなしい良家の子弟で、奇妙な風態をしていても、街の秩序をみだすわけではないし、ただ道を歩くだけですから、自動車のように路面を傷めたり、公害をまきちらすこともありません。

電車賃だけしか持たずに往来を雑踏させる彼らを、土地の商人たちがありがたくない客と見るのは当然ですが、僕としてはこれらの貧しい、無害な若い男女が鎌倉に何を求めているのか考えて見たいと思います。

彼らはいわゆる「名所」に惹かれてきているのではなさそうです。名所といってよいような場所は鎌倉に五指を屈するほどもありません。なかには大仏様だけだという人もありますが、それもたしかに一説です。だからむかしの人は一日がかりでせいぜい二、三カ所の見物をたのしんだのです。彼らがやたらに歩くのは古蹟がただ地図の上の目標にすぎず、いわば口実である証拠と言えましょう。

　では彼らは何に惹かれてくるのか、というとそれは低い丘の形で街の中心まで食いこんだ自然と、戦災を免れたために比較的古い建物の残った街との調和がもたらす、或る落着きと思われます。

　むろんそれは鎌倉時代とも室町時代とも無関係な、大正末あるいは昭和初年のたたずまいが、比較的のこっているというだけですが、それでも現代の大都市の激しい変化のなかでは、ある憩いを感じさせるのでしょう。

　今の東京、とくに盛り場の変貌はよく話題になりますが、盛り場というほどでない、ただの国電の駅前でも、一年もはなれているうちに様子が変ってしまい、行きつけた場所がわからなくなることも珍しくありません。背丈と容量を競う高層建築、とぐろを巻く大蛇のように重なりあう高速道路のつくりだす風景は、その土地の持っていた過去とまったく無関係です。

　こういう場所に生れ、育った青年たちの心には、二十歳にならなくとも、故郷を失った老人に似た空虚感がある筈です。同じことが日本という大きな盛り場で育った者に、程度の差こそあれ、言えるとすれば、これら無邪気でやや滑稽な散歩者たちを、背後から無意識のうちに押している大きな力について僕らは考えるべきでしょう。彼らになけなしの電車賃をつかって、知らぬ町を一日中歩かせるのは、彼らが生活のなかで見失った日本の自然、日本の街なのではないでしょうか。

「おなら」の絵本

昭和53(1978)年12月

長新太《ちょうしんた》
(漫画家)

お尻というのは何か淋しい。殊に男性のお尻は滑稽で、哀しいところがある。滅多に陽にも当らず、何時も椅子だとか、あらゆるところで押し潰されている苦しい存在である。そのお尻が不平をいったり、溜め息をつく。それがおならなのよ。というのがぼくの持論である。

そんなわけなので、何時かお尻の溜め息をジックリきいてやろう、という素地があった。『かがくのとも』(福音館書店)という月刊の科学絵本がある。ここでは谷川俊太郎さんと一緒に二冊ほどつくったものがあるけれど、ぜひとも「おなら」と真正面から取組みたいと様子をうかがっていたのである。

以前、ある動物園でゾウを見ていたら、いきなり大きなおならをしたので胆を潰したことがある。そばの樹にいた雀のファミリーは、悲鳴を上げてはるか彼方の山のほうへ逃げて行った。今度つくった『かがくのとも』十二月号の『おなら』は、そのゾウの場面から始まる。さて、おならとは何か？

——これは、食べた物が腸内菌(およそ百種類。十兆個が住んでいる)によって腐敗して発酵したガスが、口から入った空気によって押し出され、肛門から発射されたものである。

健康人は、ふつう一回に約百ミリリットル。一日に約五百ミリリットルのおならを出す。主成分は、窒素、メタン、炭酸ガス、水素、アンモニア、硫化水素、スカトール、インドールなどである。このおならの絵本の読者は小さい子どもなので、内容は単純明快でなくてはならない。

おならというのは北斎漫画にも出てくるし、西鶴の『好色一代男』にも出てくるけれど、まさか「女郎、夜着の下より。尻をつき出すを。不思議に思へば。其あたりに響ほどの香ひ。ふたつまでこく所を」などというわけにはいかぬので、そういったものはやめにして、ふつうのお医者さんや動物園のお医者さん、飼育係の人の話、それから医学書などのご厄介になった。

むろん、自分のおならは正々堂々と出して、嗅覚及び聴覚の神経を集中させた。

取材期間は、およそ一年半くらいだったので、四季によるおならの変移もつかめた。

春夏のように下着などが薄い場合には、発射されてから、およそ五、六秒で臭気を感受できる。これは、発射されたときの姿勢によっても時差が生ずる。秋冬になると、厚着になるので、臭気を感受するのが遅延することになる。いずくともなく消え去って、行方不明になる場合もある。食べ物については後で述べるけれど、おならの頻発度、臭気に関わりがある。音色は、きわめて微妙で「ペルルル、プススフー」などというのが感受されたときもある。おならの絵本には、およそ百種類の音色を記載したけれど、これはジョルジュ・バタイユの「私にとって、笑いはあらゆることの根底であり、肝心なのは自分自身について笑うことである」の言葉通りの産物なのである。したがって「こんなおならの音はない！」などと叱責されても困る。

音楽ではあるまいし、おならの音なんかきまっていないのよ。

お医者さんにいわせると、おならはドンドン出したほうがいいらしい。これを我慢していると、腹膜炎などになる場合もあるという。

腸の手術後におならが出ると、腸が正常に活動しはじめた証拠である。さて、食べ物であるけれど、動物を例にとると、ゾウ、ゴリラ、ウマ、カバなどの草食獣はよくおならをする。しかし、臭気はふつう。ライオン、トラなどの肉食獣は臭気が強い。肉、タマゴ、魚などを食べると臭気の強いおならが出る。

芋、豆類は、よくおならが出る。これは人間も同じである。ゾウのおならよりさらに大きいと思われるクジラのおならのことは、ついに究明できなかったけれど、ジュゴンなどは、どうも発生される泡の具合で、おならをしているのではないか、ということがわかった——。ドジョウも同じである。魚類及び鳥類のおならは、果してどのようなアンバイであるのか？　これもわからずじまい。この絵本は二十七ページの薄いものなのでたとえその種のおならが解明されても、アチコチでおならが暴発しているようで収拾がつかなくなるので、人間と動物園の連中だけにしたのである。

こうしておならと対峙してみると、やはりおならはお尻から発せられる不平や溜め息に思えてくる。お尻はホッペタをふくらませて、不平をいったり、溜め息をついているのである。これは非科学的と思われるかもしれないけれど、科学的な絵本をつくっていると余計にそう考察したくなる。

われわれには、飲食物や空気以外にも、口に出せなくて飲み込むものがある筈で、そんなものがおならとなって、肛門から発言しているのである。

天狗のおはやし

昭和54(1979)年10月

松《まつ》谷《たに》みよ子《こ》
(児童文学者)

ある山の老人ホームに知人がいて、ぜひ私にあわせたい年寄りがいるという。ホームといっても個室はあり、冷暖房付き、出入り自由、お風呂も入り放題の住みやすさに、知人もすっかりそこを我が家として、民俗調査や民話の聞書きに精を出している。考えてみればそうした仕事にはもってこいの所なのだった。

私にあわせたいという年寄りはさき女といって、長男の嫁に階段から突き落とされ、逃れるようにホームへ入ってきた。そのショックでか、当分の間は茫然としたありさまだったという。しばらくいるうちに、ぽつぽつと話をするようになった。

生まれは栃木の在で、七つのとき父親に死にわかれ、母親も血の病いとかで一年中床を敷いて寝ていた。だから七つで母親の扶持《ふち》をした。どうやって暮したかといえば山へ榊《さかき》を採りにいった。朝早く起きて大人の業者にまじって奥の山まで入り、夕方には戻ってくる。一日七銭にはなった。

山ではよく夕立ちにあった。降ってくると近くの大木の洞に入る。それぞれがそうやって雨宿りした。それっきり夕方になっても雨が降りやまず、一晩中洞にしゃがんでいることもある。仲間の大人の人たちはどこへ行ったか、もう判らない。降りはじめればてんでばらばらに雨宿りをするから、声をかけてくれることもなかった。

じっと目をつぶっている。そのこわさといったらない。しかたがないから心の中で手まり唄をうたってまぎらす。

ひとつ　開いた　からかさ屋のたより
ふたつ　ふくれた　饅頭屋のたより
みっつ　みがいた　水晶屋のたより
よっつ　ようかん　砂糖屋がたより
いつつ　医者さま　薬箱たより
むっつ　娘は　若い衆たより
ななつ　菜切り包丁　まな板たより
やっつ　山伏や　ほら貝たより
ここのつ　虚無僧　尺八たより
とうで　殿様　家来衆たより

ふと気がつくといつの間にか雨がやんでいた。うるしのように闇は濃く、耳をすませば真夜中の山はいろいろな音がした。太鼓や笛、琴の音が風にのって聞えてくる。大勢、人がいる様子であった。

あとで大人にいったら「出ていったらあかんでえ、そりゃ天狗のおはやしだ」そういわれた。

明るいうちに雨があがると、洞の前にたまった水たまりに、動物たちが寄ってきて水を飲む。それはかわいかった。列になって並んで順番に飲む。こういうときは狐とうさぎが並んでも、決してかまわねえ、とって喰うようなことはしないのだと、さき女は語ったという。

ねえ、いい話でしょうと知人はいい、私もいい話ねえ、木の洞で真夜中、天狗のおはやしを聞くなんて、「こぶとり爺い」の話のようね。昔話の世界はついちかごろまで、あったこと、として語られる部分が多かったのでしょうねといった。動物たちが水飲みにくるというのもいい。雨のしずくがぽたぽたと落ちて、あたりはさわやかなにおいに満ちていただろう。陽がさして、しずくというしずくがきらめいていたかもしれない。七つの童女は採った榊をしっかりかかえ、木の洞にうずくまったまま、うさぎや狐、りすなどがぴちゃぴちゃ水を飲むのを見ていたのだろう。

ね、さきさんはこういう話をたくさんしてくれる人なんです。私がお茶飲みにいらっしゃいというとよろこんでねえ。だからおひきあわせしたかったのに、先日次男さんが来て引きとっていきました。でもここからそう遠くじゃないし、今度寄ってみましょう。その様子でお話を聞きにいらっしゃいませんか。

それからひと月ほどして、知人から電話があった。さきさんはもう話せなくなりましたという。さき女は次男にひきとられたすぐあと、世間態《せけんてい》がわるいとて長男が連れていき、嫁さんとまた折合わず泣き暮している。あうことはようやくあえたんですけど、ただもう切ながって死にたいってねえ。

知人は電話のむこうで吐息をついた。そういえばこの人も息子のために家を建ててやり、ローンの支払いをし、そのあげく通帳まですっかり渡して家を出た人であった。追われて出たのである。若い頃から働いていたため若干の年金が入って、有料のホームへ入る手だてとなった。当時はさき女と同じように、どれほど涙ぐんで辛い思いを語ったかしれない。

語りというのは出会いなんですねえ、いつでも聞けると思ったら、まちがいなんですねえ。知人はそういって電話を切った。

さき女がふたたび、天狗のおはやしを聞いた話をしてくれる日はくるのだろうか。人が語るとき、もしかしたら、ほんのすこしの仕合せが必要なのかもしれない。

占いとの付き合い

昭和54（1979）年12月

河野多恵子《こうのたえこ》
（作家）

昨今は非常な占いブームである。なかでも、「天中殺」というのが話題を呼んでいる。そのことを書いたベストセラーの本を私もたまたま人からあてがわれてもっているが、まだそれを使って天中殺を割り出したことはない。天中殺というのは、四柱推命の空亡にあたるもので、ずっと以前にそのほうの人から既に自分の空亡を聞いてあるからである。それによると、ショートでいえば、十年と経たぬうちに二年間の空亡に入る。詳しくは書かない。ひそかにその二年の空亡如何《いかん》を経験してみたいからである。むしろ楽しみなくらいで、別に気にはならない。

私はまだ占いで自分の詳しい死期を聞いたことはないが、たとえあと数年と言われても、最後の日までにどんな日々を具体的に経験してゆくのかと、結構楽しみでもありそうな気がする。

数年前本誌で、柴田錬三郎さん、星新一さん、イタリア文学者の千種堅さん、そして私、占い好きばかりの座談会があった。その時、占星術にお詳しい柴田さんがご自分の占星図を披露された。ところが、その図には、死期の部分が空白だった。恐ろしいから調べないのだとおっしゃった。私は今書いたようなことを述べた。「河野さんは度胸があるよ」とおっしゃる柴田さんを、見かけによらず度胸がおありでないなと、私は思った。柴田さんが亡くなったのは、それから一年か一年半ほどにしかならないうちのことである。思えばあのとき柴田さんは死期を占いずみだったのではないだろうか。それを無視したくて……いや、柴田さんのことであるから周囲に心配させたくなくて、死期は占っていらっしゃらないことにしておられたのかもしれない。

世の中には、死期に限らず未来を占ってもらうのは恐ろしいと敬遠一方の人がいる。信用しなくて、占《み》てもらわない人もある。占い中毒みたいな人もいる。生まれの星によっても、そのように分れる傾向が多少あるようである。例えば、先の座談会の四人の出席者でみても、そのうち三人までが九星では同じ星だった。その星生まれなどの運勢は占いの予見の的中率が高いようで、おのずから信じるようになるのかもしれない。それから、占い好きには、起伏の多い仕事や環境にある人がどうしても多い。又、人が占いに関心を持つのは、良いときよりも悪い時であるほうが当然多くなる。私の場合も、最逆境の時に占いとの付き合いが始まっている。占てもらった人の殆《ほとん》ど全部から、あと数年は駄目と言われて、気落ちと共に聊《いささ》かの慰めもあったものだ。そうして付き合っているうちに良い予見にも接したし、それが当たるものだから、一層関心をもち、自分でも少々あれこれと齧《かじ》るようになった。「天中殺」が悪い運期を割り出すものとすれば、産業の高度成長期とかが去って経済生活の多難になってきた昨今、そのブームには頷《うなず》ける。

占いの類は当たるものなのかどうなのかと、知人に訊かれることがある。一度占てもらおうかと思うのだけれど、近づいてよいものなのかどうかと訊く人もある。そんな時、私はちょっと相手の生年月日を確める。例えば、極めて素直、正直な星の生まれの人ならば、安心して焚きつける。そういう性格の人は意外にまた合理性に富む人が多く、いくら焚きつけても、占いなどは不合理に見えるのか、結局信じないようである。

私が本気で焚きつけるのは、占いとも付き合うならば、その人の人生がよりよいものになるだろうと察しられる人の場合である。人生で直接幸運をより多くすることができ、不運を減らせるだろうという意味ではない。幸運の喜びは大きく感じ、不運にもそれなりの趣きを見出せるようになるだろうという意味である。世の中には、占い法や占い師でいかがわしいものが夥《おびただ》しくあるらしいし、占い上の手落ちもあり得るだろうが、私はもともと占いというものは、大分的中するものだと思っている。そして、占いと付き合う楽しみには、良い予見の的中がある。が、悪しき予見と戦う楽しみもある。その結果、勝てば勿論楽しく、負ければ当たったと、新たに来るべき幸運期、戦うべき悪運期を待ちかまえる楽しみもある。そうして、私は占い好きとはいえ、のべつ占いと付き合っているわけでもない。悪いことが起きてから調べてみて、最悪月だったたと知る場合すらある。道理でと、思わず湧く苦笑――これが又なかなかいいものだし、その途端に、とにかく風呂に入って今夜はぐっすり眠って、明日ゆっくり対策を考えようという気にもなるから不思議である。

勿論、占いのはずれる場合も少くない。占いが当てにならぬものだからではないと、私は思っている。ある数種の占いの少くとも体系からすれば決してでたらめなものではないのだが、人生には更にそれを超えた奇蹟が生じることがあるのだ。案外よく起こるのであって、だがそれはやっぱり奇蹟と呼ぶしかないものとして、私には感じられる。奇蹟ばかりは、占いにも予見できないのである。

地獄の数

昭和55（1980）年4月

宮本輝《みやもとてる》
（作家）

プーシキンの小説に「スペードの女王」というのがある。賭博を扱った文学作品の中では、とびきり好きな作品である。これを読むと、賭博というものの、人間を幻惑させてしまう妖しい色合いが、何枚かの骨牌札《かるたふだ》の微細な図柄とともに、目先にちらついてくる。

何しろ、からっきしヘタクソなくせに、ありとあらゆるギャンブルに首を突っ込んで、とんでもないめに逢った経験があるので、三枚の骨牌札を当てるゲームの秘伝を知りたいがために、侯爵夫人を死に至らしめてしまうゲルマンという青年の心情がよくわかるのである。とにかく博奕《ばくち》というやつ、負けがこんでくると、それこそ狂気の坩堝《るつぼ》にひたり込んでくるくる落下して行く本人の姿をしかと見つめさせながら、なあに、まだまだ自分だけは大丈夫だと錯覚させる魔力を秘めている。

今は店じまいしてしまったが、昔、大阪の曾根崎新地の露路裏に「お初ちゃん」という雀荘があった。一杯飲み屋か安ものの小料理屋みたいな屋号だったし、それらしい看板も出していなかったので、殆どの人は雀荘だとは知らずに入ってくる。すると五つの麻雀台と、一種異様な雰囲気を発散させた男たちが、もうもうたる煙草のけむりの中にかすんでいるのを見て、驚いてドアを閉めてしまう。そしてあらためて店先を見廻しながら、「なんや、麻雀屋かいな」と呟きつつ離れて行くのである。「お初ちゃん」に来るのは常連だけで、それもまともな奴はひとりもいない、自称、金持のボンボン、自称、不動産屋の社長、自称、ヤクザの大幹部、自称、女のヒモ、といった手合《てあい》である。

私は腹が空くと、よくこの「お初ちゃん」へ行った。麻雀をするためではなく、焼飯を食べるためにである。客が他の物を注文したときは、近所の寿司屋とか中華料理屋に出前を頼むのだが、焼飯の場合にだけ、奥の薄暗い台所で中年の女主人が作るのである。ところがこのおばちゃんの作る焼飯が大変うまい。そんじょそこらの中華料理屋なんかでは味わえない本格的なやつで、切り刻んで入っている焼豚の量といい、タケノコ、人参、タマネギなどの具のバランスといい、まさに絶妙である。しかも、生姜《しょうが》を細かく刻んで、パラパラッと振りかけてあるのだが、そいつがまた見事に焼飯の味にマッチして、そのうえお値段が百五十円ときている。十年も昔のことだが、それでも当時としてもべらぼうに安かった。

私は「お初ちゃん」では焼飯を食べるだけで、どれほど誘われても卓を囲むということはなかった。いくら何でも、私なんかがお相手できる連中ではなかったからで、「なんぼ負けたかて、命まで取れへんがな」とか、「金がないんなら、できるまで待ったるでェ」とかの甘い言葉にも決して乗って行かず、丸椅子に腰かけ、焼飯を頬張りながら長い時間見物しているのである。おばちゃんも、私が来ると、何にも言わないうちから台所に入って行き、「この子、うちを食堂と間違うてるねんから」と苦笑する。

ところがある日、いつものように腹を減らして「お初ちゃん」のドアをあけると、三人の顔なじみが退屈そうに卓の上の牌《パイ》をもて遊んでいる。昼過ぎには必ず顔を出す、自称、不動産屋の社長が来ないので、メンバーがそろわないのである。「すぐに来よるやろから、それまでちょっとだけつき合えよ」と女のヒモ氏が私を見つめた。「半荘だけや、半荘だけ」。

　私はレートの額を訊いた。それは私が一度も経験したことのない高額なものだった。私は頭の中で素早く計算し、その程度ならたとえ負けても何とか払えるだろうと思った。それもたった半荘だけだ……。ところが、私はレートの額を一桁間違えていて、そのことにゲームの途中で気づいた。瞬間、頭がかあっとして、体が汗ばんだ。しかし私はついていた。ついていたから、ホテルのボーイのアルバイトで稼いだ三万円を、そっくり巻きあげられる程度ですんだのである。自動車のセールスマン氏は、彼の月給の三カ月分ぐらいを、その半荘のゲームで失った。彼は内ポケットからぶ厚い封筒を出し、一万円札の束をつかんだ。私も、勝った二人の男も、無言でそのぎっしり一万円札の詰まっている封筒を見ていた。それがセールスマン氏にとってどんな種類の金か、おおむね察しはついたが、みんな何も言わなかった。

「こうなったら、とことん行こか!」。セールスマン氏は言って、自分の頬を両手でびしゃびしゃ叩いた。それから凄い目つきで「さあ、地獄やぞォ」と眩いた。不動産屋の社長が入って来て、私は解放された。私はおばちゃんの作ってくれた焼飯を食べながら、セールスマン氏が、間違いなく地獄に落ちて行くのを見ていた。しかし貧乏学生が、汗水たらして稼いだ虎の子を取られてしまったのだから、私もまたしょんぼりと、地獄の丸椅子に座っていたことになる。そうやって「お初ちゃん」の店内を見廻すと、救いのない焦燥やら苦渋やらがそこかしこに満ち満ちて、確かに地獄への待ち合い室にいるみたいに思えてきたのだった。

仏典によると、この地の下には大別して二種類の地獄があるという。ひとつは八熱地獄で、等活、黒縄、衆合、叫喚、大叫喚、焦熱、大焦熱、大阿鼻と名づけられている。もうひとつは八寒で、阿波《あは》波《は》、阿吒吒《あたた》、阿羅羅《あらら》、阿婆婆《あばば》、優鉢羅《うはら》、波頭摩《はずま》、拘物頭《くもず》、芬陀利《ふんだり》の八つの地獄である。この八熱と八寒を合わせて十六小地獄となり、さらにそれらが分散して一百三十六地獄と称される。ちゃんと涅槃《ねはん》経《ぎょう》に記されているのだが、しかし何も死んでからだけでなく、この現実の世の中にも、そのくらいの数の悲惨やら絶望やら責め苦やらが転がっているに違いない。

どうやら自分のものではないらしい大金を、きれいさっぱり負けてしまって、そのうえ相当な借金まで背負い込んだセールスマン氏は、青ざめた顔に血の気を呼び戻そうとするかのように、何度も何度も自分の顔面を掌で叩いて、真夜中の露路を帰って行った。私はそれ以後、「お初ちゃん」には一度も足を向けなかった。

最近、眠れない夜などに、どういうわけか、「さあ、地獄やぞォ」と呟きながら卓上の牌をかき廻していたセールスマン氏の姿が、ふいに浮かんでくるのである。随分昔のことだし、すっかり忘れていたはずなのに、執拗に脳裏をかすめ過ぎる。あの人、あれからどうなったろうかと考えているうちにだんだん薄気味悪くなり、ふと思いたって麻雀の牌をかぞえてみた。な、な、なんと、その数、一百三十六個。

父の書き方

昭和55（1980）年5月

日野《ひの》啓三《けいぞう》（作家）

昨年の秋、菊池寛賞のパーティーで、井伏鱒二氏の姿を見かけた。さすがに椅子に腰をおろしていたが、小肥りの顔は福々しくふっくらとしてしわも見えず、顔色が艶やかなのに驚く。ちょうどその数日前、甲府に俳人の飯田龍太氏を訪ねた折、たまたま井伏氏の話が出て、お元気だといいですね、と話し合ってきたばかりだった。

挨拶をしてから、飯田氏に聞いた甲府盆地の一角の井伏氏の別荘（古い農家）のことや、飯田氏のお宅でご馳走になった黒いキノコの話をすると、あの農家はネズミが多くてね、と笑い、黒キノコのいろいろな食べ方を教えて下さったが、その幾分高い調子の声は少しの翳《かげ》りもなく、歌うような滑らかさだった。

お父さんは元気かね、と聞かれて、このところ弱ったらしくしきりに帰ってこいと言ってくるのですが、忙しくて行ってないのです、と答えると、わたしだってもう何年も先祖のお墓に参ってないよ、墓地まで登れなくてね、と気軽に言っただけだったので、少しほっとした。

というのは、数年前に荻窪のお宅に伺ったとき、きみ、お父さんのことはもう少し優しく書いてあげないといけないよ、と言われて、はっとしたことがあったからである。

井伏さんのお宅に伺うと、午後三時から夜中までお酒が続くので有名だが、酒があまり強くない私は、そのときから意識がもうろうとしかけていた。それで、私の父の書き方のどういう箇所についてそう言われたのか、記憶があいまいなのだが、若いころに患った結核性白内障のため、私の父の片目がほとんど視力がない、と書いた箇所についてだったように覚えている。あるいはもっと広い意味で、父を書くときの私の態度そのものについて直接に言われたのだったかもしれないが、確かではない。

ただ私は安岡章太郎や阿部昭のように真正面から父を描いたことはなく、スケッチ風に幾つかの作品のごく一部で触れただけに過ぎない。妻の書き方については、本人だけでなく、本人の友人あるいは私の友人の夫人たちから、少し意地悪すぎるのではないか、とよく言われるが、父の書き方について言われたのは、井伏氏からだけだった。意外だったが、自然な気もした。

私の父は井伏氏と広島県福山市の中学で同級生だった。とくに親しかったようでもないが、ふたりとも東京の大学に来て、卒業してからも私の父が朝鮮に渡るまで（私の四歳のころ）、行き来していたようである。私自身は覚えていないが、現在も同じ荻窪の井伏氏のお宅に、父は私を連れて時々行ったらしい。あんたは純ならん子で（広島で聞きわけが悪く素直でない子供のことをそう言う）、この床の間の花びんの中に平気でオシッコをしおった、と、座敷の床の間を指しながら、井伏氏はいまも言う。奥さんも、そうでしたよ、と相槌をうつ。私は頭をかいて恐縮するしかない。

父から井伏氏のことを、よく聞いた。文士というのは大変な仕事だ、と父はいつも言っていた。父が大家《おおや》に家賃を払っているところに井伏氏がふらりと来て、おまえ家賃を払ったりするのか、と驚いて言ったそうだ。

文士は家賃も払えないし払わないのだ、と小さいときから幾度も聞かされてきたので、いまもって作家という職業に恐怖感が抜けない。父が井伏氏の同級生でなかったら、私はもっと早く小説を書いていたかもしれないし、新聞社の勤めもさっさと辞めていたかもしれない、と思うこともある。

井伏氏から若いころの父のことを聞いたことはない。だが父が白内障を患ったのは、確か朝鮮に渡る前である。井伏氏と行き来していたころのはずである。昭和六、七年ごろで、いわゆる大学を出たけれど、の不況時代だった。父が白い眼帯をしていた記憶がかすかにある。父が朝鮮まで行ったのも、不況のせいで、いい勤め口がなかったからにちがいない。とすると、父の悪い目というのは、単なる病気のあとではなく、その不況時代の記憶と、井伏氏の中では結びついているのかもしれない。その頃の父も、それなりに苦労したのだろう。

片目の視力がない、ということはそれ自体では別に恥かしいことではないと思うが、そのことを単なる病気のあととしか見ない私の書き方の貧しさというか浅さというか、それが井伏氏の感情に触れたのだろう。もっと優しく書け、ということは、単に片目の悪いことを直接に書くとか書かないとかいうことではなく、父のもっと奥まで見て書け、ということにちがいない。

だが、他人には過去のことは聞けても、肉親に過去を聞いたり、それを書いたりするのは何か気おくれと恥かしさがある。もし闇があるなら、そっとしておいてやりたいし、自分自身も知りたくないという気持を、いまもって抜けられないのだが、書く以上そういう中途半端では、本当に優しくは書けないのだ、と井伏氏は言いたかったのだと思う。

肉親を本当に書く、ということは、家賃が払えない以上につらいことかもしれない。

雑木の美しさ

昭和55（1980）年5月

色《いろ》川《かわ》武《たけ》大《ひろ》（作家）

最近、山の中の過疎村を訪れる機会が二度重なった。

一は和歌山県那智勝浦町から車で小一時間ほど山にわけいったところにある色川郷というところである。ここは私の家系のルーツにあたるところだと以前からきかされていたので、一度行ってみたいと思いつづけてきた。平維盛の末裔《まつえい》と称する落人部落で、たくさん記したいことがあるが、今回は要点だけにしたい。

海抜八百五十メートル、しかし海ぎわからじかに山を這いあがるのでかなりの高さを感じる。ところどころ、見晴らしのきく場所からは太平洋とともに、伊勢、紀伊の山々がうねり続くのが見え、頂上からは大和の山まで遠望できるという。山の勾配のほんのわずかな緩みを利用して、点々と人家が集まっている。

人口八百人のうち、三百人が六十歳以上だという。小学校の生徒は全学年あわせて数十人だそうであるが、水あくまで清く冷たく、空気が甘い。車の行く手の路上から、番《つが》いの雉が飛び立ったりする。

おや、と思ったのであるが、道ばたの人が老若いずれも、いい顔をしているのである。役場に居た青年たちも、農協の女事務員も、女教師も、巡査も、それぞれいい。汚れのない美しい表情をしている。

へんなたとえだが、先年、車で通過した漁師町の犬のことを思いだした。いきなり路上に走り出てきた犬を見て、あ、あれが、犬の顔だな、と改めて思った。東京で繋がれている犬の顔は、こうして見ると生き物の顔ではなかった。

もっとも、東京の人間は生気はないが、先にわずかな希《のぞ》みを託して行儀よくしている。地方都市の支社（乃至工場）サラリーマンはもっとひどくて、はかない希みすら持てず、刹那的な表情にならざるをえない。

色川郷は海近くで南国だから、山の奥にもかかわらず、風物が明かるい。しかし、夜は深いだろうと思う。すると老人が、こういった。――なァに、近頃の森は明かるいからね、昔の山はもっと暗かった。

近頃は、檜や杉や、金になる木を植林して、育つとどんどん伐ってしまう。昔は雑木が鬱蒼と茂っていた。日本の山は、放っておくといずれも雑木になってしまうのだそうである。

旅館もなく、当地に住む地史研究家も御不在で、私は心を残しながら半日で山をおりた。また来てみよう、と思った。そうしてまもなく思いがもう少し募って、ここにしばらく住みついてみたいなァ、と思うようになった。

それから二週間ほどして、偶然のことから、愛知県岡崎市から車で四十分ほど山にわけいったところに住む人を訪ねて泊った。

それは私の若い友人の友人で、若夫婦に子供二人、過疎で無人になった百姓家を無料で借りて五年前からここに住んでいる。

夫は彫刻を志しているが、木工をして生活の資を得ている。夫婦とも東京育ちで東京に親が居る。山中の一軒家とはいえ、もちろん車も電話もテレビもあるが、週に一回、食料品店の車が巡回してきたときに、一週間分の食料を買いこむのである。二キロほどくだったところに、日に何本かバスが来ているが、小学校には四キロあり、一年生の頃から歩いてかよっているのだという。悪天候の日以外は車の送迎をしてやらない。上の男の子は四年生で、冬場など帰り道でとっぷり日が暮れるという。

試みに、夜、家の外へ出てみると、深い闇で、足が先に進まない。

私たちが訪ねた日は祭日で、子供たちは近くの家の車で、川下りとリンゴ狩りという楽しみを味わいに行っており、夜帰ってきた。どんな子だろうと思っていたが、兄妹ともに母親似でつぶらな眼をしており、楽しみを満喫してきたらしく、甲高い声でよくしゃべった。

妻君は豊かな家の育ちで、最初は、掌が荒れるから水仕事はしないといって、夫が食器洗いから洗濯までやっていたそうである。若い友人をはじめ周辺は、いつまで続くかと笑っていた。それが今度いって見ると、話の合間も、ごそごそと板の間を雑巾をかけてまわり、夜ふけに談笑していても彼女の声が他を圧した。夫に対しても子供に対しても見事な妻であるばかりでなく、自身も山の暮しにとけこんでいるように見えた。

友人は、この妻君と女学校時代の同級生で、銀座で酒場のマダムをしている。美酒佳肴《かこう》に慣れているが、しかし独身で、連休になるとこの山の中にやってきてしまう。

「都が恋しくならない——？」

「そうね。でも、亭主が絶対に街はいやだっていうから。年に一度、行くからいいわ。万一、亭主が死んだらね、そのときは戻るから、あンたの店で使って頂戴」

「年増はあたし一人でたくさんだけどね」

そういって二人で笑った。

子供は中学になれば、二キロ歩いてバス通学をするのでかえって楽だという。その上の学校にもし行く気があれば、東京の親もとに預ける。

亭主は寡黙な人らしかったが、一人でそこから九州に向かう私を駅まで送る役をみずから買って出てくれた。私たちは車の中で、美について、いろいろと話しあった。

低く連らなった周辺の山々が、紅葉で半分ほど染まっている。このへんの山は小さいので、那智の山とちがって檜や杉を植林したりせず、雑木のまま放置してあるらしい。

「けれど、山は雑木がいいです。ホラ、見てやってください。いくら眺めていても見飽きがしないでしょ。あれが美ですよ。植林なんかしたらもういかん」

彼はこうもいった。

「山は山らしく、在るべきようになってますからね。ここに住めて幸福ですよ。今の目標は、働いて、あの家と敷地を買いとることです――」

花も実もある70代

昭和56（1981）年3月

小森《こもり》和子《かずこ》
（映画評論家）

映画批評という職業に入ってもう31年、まったく〝光陰矢の如し〟って感じ。

小学生時代に〝活動写真〟なるものと遭遇。もちろんラジオもテレビもなく、蓄音器でやっと西洋音楽が聴けたくらいの当時（大正初め）、チャップリンや、たしかバスター・キートンなど、西洋人が面白おかしく活動する（もちろん色なし音なし）のに、大いにおどろき、すっかり魅了されたらしい。

そこで、もっと見たいと願ったのが、早く自分で働こうの発心《ほっしん》にもなった。だって年に1、2回の〝ニコニコ大会〟（今様にいうならチビッコ大会で、短篇喜劇特集）しか見せられず、だが学校帰りに廻り道して、その映画館（赤坂溜池にあった葵館）の看板を見ると、美男美女が出てて、テモ面白げなのがいろいろあるのに、親は「まだダメ」とお金をくれんので、自分で入手法を考えたわけ。

だがそれ以前に、一念が神に通じてか〝救いの神〟が現れた。あまり風采はあがらぬオジサンだったけど、毎日来て看板ばかり見てる私を哀れに思ってか、モギリ（入場券をモギル）嬢に紹介してくれ、以来私はカオになった。このオジサンが、今は亡き話術の大家で、当時は葵館の主席・弁士（サイレントの活動写真をせりふ入りで解説する）をしておられた徳川夢声氏、とは後年知った。

やがてサイレントがトーキー（今の映画の前身）となり、画面から好きなスターの声、言葉も聴けるようになると、魅力倍増と共に英語勉強にはコレが最適とばかり、学校より映画館に精勤。あやうく退校（東京府立第三高女、現・駒場高校）されかけたほど。

それほど好きな映画ではあったけど、まさかその映画の道で生計が立てられよう、などとは、てんで夢想だもしなかった。

ただ映画見たさの一心から、当時（昭和初め）は女学校を出たらお嫁にゆくのが常識だったのに、早く働こういちず。婦人公論をふりだし（ここの見習い期間中に菊池寛先生のご親切に甘えたのがモトでクビ）に、単身神戸へ出奔。外人商社で働いた10年間も、映画はいつも心のよりどころであった。

戦争で外人商社は引き揚げ。失業した私に奇特にもプロポーズした小森サンと結婚。戦後、家計のタシにもとお子さま相手の英会話教授するうち、翻訳仕事もいただいたのが何と映画記事で、当時（昭和21年）は映画誌の編集長でいらした淀川長治先生と遭遇。

神戸育ちの先生が、私の映画館通いを見知っておられたおかげで、映画批評のお手引を受けた。この時、初めて映画批評なる職業の存在を知り、大難事と思ったけど、タダで映画がふんだんに見られるのが魅力でやりだしたのは、まさに〝40の手習い〟。で、あまりに熱中してか、人妻業は8年後クビになった。このショックから救出されたのも映画。

他人さまが苦労して作る映画を、ツベコベ勝手に書いたり喋ったりするけど、淀川先生が「作る側には意があっても、経費や時間の制限で力足らずになる場合もあるのだから、そこも思慮して批評するよう」といわれた訓《おし》え、思いやり心は、今も忘れぬつもりだ。

先生が解説されてるテレビの〝日曜洋画劇場〟の『シンデレラ』の皇太后の吹き替えをやったのは、この役のイディス・エバンスは87歳の老女優ながら現役で私も好きだったのと、これが遺作だったこともある。が、私の〝何でもやってみよう〟信条と、批評する仕事の中にも、ひとつぐらい自分でやってみるのも参考になろう、と思ったから。

それに現場へゆくと、吹き替え担当ディレクターが、私の部分だけ先どり録音で、他の声優さんたちには迷惑をかけずにすむ、という配慮がされていたのもありがたかった。

吹き替えをやったんだから「こんどは出演を。それも台詞はふた言だけでごくごくカンタン」といわれ、テレビドラマの『ミセスとぼくとセニョールと』に出たのは、〝電光石火〟的出演ながら、大きに参考になった。

ホンのチョイですむものと疲れた講演先から廻ったけど、まず前の場面の撮りから新たなセットを組む間と、この待ち時間が私にはたいへん。でもその間も他人の芝居をジッと見たり、自分の台詞を練習したり、などは外国映画の撮影中でも見なれた風景だけど、自分がチョイでも出演ではハイサイナラとはいかない。

さて、やっと始まったが〝聖子ちゃん〟役女優が私に「ママン」というタイミングと感じで、最初の「聖子ちゃん」はたしなめ的。2度目は母娘共にガックリ、テナ感じを出す。しかもこれは喜劇調なんで、適当にオーバー演技も必要。で、私にはテモ難技。

でもこの間にも、役者とは、まず恥かしいとかテレとかの感情を、根っから忘れた人。もしくは、それを役者根性で断然克服できる人。でなけりゃ出来ぬ職業と実感……等々いろいろ学び、今後の参考にもなると思った。

〝1億総タレント〟とは、もういい古された言葉だけど、おそまきながら人生なんでもやってみようと、やってみてよかったと想う。と同時に、やりたい意欲はモリモリ湧いてきた。これも映画でいろんな人生を見てきたおかげ。でも71歳じゃ、実現は疑問じゃ、だ。

花の中年族は、よろずに奮起せられよ！　だ。

楠

昭和56（1981）年9月

向田邦子《むこうだくにこ》（作家）

私の書くものには、滅多に木が出てこない。

テレビ・ドラマの場合、植木一本も製作費にひびくからである。

十二、三年前に「北条政子」という時代劇の脚本を書いた。政子が婚礼の夜、嵐をついて頼朝のもとへ駆落ちをする。伊豆の山道をセットで組んだわけだが、そのときの植木代は、当時駆け出しだった私の脚本料と同額であった。

別に根にもったわけでもないのだが、随筆に手を染め小説を手がけるようになっても、つまり何百本出そうと無料であるにもかかわらず、木を出さない癖は変らなかった。テレビ・ドラマを書き過ぎたせいだな、と思い、貧乏性だなと自分を嗤《わら》っていた。

原因がほかにあることを思い知らされたのは、四十年ぶりに鹿児島へ帰り、同窓会に出たときである。

帰ったと書いたが、鹿児島は故郷ではない。父の転勤について、小学校五年六年の二年を過しただけである。思春期の入口に差しかかっていたせいか、土地の人によくしてもらった記憶と重なって、自分では「故郷もどき」と思っていた。

机をならべたお河童《かっぱ》にセーラー服の女の子は、白髪染めのはなしをする年になっていた。師範を出たての美青年でいらした上門三郎《かみかどさぶろう》先生も七十近いお年である。

その席で、Tという級友が、先生に頭を下げて頼みごとをしていた。

「先生、近く孫が生れますので、また一本お願いします」

「そうか。今度は何にするかなあ」

「長男のときが松で、長女が桜、次女が梅でしたからねえ」

「いいのを考えておこう」

彼女は、息子が生れ娘が生れると、先生に植樹をして頂いていた。見上げるような大木になっていると聞いたとき、私は涙がこぼれそうになった。

自分の持っていなかったものがはっきりと見えてきた。

父の職業のせいで、生れたときから社宅暮しであった。しかも、三年たつと転勤しなくてはならない。

庭があり植木はあっても、それは会社の庭であり、自分のうちの木ではなかった。枝を傷《いた》めたり枯らさないように気は遣っても、すぐ別れると思うと育てる愛着は湧《わ》かなかった。

父は植木好きだったが、丹精していたのはひと夏限りの朝顔ぐらいである。

私は、鹿児島にいた時分、台湾から送ってもらって食べた、パパイヤの種子をひそかに庭に埋めたことがある。万一、芽が出ても、この実は食べられないな、と思った覚えがある。パパイヤは芽を出さなかった。

木を書かなかったのではなく、書けなかったのだ。常識程度のことは知っていても、葉のそよぎや匂いや季節の移り変りがからだのなかにない。育ってゆくものを朝晩眺める視線が私の暮しにはなかった。私のなかに木は生えていなかったのである。

木だけではない。

「山川草木」すべてがないのである。「転荒涼《うたた》」は、私の気持のことかも知れない。

野呂邦暢氏の作品に惹《ひ》かれたのは、私の持っていないものがみっちりとつまっているからであろう。「落城記」は、野呂氏の故郷諫早《いさはや》を舞台に、逃げれば逃げられるにもかかわらず、城と運命を共にする城主の娘の物語である。

文中に、本丸の横にある樹齢千年の楠が出てくる。

「父上が腹を召され、わたしがこと切れ、いま城内でがつがつと焼味噌つき握り飯をむさぼり食っているすべての侍足軽が死に絶えようと、大楠は朝日と夕日に輝くのである」（大意）

わたしは死んでもこの世から居なくはならない。私は楠である、と、主人公の娘に言わせている。

テレビ化させてくださいとお願いをした。快諾をいただいて一週間目に、野呂氏は急逝《きゅうせい》された。四十二の若さであった。

私は生れてはじめて、テレビ局へ企画を持ち込んだ。我ながらどうかしていると思うほど、本業そっちのけで夢中になった。

一回忌を過ぎた頃、「わが愛の城」という題名で十月一日放送と決り、関係者揃《そろ》って諫早へシナリオ・ハンティングに出かけた。

高城跡に、大楠はそびえていた。見たこともない大きさだった。どんな高層ビルもかなわない迫力があった。それでいておだやかで、あたたかい。

故郷も持たず、抱きついて泣く木を持つこともなく過ぎた人間にとって、妬《ねた》ましくなるほどであった。私はこういう形で、仲間に入れてもらいたかったのだなと、やっと自分の気持に納得がいった。

お札と縁遠かった漱石

昭和56（1981）年9月

松《まつ》岡《おか》筆《ふで》子《こ》
（夏目漱石長女）

　父の顔が千円札に登場するといいます。なんだかピンときません。というのも生前の父の暮らしぶりがお札《さつ》と縁の深いものだったとは思えないからです。

　売れっ子作家といったら、長者番付の上位にランクされ、宏壮な邸宅を構え運転手つきの高級車にお乗りになり、夏は軽井沢の別荘で執筆をなさるという優雅な生活が連想される昨今ですが、明治時代に一般に人々が小説家に抱いたイメージときたら、裏長屋の一室で破れ障子を背にして顔色の冴《さ》えない男が、ゴホンゴホンと咳《せき》をしながら執筆している姿でした。

　倖《さいわ》い父は物書きである以前から教師という定職を持っていましたから、破れ障子の裏長屋よりはましな暮らしをしておりましたが、小説家になってかなり名が売れてからも持ち家を買う余裕などなく、一生借家住いでした。初めての小説「猫」を書いた千駄木の家も、次に越した西片町の家も、亡くなる迄《まで》住んでいた早稲田南町の家も、住宅事情が違いますから現在の基準からいけばかなり宏《ひろ》いのでしょうが、当時としては極《ご》くありきたりの質素な借家に過ぎません。今流に直せばさしずめ2DKか3

DKの公団アパートと云ったところでしょうか。

お風呂《ふろ》と電話は当時は相当なお金持しか持つことができませんでした。我が家でもお風呂ができたのは父がもう晩年になってからだったと思います。それまではずっと銭湯に通っておりました。初めて我が家でお風呂を沸かした日、家風呂の入り心地はどんなものかと皆が期待して見守る中、さっそうと一番湯に入った父が「ウヘー、冷い!」と素裸で飛び出してきたのです。誰一人お湯をかきまわしてから入るということを知らなかったものですから、表面の湯加減だけをみて、底の方は水同然のお風呂に父は入ってしまったのでした。

電話は父が亡くなるまで家にとりつけることはありませんでした。電話もタクシーもないのですから、母の陣痛が始まるといつも父が大あわてでお産婆さんを呼びに行ったのですが、三番目の妹愛子が生れた時は間に合わず、父自らの手で取り上げました。それはそれは大騒ぎであったことを思い出します。

私も相当な年齢に達しても胸がどきどきして、電話をかけることができませんでした。母の妹達は二人とも富裕な家に嫁いでおりましたから、私達姉妹には叔母や従姉妹《いとこ》達が自分達とは住む世界の違う〝お金持〟に映り、叔母達の態度や言葉の端々に私達家族に対する憐《あわ》れみや侮りを感じたものです。

ある日私とすぐ下の妹恒子が横浜の叔母の家を訪ねた時のことです。この叔母は当時、横浜一、二を競うと云われた大きな貿易商に嫁いでいました。その叔母が「あんた達、どうせ電話なんかかけられないでしょう。もしかけたら御褒美にゆかたを買ってあげるわよ」というのです。私を先頭に二歳おきに七人の子供が生れた我が家では、ゆかた一枚だっておいそれと新調してもらえる余裕がありません。このチャンスに何とかゆかたをものにしたいと思ったのですが、どうしても電話をかける勇気がないのです。これが女学校四年、今の高校一年の時だったのですから情なくなります。妹はゆかた欲しさ一心から、全身汗だくになり、震えながらとうとう電話をかけてしまい、絶対かけられないとたかをくくっていた叔母を悔しがらせました。

衣服のことと云えば、毎晩遅くまで薄暗いランプの明りで縫いものをしていた母の姿が目に浮びます。今のようにブラ下りの子供服や普段着が容易に買える時代ではなく、父から腕白盛りの弟達まで一家九人が、夏は単《ひとえ》、春秋は袷《あわせ》、冬は綿入れと和服を着用しており、特別のよそゆきでもない限り、仕立屋さんに頼むということもなかったので、母も大変だったと思います。

住と衣がこの程度でしたから食の方もたかがしれています。たまに洋菓子の到来物などもあったのですが、シュークリームやバナナなどはひどくハイカラな食物で、洋行帰りのお父様が召し上るものと相場が決っておりまして、私達の口には殆《ほとん》ど入りませんでした。父の朝食は早くから紅茶にトーストでしたが、父の残したトーストの耳を妹と奪い合って食べたりしたものでした。夜は一汁一菜に漬物という献立で、その一菜には一日おきに魚と肉が料理されて出てきました。私の母は何によらず大変大ざっぱで、時間をかけて材料を吟味して美味《おい》しい料理を作るという細やかさに欠けた人でしたから、食卓は味気ないものでした。お昼のお弁当には大体前の晩の残り物とか、その朝簡単に作れるものが入っていましたが、毎朝四つも五つもつくるお弁当に一人一人の好みを反映させる手間暇や余裕など母にはありませんでしたから、おかずは一品で一律でした。私はさつまいもの天ぷらや煮たかぼちゃが嫌いで、そんなおかずの時はそれを出して、沢庵《たくあん》だけをつめていくしかありませんでした。

稀《まれ》には父が子供達を音楽会に連れて行ってくれたり、その帰りに洋食を御馳走してくれたりしたこともありましたから、これは当時としてはかなり文化的な贅沢《ぜいたく》だったのかもしれません。しかし父が耐えず懐具合を気にし、母が楽でない家計をやりくりしていたのは事実で、我が家の生活は極く庶民的だったと言えましょう。

高額紙幣と云っても貨幣価値が下落し、すっかり使い出が無くなってしまった千円札に特に父が選ばれたということは、お札とは縁遠い一生を送っただけに、父にとっては案外ふさわしいことかもしれません。

妖怪さま

昭和57(1982)年1月

水木《みずき》しげる
(漫画家)

妖怪《ようかい》というものは、いかがわしく、とらえどころのないものである。逃げやすく、つかみにくい、そんなもののもともといないのではないか、という人もあるが、いないとも言いきれない。なにかいるのだ、古代の人が、カミとかヌシとか呼んでいたものと同じような種類のものではないかと思うのだが、それすらも、はっきりした話ではない。

妖怪を感ずるか、感じないかは、もって生れた〝妖怪感度〟ともいうべきものによると思うのだが、感度の高い人と低い人とがあるような気がする。

ぼくが妖怪とつきあうようになったのは、四、五歳の頃からだと思うが、今から考えると、妖怪とつきあったというよりも、むしろ妖怪に愛された、という感じで、知らない間に幼少の頃から、かなり深入りしていた。近所の妖怪好きの、ばあさんに教えられたわけだが、小学校に入るまでに、四十ばかり知っていた。

従って、世界はこの世の外に、もう一つの世界、即ち不思議な世界があって、学校に入れば、そういう世界を教えてもらえると思っていた。

ところが、この世のことばかりでガッカリしたが、先生とか先輩に、お化けの話を質問したりすると「バカだ」といわれるので、世の中ってヘンだなアと思っていた。

妖怪というと、よくお岩の幽霊なんかまで仲間に入れられて気味悪がる人もいるが、お岩は幽霊であって妖怪ではない、妖怪とは「河童《かっぱ》」とか「海坊主」とか「牛鬼《うしおに》」とかいったもので、こわいけれども、どことなく愛嬌《あいきょう》のあるものだ。

長じて戦争に行ったが、南方のジャングルに、まだ形がしかと確められないが、妖怪めいたものが、うようよいるので、ぼくは妖怪というのは日本だけのものではないと感じた。土人に妖怪の話をすると、ビックリするほど、感度がよくておどろいた。

日本にかえって、紙芝居をかいていたが、普通の紙芝居は居眠りしたくなるのだが、どうしたわけか、お化けが出てくると、ふるい立つというのか、わけのわからない力が作用するのだろう、自分でも分らない位元気が出た。

従って、貸本マンガや雑誌マンガに転じても、どうしても話がお化けの方に行ってしまう。

山野とか古い家なぞに、もやもやとうごめいて、形の定かでないもの、そういったものに、ぼくは古い本を調べたり、自分で考えたりして形を作っていったわけだが、作ってゆく度に、闇《やみ》にうごめいていたものが一つずつ解明されるような気持で、いつも、一匹発見するごとに、

「なんだお前だったのか」

と、つい一人言をいってしまうわけだが、形にすることによって、しかとつかまえた気持になるからおかしなものだ。

いや、それほど、つかみにくいもののようでもある。

「河童」の伝承にしても、必ずしも形がある場合だけでなく、ない場合もある、というようなことは、よくその間《かん》の事情を表している。

よくお化けの催物で、死んだり、事故にあったりする人がいる。

四、五年前だったが、三、四人たてつづけにお化けに関係した人が亡くなったことがあった。

ぼくも関係していたから、

「大丈夫かなア」と家族に云うと、「お父ちゃんは、大丈夫だ」と子供がいう。

「どうしてだ」というと、

「だって、お化けの仲間だもん」

なるほど、そういわれてみると、ぼくは、お化けを否定したりする人がいると、意味もなくイカリがこみ上げてきたりする。

知らない間に、子供たちがいうように〝仲間〟になっていたのかもしれない。

妖怪側としても、意味もなく誰にも知られずに山野にいるのは面白くないらしく、なんとなくその存在を知ってもらいたいらしい。

そのためにも、人間を一人飼っておく必要があるのだろう。

考えてみると、いろいろ幸運をさずけてもらったり、経済的なことにまで、いろいろ気を使ってもらったりしているようだ。

よく交通事故などで、同じ場所で同じ家族が死んだりする新聞記事をみて、ぼくはいつも〝運命〟の不思議さを感ずるのだが、たしかに、人の運命は、自分一人で作るわけでもなく背後になにかいるように思う。

妖怪は、ぼくにとっては〝妖怪さま〟であり、守り神でもあるようだ。

よく飼猫に食わしてもらった話をきいたことがあるが、妖怪に食わしてもらうという話は、ぼくが最初にして最後かもしれない。

九年目の客

昭和57（1982）年2月

江國《えくに》滋《しげる》
（随筆家）

父が死んで九年たつ。

満でかぞえて八十五で死んだのだから、年に不足は全然ないのだが、ただ、死にぎわが、ヘタというのか不器用というのか、実にうまくなかった。とくに、母がぽっくり先に逝《い》ったあとの、おしまいの一年間は、老耄《ろうもう》無慚《むざん》という日々が連続して、見るに耐えなかった。

母が死んで、すぐに私の家に引取ったのだけれども、ウサギ小屋同然のせまいわが家には、前々から別口の年寄りがいて、別口の、それも異性の年寄りなので、年寄りといえども同室させるわけにはいかない。物だの人間だのを配置換えして、やっとのことで一部屋をあてがうことができた。

ほっとしたのもつかのま、老耄の度合いが急速に進行して、どうにも手に負えなくなった。医師が親身になって相談にのってくれたものの、受入れてくれる病院はないだろうと言い渡された。病院にも嫌われる病人にふりまわされて、まだ小さかった二人の娘も含めて家じゅうへとへとになった。捻《ねん》出《しゅつ》した一部屋というのは、もともと必要な居住部分だったのだから、長期戦ということになると、いろいろの面で無理が出てくる。このままでは、病人が消滅する前に一家が崩壊する。

よんどころなく、猫のひたいほどの庭をつぶして病間を建て増しした。はじめから建蔽率《けんぺいりつ》無視の粗悪な建売り住宅に、病人ともども、住んだままで一間ふやそうというのだから、その間のどさくさは、思いだしてもぞっとする。

突貫工事で、どうにか出来上った新しい病間に一週間寝て、父は死んだ。

だから、結果的には建てても建てなくても同じことだったというふうには思わない。あそこで建て増しに踏み切っていなかったら、まちがいなく一家は崩壊していただろう。工事がはじまって、これさえ完成すれば状況がいくらかましになる、という思いが唯一の支えになったことと、思いだしてもぞっとすると書いた工事中のどさくさのおかげで、苦労が病人と工事の両方向に分散されたことで、かろうじて持ちこたえることができたのだと思う。

庭がなくなって、それで部屋が一つふえて、人間が一人へったのだから、いっぺんにひろびろしたかというと、決してそんなことはないのであって、こうなる以前から窮屈な住み方を余儀なくされていたのだから、いってみれば、満員電車から一人おりただけのようなものである。

そこへもってきて、ちょうどそういう年まわりにさしかかっていたとみえて、田舎から親戚《しんせき》の甥《おい》だの姪《めい》だの何だかよくわからないのだのが、順ぐりに東京の大学に入って、つぎつぎにその部屋に住んだり泊まり込んだりしては卒業していった。卒業して、就職して、退職して、結婚して、子供も出来た姪もいる。

あっというまの九年間だったが、一段落してみると、九年という歳月はやっぱり長い。父を見送ったとき木の香が匂うようだったあの部屋も、もうぼろぼろである。

ぼろぼろになったその部屋で、ぼんやり炬燵《こたつ》にあたっていたら、チャイムが鳴って、出てみると見知らぬ二人づれの男が玄関に立っている。ねずみ色の洋服を着て、地味なネクタイをつけた二人は、そろって腰が低く、あたりがやわらかい人物で、人の顔を見るなり、にっこり笑って、建物の件で伺った、といいだしたので、てっきり不動産屋のセールスマンだと思ったぐらいである。土地も別荘もマンションも買う気はないよ、といおうとしたら、またにこにこ笑っていう。

「お宅は前に増築をなさいましたね。届けてないでしょ。都税事務所から来ました」

売りに来たのではなくて、取りに来たのだった。区の都税事務所の、どうやらGメンみたいな係りらしい。

いわれてみると、九年前のあのときは、看病と、突貫工事と、すぐそのあとの葬式とで手一杯だったから、届けのことなんかまるで念頭になかった。

「では、ちょっとお邪魔します」

丁重に頭をさげて、上って、部屋を見て、紙に何かを書きこんで、いずれ納税通知書がとどくからよろしく、何年度分までさかのぼって徴収することになっていますので、と言い残して二人は帰って行った。

何日かたって、固定資産価格等修正通知書というハガキが舞い込み、追いかけて、納税通知書が届いた。むろんたいした金額ではないが、何年分にもさかのぼっている上に、それぞれに延滞金がついてほぼ倍づけになっているので、合算してみると、ぎょっとする額になった。

不服があったら三十日以内に文書をもって申し出ろ、と書いてあるけれども、その気はない。申告をしなかったのが悪いのだから、ぎょっとしたからといって、税務署を恨む筋合いはない。

だから恨みはしない。しないけれども、九年もたったいまごろになってこういうことになるのが、何となくおもしろくない。

十年ひと昔。死刑相当の殺人だって十五年で時効、無期懲役相当の殺しで十年、強盗、強姦《ごうかん》で七年、三億円強奪したって七年ではないか。九年前の、やむにやまれぬ病間一つに時効はないのか。

あのときは、建て増しをするよりほかに方策がなかった。そうしなければ一家の破滅は目にみえていた。だとすれば、あれは緊急避難の行為であった。九年前の緊急避難の行為に、刑法は目をつぶっても、税法は目をつぶらないらしい。

それより何より、なんでいまごろGメンがやってきたのかという、そっちのほうが気になっていけない。タレコミでもあったのか、と思わざるをえないところだが、タレこまれるようなあこぎなふるまいも、人に恨みを買うような悪業も、あいにく、覚えがない。

遠野物語拾遺

昭和58（1983）年5月

金田《きんだ》一春彦《いちはるひこ》
（上智大学教授）

『遠野物語』は、数多い柳田国男翁の著作の中でも名著の評判の高いものである。私もその序文からはじめて、山男・河童・オシラサマ・座敷童子《わらし》……と読み進んで行って、思わず夜をふかしたことが何度あったかわからない。が、『遠野物語』は私にとって一つだけ物足りないところがある。セックスに関する下《しも》がかった話が皆無な点である。

私たちが地方の農村・山村へ入って村の翁媼《おうおう》から話を聞く。幾つか本格的な昔話が終ると、当然のように艶笑談に入る。それは天馬空を行く明朗なもので、聞くもの一同声をあげて笑いこけ、まことに健康な風景である。遠野郷にも、当然そういうものがあってよいはずなのに、『遠野物語』にそういうものが一つも採録されていないのはなぜであろうか。遠野というところは、みな江戸時代の儒学者のような堅い人ばかり住んでいて、そういう話を語らないのだろうか。

私は永い間そういう疑問をいだいていたが、先年はじめて遠野の町に足を踏み入れる機会があった。『遠野物語』の舞台にふさわしい、古色をたたえた美しい里であることを知って喜んだ。柳田翁が

「高処より展望すれば、早稲正に熟し、晩稲は花盛りにして、水は悉《ことごと》く落ちて川に在り。……」以下の美文章に綴《つづ》った地点だというところに立った時は感動した。が、私はここへ来て遠野市の観光協会の会長の福田八郎さんという人に逢《あ》えたのは幸せだった。福田さんは以前ここで中学校の校長先生もやったことのある人で、遠野の民俗については滅法詳しい。『遠野物語』の内容を柳田翁に語ったという、佐々木喜善氏とも生前親しく交際していたとかで、よく知っている。私は逢うや早速この疑問を福田さんにぶつけてみた。

福田さんの答えは明快だった。遠野にもそういう下がかった話はたくさんあるのである。佐々木さんは、そういう話も、柳田翁の家を訪問した時に、翁に向かってしたのだそうだ。ところが翁は、顔をしかめて笑いもせずに聞いている。そうして二つ目の話に入ろうとしたときに、そんな話は聞きたくないと断ったのだそうだ。『遠野物語』にエロ話が載っていないのは、そういう事情だという。江戸時代の儒学者は柳田翁の方だった。

とすると、ここに柳田翁が顔をしかめたという遠野の艶笑談を記録しておくのも有意義ではなかろうか。福田さんによると、それはこんな話だったという。

爺と婆が二人だけで暮らしていたが、爺の方は完全な聾になってしまっていたので、よその人との交渉はすべて婆の方が行ない、婆は爺に対しては、すべて身振りで用を弁じていたという。

ある時婆は持っている山の木を一本売って金にかえた。爺がそれを知り、

「誰に売った?」

と尋ねた。と、婆は自分のはいているモンペの股《また》の部分を指さし、今度は立って尻《しり》を後に突き出して、両手でそこから風が吹き出るしぐさをした。爺は、

「フン、又平か。それは何の木だった？」

と尋ねた。婆は今度は自分のモンペの中に片手をつっこみ、毛を二三本引きぬいて、あたっている炉の中にくべた。爺は、

「そうか。ケヤキの木か（筆者思う。何というすばらしい勘！）。それを幾らで売った」

と尋ねた。婆は、指を二本立てて、爺の股間《こかん》を指さした。爺は、それを見て、

「金二両か。やすすぎたじゃないか」

と言った。と、婆はまた立上ってモンペをおろし、自分の尻のあなを指さした。と爺は、

「フシアナがあったか。それでは仕方なかんべな」

と言ったという。

婆さんは立ったり座ったりでまことに御苦労であるが、爺さんは笑いもせずに聞き入っている様子でまことにほほえましい。

福田さんは、佐々木喜善さんはこの話は話さなかったそうだがと断って同じような話をあと二つ三つ聞かせてくれた。遠野の里に住む人たちも、私たちと同じような健康で明朗な人たちであることがわかって私は大変嬉しかった。

私の学歴

昭和59（1984）年4月

吉村昭《よしむらあきら》（作家）

私の著書の後尾などにある略歴欄には、大学中退と記されている。五十歳以上の小説家には大学を中退した人がかなりいるようだ。それぞれ理由はあったにちがいないが、私の場合は、大病をした後で体の衰弱が旧に復さず、それに両親がすでに死亡していたので学費がつづかなかったからである。

小説家には学歴など必要なく、まさに学歴不問、である。すぐれた作品を書くかどうかがすべてで、その他のことは一切関係ない。私も小説家の世界に入ってから、自分の学歴など意識することはなくなった。

それでも、社会とのふれ合いで、あらためて自分の学歴を思うことはある。

講演を頼まれて話をする前、聴衆の方たちに対して講師としての私の紹介がある。時として、紹介者が、大学中退と言わず、「大学をおえ」という言葉を口にすることがある。おえ、とは卒《お》えで、事実と異る。それで、話の冒頭で、卒業ではなく中退です、と誤解されぬように言う。おそらく紹介者は、中退と言ってはさしさわりがあるとでも思うのだろうが、小説家である私には、そのような思いやりは無用なのである。

数年前、中退した大学からの依頼をうけ、学長や教授たちと地方へ講演旅行に行った。大学の全卒業者で組織されている校友会の主催で、私は、その大学に籍をおいたことのある小説家として招かれたのである。

その旅の車中で、学長、教授、理事たちが校友会の催しなどについて雑談していたが、私にはなんのことやらわからない。それに気づいた理事の一人が、

「催しの通知をお読みになっていないのですか」

と、いぶかしそうにたずねた。

私が、通知など郵送されてきたことがない、と答えると、理事が急に思いついたらしく、

「中退でしたね」

と、甲高《かんだか》い声で言った。

私も、ようやく事情がのみこめた。中途退学者である私には、その会の会員資格はなく、むろん卒業者名簿にも記載されていない。そのような私が、校友会主催の講演会に招かれ、大学の最高責任者である学長たちと講演をするとは、考えてみれば奇妙である。が、これも小説家に学歴不問ということが認められている証拠で、いい気分であった。

自分では、大学中退という学歴になんの感慨もないが、時に中途半端な学歴なのだと思うこともある。私は、旧制中学を卒業し、終戦後、私立の旧制高校に入学した。が、八カ月間在籍しただけで発病。病いがいえた後に学制改革でその高校が昇格した大学に入り、三年後に中途退学している。つまり、まちがいなく卒業したのは旧制中学だけで、旧制高校も大学も中退なのである。

社会的に私の学歴がどのようなものであるかをはっきり知ったのは、四年前におこなわれた国勢調査の折であった。

子供連れの主婦のかたが家に来て、調査表を置いていった。

家長として当然、正確に書く義務があり、各項目について記していった。

家族の学歴の欄があって、大学、短大、高校、中学校、小学校の各卒業、または在学中の該当部分に黒く太い線をひくようになっている。妻は短大、息子は大学、家事をしてくれているお手伝いさんは高校をそれぞれ卒業、娘は大学在学中で、その部分に線をひいた。

さて、私の場合、どこに線をひくべきか。注意書きを入念に読んで紙面を見つめた。中退という項目はなく、私の高校、大学中退の学歴をしめす手がかりが全くない。とすると、その調査表の上で私の学歴と言えるものは、中学校卒業だけになる。

私は、可笑《おか》しくもあり、冷厳な事実に厳粛な気持にもなって、中学校卒の部分に黒い線をひいた。

家庭内では、戸主として威張っていても、学歴に関するかぎり私が最も低い。

その調査表を見た妻は薄気味悪いほど笑い、私も笑った。数日後、再びやってきた主婦に、妻は、御苦労様です、と礼を言って調査表を渡した。

しかし、私には高校在籍の八カ月間、その後の病床にあった三年間、中退までの大学在籍の三年間が、最も貴重な歳月に思える。熱心に読書をし、ことに病床にあった時にはあれこれと考えることもした。国家からは正式に認められていないが、私の学歴はその期間にこそある。一般社会では、会社の入社試験資格にもあるように学歴が一つの目安になっているが、学校を卒業後、それをどのように生かすかどうかにその人のこの世に生をうけた意味がかかっている。学歴不用などという野暮なことは考えていないし、私も出来れば卒業もしたかったが、事情が許さなかったのだから仕方がない。私の場合、大学中退という学歴は公認されたものではなく、正確には中学卒としなければならないのだろう。

眼

昭和63（1988）年5月

松《まつ》本《もと》清《せい》張《ちょう》
（作家）

祖母は八十三歳で小倉で死んだ。三年前から眼がかすみはじめ、母が眼薬を差してやっても、また自分で点眼しても、見えなくなるばかりであった。近所の内科医が来て診て、これは癒らないと言った。完全に失明したのはその一年後で、老人性白内障であった。

その祖母の二年間は気の毒であった。若いときから苦労したひとだった。両親とも家業にかかりきりで人手がなかった。わたしは働きに出ている。祖母は奥の四畳半の部屋で手さぐりで終日もぞもぞしている。それでも母は祖母を便所へ連れて行き、銭湯には背負って通った。

いまだったら老人性白内障は手術でかんたんに癒るようになった。母は七十八歳で死んだが、晩年はやはり薄明の世界にあった。わたしの眼が弱いのは遺伝かもしれぬ。

数年前に亡くなった日本舞踊の大家は、危篤状態のときうわごとに「照明さん、もっと明るく」と言ったということである。舞台稽古が浮んでいたのであろう。ゲーテの「もっと光を」を思わせる話である。

六年前、わたしはとつぜん部屋に煙草の煙が立ちこめたような視覚に陥った。二日おいてまた眼の前に霧がかかった状態になり、こんどはその霧が容易に霽《は》れない。

あちこちの眼科医さんにかかって半年ぐらい経った。はかばかしくない。ある人の紹介で、原宿の井上眼科病院に行った。診断は、緑内障。手遅れ気味だと洋一院長に言われてショックだった。

老人性白内障ならば手術法の進歩で視力が回復する。緑内障は年齢にかかわりがなく罹る。眼房内の水の出口の孔のふさがりから眼圧が異常に上昇するのである。これがやがて失明につながる恐ろしい眼疾である。眼科医学の進歩した現在でも、緑内障は「一〇〇％治癒」の一歩手前で世界の臨床医が足踏みしているという。

しかし、それにしても近代科学のおかげで、塞がった孔をレーザーで開けて眼房内水を出やすくしてもらい、以来通院して検査してもらい、内服薬、点眼などで失明はまぬがれそうである。視力はやや落ちたが、これは年齢のせいもあって仕方がない。

失明したばあい、外国人がタイプを打つようにワープロが打てたらさぞ便利であろう。ただし、これはタイプのように文字の配列を若いときから覚えておかないと役に立つまいからわたしなどにはとうていできない。速記も無理である。あれは、文字の使い方をいちいち速記者に指定しなければならないので、エネルギーを費す。

「眼」のことに関連するのだが、殺人犯人の顔を最後に見ているのは被害者である。殺された人間の網膜には、加害者の顔が灼きついているはずだ。

死後それほど時間が経っていないうちに死体が発見されたばあい、直ちに死者の眼を剔出《てきしゅつ》して化学的処理を行なうとき、その網膜にあたかも現像液に浸したように加害者の顔の映像が浮び出るといった技術開発がなされないものか。ハイテクの現代、原理としてでもそれは成り立たないか、と科学に詳しい方面の人たちに聞いてみたら、みんな笑って首を振った。

眼に映るものは脳の後頭葉に送られる。脳が死ねば眼の映像も消失する。

けれども、高度技術も日進月歩、今日の技術が明日のそれではない。後頭葉を再生できる技術だって開発できないことはあるまい。素人の空想やヒントを実現させることから科学はまた進歩する。

そんなことを思っていると、また次にあらぬ空想が湧いたりする。

聖タマコガネ

昭和63(1988)年12月

安《あん》野《の》光《みつ》雅《まさ》(画家)

地図の中からアビニヨンを、そしてレ・ザングルの丘を探し、そこまで、聖タマコガネ、俗名フンコロガシを訪ねて行ったのは、五年前の夏だった。そこではカリフォルニヤのゴールドラッシュ時代のように、フンコロガシの山師たちが、血まなこになって金糞の山と格闘しているはずである。しかし事実はちがった。ファーブルがそこで彼等を見かけたのは百年近く前の話なのだ。金鉱は完全に掘りつくされ、公害の影響などもあって、山師たちはみんな飢死したか、それともどこかへ越していったのにちがいない。フンコロガシなんかその化石さえもありはしなかった。

「ファーブル昆虫記」の冒頭のフンコロガシの話はあまりにおもしろい。せっかく作った糞球を通りがかりのフンコロガシがやって来て、手伝うふりをし、チャンスを見て盗んで行くというのである。ケチな人間は「嘘だ、ファーブルは話を面白くしすぎている」と言って信用しなかったという。嘘か誠か、これが、この目で見ずにおれるものかと、フランスに行く度に機会をうかがっていたのだが、そのときも夏だった。レ・ザングルにいなくても、どこかにいそうなものだと、ファーブル博物館のテオッキ氏に聞いたところ、「わたしも見たことはない、ローヌ河の河口のカマルグ地方、ジプシー達が祭をする、サント・マリ・ド・ラ・メールまで行くと会えるかもしれない、それで駄目ならエジプトまで行くしかない」と言うことだった。

わたしは即座に、そのサント・マリ・ド・ラ・メールまで行った。果たせるかなその一帯は馬の放牧で有名なところだから、糞球の材料にはことかかない。ここならいそうなものだと、地面をはうようにして探したのだが、見つからなかったので、「絶滅だ、公害だ」と腹を立てて帰ってきた。

今年も行った、季節も同じで場所もたいして違わない。わたしは方法がまずかったらしい、カマルグ地方と言ってもいささか広い。訪ねて行くなら行くで相応の手土産が必要だったのだ。わたしを案内してくれた昆虫写真専門の海野はビニール袋いっぱいの馬糞をもって行った。

驚くなかれ、彼等は健在だった。考えてみれば、もし彼等がいなかったら、羊や牛などが沢山いるフランス大地は、今ごろ糞が地層をなしていたかもしれないのだ。

我々が例の土産をまくと、いかにも待っていたように、たちまち、二匹のフンコロガシが飛んできた。一匹は突然出現した糞山の麓に降りたち、金鉱のなかにもぐりこんだ、一匹は頂上にとりつき、休む間も無くせっせと糞球をつくりはじめた。たしかに後脚はうまく湾曲しコンパスの役目をしている。これで測りながら球を作るから、遠く離れて丸味の具合を調べたりしなくても、みるみるうちに球ができあがっていくのである。

潜ったやつは労働意欲を失ったらしい、一月かかっても処理しきれない糞山の中に安眠するのはどんなに幸せなことだろう。しかしそれではこちらが困るから木ぎれでほじりだして労働を強いた。彼はやっとその気になって糞球をつくりはじめたが、まだ半分もできないうちに、てっぺんのフンコロガシが仕上げた球もろとも転がり落ちて、下の怠け虫にどんとぶつかってしまった。下のフンコロガシは怒ったのか、天からぼたもちだと思ったのか、降ってきた球を奪いあって二匹がくんずほぐれつの喧嘩をはじめた。わたしは追突が故意でないことを知っているから、上のフンコロガシの所有権を認めるぞ、と思っているうちに喧嘩は終り、負けた方は退散して、勝った方はせっせと球を転がしはじめた。ただし見分けのつかぬ虫達だから、勝ったのがどちらの虫だったかわからなかった。

その球の大きさはアイスクリームくらいで、フンコロガシはスプーンに似ている。彼を人間にたとえると、われわれはざっと三畳一間に充満する糞球を転がすことになる。

田園は広い、転ばして降りればいいのにと思うが、なぜか坂を登るのである。ファーブルはシシュフォスの神話を持ちだすのだが、全く、あの神話の作り手はフンコロガシをヒントにしているのではないかと思うほどだ。彼は倒れては起き、落ちては登り、なぜそこでなくてはいけないのか判らないが、ともかく恰好の場所に落ち着き、球を傍に置いて、じぶんは地面に頭を半分つっこみ、そのまま前進する。つまりブルドーザーのようにして孔を掘る。これを球が入る広さになるまでなんども繰返し、ようやく球を入れ、少し掘り足すなどして土をかける。この糞球に産みつけられた卵はかえって球を食べて育つ。

わたしは神を信じない、では神でなくてだれがこのフンコロガシを造ったのだろう。

ああ、わたしは、ファーブルの記述の確かな自然を見た。その一匹を採集して帰ろうかと思ったがそれはやめた。なんだかおそれおおいような気になってしまったからである。

小説になる話ならぬ話

平成元（1989）年12月

津《つ》村《むら》節《せつ》子《こ》（作家）

小説を書いていると、いろいろな手紙を貰う。

作品の感想などは有難いが、作家志望の人から原稿が送られて来たりすると気が重くなってしまう。宅配便が発達したので、大長篇を段ボール箱で送り込まれることもあり、到底読んでいる暇がないので、同人雑誌に参加するか、懸賞に応募してみたらどうか、と手紙を添えて送り返す。その人にとって大事な原稿だから、紛失などしたら責任重大である。

自分の、あるいは知人の波乱に富んだ一代記を書いて欲しい、とか、こういう面白い話があるから、取材に来ればもっとくわしい話をして上げる、と言ってきたり、私の住んでいる町は大変美しく、小説の舞台にふさわしいと思うので、何日でもうちに滞在して興が湧《わ》いたら書いてくれ、という手紙を貰ったこともある。

手紙ばかりではなく、これは小説になると思うが、と話をしてくれる人もよくいるものだ。

一代記などは私などより丹念によくまとめる適任者がおられようし、私は実在の人物に興味がない。

小説になる、と聞かせて下さる話も、気持をそそられることは殆どない。その人の関心の持ち方、物の見方と、私とは異なるので、これはやむを得ないことである。

それより、さりげなく耳にした話を、その時は聞き流していたのが何となく記憶にひっかかっていて、それをヒントに小説を書くことがある。

例えば、友達の姑《しゅうとめ》さんは軍人の未亡人で、自分を大変厳しく律し、喜怒哀楽も表に出すことはなく、物ごとに動じない人だそうだが、ふとしたことから夫に愛人がいたことを知り、何十年も前に死んだ夫の位牌《いはい》を庭に叩《たた》きつけた、という。

また、バーの客同士が話をしていたのが聞えてきたのだが、男が家を出たまま帰らず、仕送りもなかった。男が愛人の家で死に、慌てた女が本妻に知らせてきたが、本妻はそんな男は知らぬ、と遺体を引き取ることを拒んだ。愛人は意地になって、・人で男の葬式を出した――。

長い身の上話を聞くより、こんな話の断片のほうが興味をそそられる。

これは知人から聞いた話だが、男が自殺をした。原因については誰もわからなかった。ただわかったことは、会社を大分前にやめていたこと、それなのに、毎日妻の作った弁当を持って、いつもと変らず家を出、そして、いつもと変らず帰宅していた、ということだ。

この男の死に至るまでの心理過程、自分の作った弁当を持って、会社へ行くように見せかけていた夫の突然の死に立ち向わされた妻の混乱――。人生の断面を見せられる思いだ。

耳にした話ばかりではなく、目にしたこともヒントになる。

新聞のカメラコンクールで、入選作品が並んでいる中に、黒衣を着た女の人が霊柩車のかたわらにひっそりと立っている写真があり、「女の葬儀屋」とタイトルがついていた。これなどは、ずいぶんイメージがひろがった。いくつかの死を短篇で書き、それを扱う女の葬儀屋を縦糸にして連ねるオムニバスの形にまとめた。

今でも思い出すのは電車の中で中年の女の人がしっかり抱いていた赤ん坊だ。

フリルのついたベビー帽をかぶり、白く長いシルクのベビー服を着た赤ん坊の顔を何げなくのぞき込むと、それは生きている赤ん坊ではなくて、人形であった。それも、ひどくリアルな、実物そっくりの人形であった。

若い娘が人形やぬいぐるみを抱いているのは見かけるが、中年の女性が本当の赤ん坊を抱くような抱き方で人形を抱き、ときどきゆすったりしているのは白昼夢を見ているようで、自分の眼を疑った。

第一、あんな人形をどこで売っているのだろう、と私はそれを探し始めた。ミルクを飲んでオシッコをしたり、ベビーフードを食べたり、手を引いてやると歩いたり、テープが胴体に仕込んであってお話をしたり、驚くほどいろいろな人形があることを知ったが、それらは大きな目と長い睫《まつげ》と小さな口をした、頭と軀《からだ》のバランスも本物とは違う人形らしい人形だった。

そして思いあたったのは、出産した時に病院で看護婦さんが赤ん坊の沐浴《もくよく》の練習に使っていた保育人形だった。

病院へ行って見せて貰うと、等身で手足が本物のように動き体重も新生児標準で、お湯が耳にはいらぬよう、耳たぶを指で押えてふさぐことも出来る。

あの女の人にとっては、人形ではなく、本物そっくりでなくてはならなかったのだ。

二十代から小説を書き始めて、原稿依頼は引き受けたものの、もう本当に書くことがない、と絶望的になることが何度もあった。それでもぎりぎり切羽詰まると、何とかしぼり出す。今まで書いて来たのだから必ず書ける、と自分に暗示をかけてどうやら今日まで書き続けてきたが、よく題材が切れなかったものだ。

悪魔のジージョ

平成3（1991）年9月

須《す》賀《が》敦《あつ》子《こ》
（上智大学教授）

もう三十年まえのことになるが、北イタリア、フリウリ地方の、チヴィダーレという小さな町のそばの、もと修道院だったというペンションに一週間ほど、夫と泊まったことがある。町に行くには、丘を降りて、ディーゼル鉄道に乗らなければならない。そんな不便な土地だったが、山で猟師が射止めたキジが食卓にのぼったり、その猟師が、台所で料理番のおばさんと話しこんでいるときの、こちらにはまったく通じない方言（この地方の言葉は、方言ではなくて、フリウリ語という独立した国語だといわれている）に驚いたりする、夢のような日々だった。

ある日の夕方、私たちは、ペンションの前の小さな庭に立って、眼下にひろがる平野が暮れていくのを見ていた。十一月も半ば過ぎていて、オーバーを通して、湿った寒気が肌を刺した。たぶん、私たちは町から帰ってきたばかりだったのだろう。夫は、ジージョと呼ばれる、ペンションの下働きの男と話していた。大きな黒い岩をおもわせる、北国にはめずらしく肌の色がくすんだ中年の男で、彼の話す方言は、すべて夫を介してイタリア語になおしてもらわないと、私にはちんぷんかんぷんであった。彼は、じぶんが、近所ではディアウルのジージョで知られている、と言ったそうである。ディアウルは、方言で悪魔のことだから、きつい綽名《あだな》だ。私は、彼が毛むくじゃらで、北のこの地方でも目立つほど背が高かったことから、子供たちが恐れて、そんな名をつけたのだと思ったが、そう言うと、夫はどういうわけか、わかるものか、という顔をした。どうしてよ、という私に、彼はただ肩をすくめるだけで、なんの説明もしてくれなかったが、かえってそのことが気になって、ずっとあとまで記憶にのこった。彼はジージョについての私が知らない情報を、もっていたのだろうか。それとも、なにか小説めいたことを、男について想像していたのだろうか。

さむざむと日が落ちて、平野が暗くなっていくころ、ジージョは、ずっとむこうにひくく連なる山の方向に、薄暮のなかで真っ黒に見えたがんじょうな手をさしのばして、向こうから来る、と言った。夕方になると、スラヴ人が山を降りてくる、というのである。たしか、肉を買いに来ると言ったように思う。山のむこうはユーゴスラヴィアで、肉が高いから、国境を越えて、イタリアにやってくる。スラーヴィ、という言葉に私は、なぜかぎょっとした。スラヴ人などというのは、それまで私にとって、遠いロシア人と同義語のような感覚だったのが、このイタリアに山を越えてやってくる、それも、食料の買出しに、というのがなんとも奇怪に聞こえたのだった。

国境を越えて食料の買出しというのは、それまでも、スイスとの国境の町で耳にしたことがあった。その場合は、むしろ、イタリア人が、値の安いコーヒーや砂糖、たばこなどを買いに国境を越えるのである。それにくらべて、スラヴ人が肉を買いにくるというジージョの話には、なにかいっきに中世にもどったような、怪しい雰囲気があった。凍った夕景色のせいだったのか。低音でぼそぼそと話す、悪魔のジージョの魔法にかかったのだろうか。しかも、彼らは夕方、日没を待って来るという。おそらくは、スイス国境での買出しのように、ゲーム気分で、国境警備員さえも本気で改めようとしないパスポートや身分証明書をひらつかせながらの出入国といった往来ではなくて、プロのヤミ商人が体を張った密輸入なのだろう。暗い山道を、ひょっとしたら血のしたたる肉の包みを小脇にかかえて走る、ジージョのように毛むくじゃらの大男の群れを想像して、私は息をのんだのだった。スラヴ人が来る、という言葉は、子供のころ、早く寝ないと、ゴットンさん（なんという、かわいらしい名の化物だろう）が来ますよ、と私たちをこわがらせた母のフレーズのように、まるで蛮族の襲来といった語感で私をおびえさせた。

最近、クロアチアとスロヴェニアが独立を一方的に宣言して、紛争がおきたという新聞のニュースで、地図を見て、私は初めて、三十年まえにジージョが言ったスラヴ人というのが、正確にはスロヴェニア人だったのだということに気づいた。スラヴという言葉は、英語のスレイヴ、奴隷、の語源でもある。イタリア語でも、奴隷はスキアーヴォで、語源はおなじだ。ヴェネツィア弁のスチャオが、私はあなたの奴隷ですという忠誠の表現の一部で、それが今日、親しいあいだで交される、チャオという挨拶《あいさつ》に変ったという話を聞いたことがある。どれも、むかし、この地方の人々がギリシアやローマの軍隊に捕えられて、奴隷にされた名残だともいわれる。

新聞のニュースになってみると、暗い山道を駆けおりてくるスラヴ人が、一瞬にしてスロヴェニア人と整理分類され、かつて聞いた戦慄《せんりつ》の走るような密輸入の話は、私のなかで、あっというまに神秘性を失って、なんということはない、ありふれた流通問題の変化球に早変りしてしまった。やはり、あのとき、私は悪魔のジージョに化かされていたのかもしれない。

泥棒に入られるの記

平成3（1991）年11月

井田《いだ》真木子《まきこ》
（ノンフィクション作家）

泥棒に入られた。

朝早く、ゴミを出そうとしたら窓がひとつ開いていた。戸締まりを忘れて寝たらしい。部屋を見回したとき、醒《さ》めきらない頭の隅を漠然とイヤな感じが往復した覚えがあるが、室内の様子は、とりたてて前夜とかわらないように見えた。

そのうち電話が鳴った。

知らない床屋の主人からで、店のゴミ箱に私の手帳の入った仕事カバンが捨ててあるという。そう言われて、ようやく、いつも置く椅子の上に、カバンがないことに気がついた。

あらま。盗られた。

カバンを受け取るために、床屋に向かって自転車を走らせているうち、さらにとんでもないことを思い出した。

昨夜、あのカバンの中には異常な大金が入っていたはずだ。出版社に出してもらった海外取材旅行経費が七十万円近くあった。留守中の生活費と諸方への送金分が三十万円。貯金にまわす予定が二十万円。七十と三十と二十は、百二十万円。

あらまっ。

盗難届けというものを出すのは初めてだ。

所轄警察に電話通報して数時間すると刑事が三人やってきた。

捜査は予想以上に簡単である。泥棒にはそれぞれ盗みのパターンが決まっているという。たとえば金を抜き取ったカバンを庭に置き去る。庭ではなく路上に捨てる。そのまま持っていく。こういうパターンはめったに変わらないので、捜査はおおむねパターンを確認する作業でおわる。かなりあっさりしたものだ。

対照的に煩瑣《はんさ》をきわめたのが調書の作成。戸締まりを忘れた窓から泥棒が入って金を盗ったという単純な構造の事件に対して、十種類を越える書類が作られるのには驚いた。書類には、家屋の見取り図があり、盗られた品物一品ごとの確認書、証拠物件の提供許諾書がある。妥当なものもあるが、ナマの事件をむりやり書類の形式に押し込もうとするので、おかしな項目も少なくない。

たとえば犯人の住所氏名を書き込む欄。

(それがわかれば、ね。)

犯行の動機について被害者が記入する欄。

(……金が欲しかったのでは?)

盗難時に飼いネコが鳴かなかったかとも聞かれた。鳴かなかったんじゃないでしょうか、そう答えた。

調書を取るのは婦警さんだ。二十六歳。人相も口調もあまり警官らしくない。

「盗難に気がついたときの状況ってのはあ、えーと、ゴミ袋をこう持ってえ、なにげに窓のほう見たんだ。そしたら、窓が開いてたとこういうことかなあ」

〝なにげに〟刑事は、企業でいえば雇均法二年生にあたる。杉並南署では十年ぶりの女性刑事の配属。

「なんか、私のまわりに女性の先輩っていなくて、オジサンまみれみたいな感じ。でも、オジサンって一生懸命に働くんですよねー。ほんと、男の職場って感じ。はたから見てると、けっこう面白くて」

警察の分野にも新人類はめざましく進出したようである。コトが盗難届けとはいえ、初めてのことをすると新発見があるものだ。

金を盗まれたという情報の伝播《でんぱ》力の大きさも、新しい発見だった。

盗難の記事は、翌日の新聞三紙に載った。妙な比較になるが、今年の四月に大宅賞を受けたときの記事より扱いが大きい。しかも、ちょっとした知り合いまでが、軒並みこの記事を読んでいて、金を盗られたという情報はすみやかに周知徹底した。記事を読んで初めて知ったんだけど、何だか、賞を取ったんだって？　そのうち数人がこう言った。

自分はきっと、〝百二十万円を盗られて、大宅賞も取った書き手〟として記憶されるに違いない。私は観念した。しかも、活字の種類になぞらえれば、〝百二十万円を盗られて〟の部分は、ゴシック20ポくらいの大文字。〝大宅賞も〟は、さしずめ明朝《みんちょう》8ポの小文字でかすんでしまうにきまっている。何かを手に入れるより奪われたほうが、はるかにニュース性が高いのだ。

とはいえ、いいこともあった。

隣家の奥さんが、記事を読んで拙著を一冊買い上げてくれた。いつも仏頂面をしている豆腐屋の主人が同情して笑いかけてくれた。

それから、〝なにげに〟刑事だ。

彼女は、事件後二回来訪して話し込んでいった。

「新聞とか出ちゃって、有名人してますね」

こう笑ったあと、彼女は真顔になって言う。

「でも、金額も大きいし、事件は新聞に出たし、自分が仕事してる実感ていうんですか、すごーくあるんですよ。なんか、そういうのって入署して初めての経験みたいな感じで」

……あらま。

そりゃ、よかった。

信長ぎらい

平成4(1992)年9月

藤《ふじ》沢《さわ》周《しゅう》平《へい》
(作家)

信長ブームだというが、もちろん私はそのことにケチをつける気持などこれっぽちもない。文芸の世界というものはどこかにはなやぎがあるべきで、信長ブームでこの世界がなんとなくにぎやかな感じがするのはうれしいことである。

しかし、である。ブームの背景にはいまの時代が世界的に既成の体制とか権威が崩壊したり弱体化したりして、先の見通しを得ることがきわめてむずかしくなったので、たとえば信長が持っていたすぐれた先見性、果敢な行動力といったものをもとめる空気があるのだという説を聞くと、さもあらんという気がする一方で、まてよという気分にならざるを得ない。

それというのも私は問われれば信長はきらいだと答える方なので、いくら世の中が閉塞状況だからといって、信長のような人がいまの世の指導者として乗り出してこられては、大いに困惑するのだ。

以下に信長ぎらいの理由を記してみよう。

戦中戦後の乱読時代の中で、和辻哲郎の「風土」と「鎖国」は私に強い印象を残した本だった。

「風土」のことはひとまず措《お》いて、この稿に関係がある「鎖国」のことを言うと、読み終ったときの感想は、織田信長がもっと長生きしていたら鎖国はなかったかも知れず、そうなれば太平洋戦争もあんな形の無残な負け方をせずに済んだのではなかったかというようなものだった。

少々飛躍した物の言い方のようだが、太平洋戦争と敗戦をもたらしたあの時代に支配的だった空気というものは、あとで考えれば近代国家としての後進性の産物としか思えない国の独善、世界に対する認識不足が主たる特色をなしていたとしか思えず、それはせんじつめれば徳川政権下二百三十年におよぶ閉鎖国家（オランダを窓口にして情報はとっていたとしても）としての在り方に原因を持つ欠陥ではなかったかと思われたのである。

ところで「鎖国」に登場する信長は、ヤソ教宣教師を媒介して接近してきた異文化、異国の存在に何の偏見も持たず、正確な理解を示して余裕があった。そのことは、信長を指導者とする当時の日本が、知性でも力でも西欧諸国とさほど遜色《そんしょく》なく肩をならべていたことを示すようでもあった。

見えてきたその風景は、敗戦でともすれば西欧に対する劣等感に取りつかれがちだった私を、大いに興奮させたものである。信長が長生きしていたらというのは、信長には世界と対等の国交をむすぶだけの器量もチャンスもあったと思われたことからうかんできた感想だった。そうなれば、鎖国による対外的な遅れは免れることが出来たろう。

そう思ったのだが、その単純な思い入れのまま二十年ほどが経って、やがて小説を書くようになった私は、あるとき創作の下調べで信長関係の資料を漁《あさ》っていた。ところがその結果、私の信長観は百八十度転回して、一人の信長ぎらいが誕生することになったのである。

嫌いになった理由はたくさんあるけれども、それをいちいち書く必要はなく、信長が行った殺戮《さつりく》ひとつをあげれば足りるように思う。

それはいかにも受けいれがたいものだったのだ。ここで言う殺戮は、もちろん正規の軍団同士の戦闘のことではない。僧俗三、四千人を殺したという叡山《えいざん》の焼討ち、投降した一向一揆《いっこういっき》の男女二万を城に押しこめて柵で囲み、外に逃げ出せないようにした上で焼き殺した長島の虐殺、有岡城の人質だった荒木一族の処分、とりわけ郎党、侍女など五百人余の奉公人を四軒の家に押しこめて焼き殺した虐殺などを指す。

虐殺されたのは、戦力的には無力な者たちだった。これをあえて殺した信長の側にも理屈はあっただろうが、私は根本のところに、もっと直接に殺戮に対する彼の好みが働いていたように思えてならない。たとえば後の越前一向一揆との戦いで、信長は京都にいる所司代村井貞勝に戦勝を知らせて、府中の町は死骸《しがい》ばかりで空きどころがない、見せたいほどだと書き送った。嗜虐《しぎゃく》的な性行が窺《うかが》える文章で、このへんでも私は、信長のえらさをかなり割引きたくなるのだ。

こうした殺戮を、戦国という時代のせいにすることは出来ないだろう。ナチス・ドイツによるユダヤ人大虐殺、カンボジアにおける自国民大虐殺。殺す者は、時代を問わずいつでも殺すのである。しかも信長にしろ、ヒットラーにしろ、あるいはカンボジア政府にしろ、無力な者を殺す行為をささえる理想、あるいは使命感といったものを持っていたと思われるところが厄介なところである。権力者にこういう出方をされては、庶民はたまったものではない。

冒頭にもどると、たとえ先行き不透明だろうと、人物払底だろうと、われわれは、民意を汲むことにつとめ、無力な者を虐げたりしない、われわれよりは少し賢い政府、指導者の舵《かじ》取りで暮らしたいものである。安易にこわもての英雄をもとめたりすると、とんでもないババを引きあてる可能性がある。

「作家は恋している」

平成4（1992）年10月

赤川次郎《あかがわじろう》（作家）

先日亡くなったイヴ・モンタンの十八番の一つに「指揮者は恋している」という歌がある。もっとも、これはモンタンの表情豊かなパフォーマンスと共に楽しまないと面白くない（ビデオで見ることができる）のだが、主役はさる高名なオーケストラのマエストロ。ベートーヴェンを振らせて右に出る者なし、という巨匠だが――この巨匠がある娘に一目惚《ぼ》れ。ところが困ったことに、この娘はクラシック音楽にまるで無関心。聞くのは専ら「波濤《はとう》を越えて」だけ、という始末。

相手にしてもらえずに悩んだ巨匠は、彼女のために「ベートーヴェン風、波濤を越えて」をコンサートで演奏、指揮者としての地位を全く失ってしまう。――今、彼はビアホールでたった六人のバンドを相手に「波濤を越えて」を、恋する彼女のために毎夜演奏している、でも彼は幸せなのだ。やっと恋する娘の心を手に入れられたのだから……。

――僕がこの歌を好きなのは、「たった一人の女性への愛」が、どんな偉大な芸術や名声よりも大切だ、という、「これこそフランス！」と叫びたくなる価値観を教えてくれるからである。日本の演歌との、何という大きな違い！

　僕は作家にしては（というのもおかしいが）、家族サービスをまめにしている方だと言われている。当の家族の評価は別であるが。

　家族の旅行、子供の学校の行事への参加、父母会の役員をつとめていること……。色々、それらしいことはあげることができる。もちろん楽でないときもある。

　前の晩から徹夜して小説誌の原稿を書き、ほとんど眠らずに子供の小学校の運動会に行って、夕方帰ってから翌朝までに九十枚という原稿をこなしたときは、さすがに参った。

　夏なら海辺のリゾート、冬ならスキー場のホテルから、ファックスで原稿を送ることも珍しくない。まあ、編集者も多少迷惑はこうむるとしても、これが一つの「苦労」であることは確かである。

　けれども、家族のために苦労もしないという家庭生活なんか、そもそもあるはずがない。「家族サービス」が面倒なら、初めから家族など持たないことである。

　僕の父は戦争中満州映画にいて、一番上の兄が事故死したとき、仕事で出張中だった。我が子の死を聞いても、

「仕事が終るまで帰れない」

と言った、と母から聞かされたことがある。

　かつての日本には、こういう態度を「美談」扱いする気風があった。

　それから半世紀近くが過ぎて、日本は変っただろうか？

　夫を過労死で失った未亡人が、夫の職場へ勤務状況を聞きに行ったとき、夫の同僚は冷ややかに、

「男がやりたいことをやって死んだのだから、僕だったら女房に後で文句なんか言わせない」

と言われたそうである。

何という傲慢《ごうまん》さか。この男にとって、妻や子は、自分が好きなことをするのを助けるための存在でしかないらしい。遺される者の悲しみとか痛みとか、そんなものは眼中にないのだ。

僕は「ふたり」という小説の中で書いた。「俺《おれ》が家族を食わせてやっている」のではない。「家族が支えてくれているから、生きていける」のである。

僕は物心ついたころから、父親と暮した記憶がない。正直、世間一般の父親が、家の中でどう振舞っているのやら、全く想像もつかないのだが、少なくとも「親である」とはどういうことか。試行錯誤で探りつづける父親でありたいと思っている。

そのためには、まず仕事を減らすこと。――これが至難の技であるのは、僕に限らない。

ほとんどのサラリーマン諸氏が同様だろう。しかし、その前に、発想そのものを変えることが第一歩だ。

あの「指揮者は恋している」に共感できるかどうか、ということ――それは何が人間的か、と考えることでもある。

モンタンのフランスも、変わりつつある。フランスが今熱中しているのは武器輸出と原発だ。――その内、あのモンタンの歌が「女々しい」と非難されたりする日が来るかもしれない。

そのときには、「作家は恋している」という小説でも書いて、ささやかな抵抗を試みるしかないかもしれない。

本書に収録した随筆は１９２３年1月号から２０２２年12月号までの『文藝春秋』から選びました。ただし、その後、筆者が加筆修正したものもあります。

題名下の年月はその随筆が掲載された『文藝春秋』の号数をさします。

本書には今日では不適切とされる表現がありますが、執筆当時の時代状況、著作者人格権を鑑み、原則として底本を尊重しました。ご理解賜りますようお願い申し上げます。

本書を刊行するにあたり、一部連絡のつかない著作権者がおられました。お心当たりのある方は編集部までご連絡下さい。

巻頭随筆《かんとうずいひつ》　百年《ひやくねん》の百選《ひやくせん》

二〇二三年一月三十日　第一刷発行
二〇二三年三月　五　日　第二刷発行

編　者　文《ぶん》　藝《げい》　春秋《しゆんじゆう》
発行者　大松芳男
発行所　株式会社　文藝春秋
〒一〇二―八〇〇八
東京都千代田区紀尾井町三―二三
☎〇三―三二六五―一二一一

印刷所　凸版印刷
製本所　加藤製本
ＤＴＰ　言語社

ISBN978-4-16-391638-5